陳曼奇

狗村

The Village

陈曼奇 著

北京联合出版公司
Beijing United Publishing Co.,Ltd.

图书在版编目（CIP）数据

狗村 / 陈曼奇著 . -- 北京 : 北京联合出版公司，2024.3

ISBN 978-7-5596-7371-8

Ⅰ . ①狗… Ⅱ . ①陈… Ⅲ . ①长篇小说—中国—当代 Ⅳ . ① I247.5

中国国家版本馆 CIP 数据核字（2024）第 011805 号

狗村

作　　者：陈曼奇
出 品 人：赵红仕
选题策划：雁北堂（北京）文化传媒有限公司
责任编辑：周　杨
特约策划：施玉环
特约编辑：胡月然
封面设计：沉清 Evechan
版式设计：吴思妍

北京联合出版公司出版
（北京市西城区德外大街 83 号楼 9 层　100088）
天津雅图印刷有限公司印刷　新华书店经销
字数 243 千字　880 毫米 × 1230 毫米　1/32　9.75 印张
2024 年 3 月第 1 版　2024 年 3 月第 1 次印刷
ISBN 978-7-5596-7371-8
定价：　52.00 元

狗村

目录

contents

preamble 序章

2010 年 10 月，在连续一周的阴郁后，乌沉沉的天空终于按捺不住，不遗余力地开始宣泄它愤怒的情绪，大风裹挟着暴雨席卷了 S 城。

T 大的侧门处，有一片茂密的树林，因为常年遮挡阳光不见天日，看上去有些阴森，在疾风骤雨的威压之下，更显得恐怖压抑。

一群学生下了课，聚集在大厅里，隔着落地玻璃绝望地望向风雨。

“哎呀，这么大的雨怎么回宿舍啊……”

“等会儿吧，S 城的雨下不长，一会儿就小了。”

忽然狂风大作，将原本立在门边的易拉宝吹得飞出去老远。几个学生下意识跑到门边想冲出去把易拉宝捡回来，却见一块易拉宝像是活过来似的，摇摆着向几人反扑回来。

有个女学生猝不及防地被糊了个正着，等她好不容易扒开易拉宝，却被吓得尖叫起来！

那易拉宝上印着一只阴森可怖的黑狗，黑狗目露凶光，张着血盆大口，长长的舌头从森白的利齿中伸出来，仿佛下一秒就要跳出来择人而噬。这只狗的颜色，黑中泛红，如同洇血的绸缎。

“妈呀，吓死我了！学校放这个干吗?！”冷静下来的学生一边抱怨，一边嫌弃地把易拉宝放在大厅里。

“这是明天下午的一个讲座，喏,《山中无日月，世上已千年——赵官庄宋辽古村落保护性开发成果讲座》，主讲人沈……”那个女学生愣怔了一下，随即惊叫起来，“沈辰溪？学校里真有这个人?！”

“沈老师怎么了？”旁边的同学指着易拉宝上的主讲人介绍问道，“这不写着吗？建筑与城市规划学院青年讲师——沈辰溪。”

“你不知道？咱们学院有一个幽灵学生，就是这个沈辰溪！他本来是学城市设计的，大四快毕业的时候突然从学校里消失了，一直到毕业都没有人再见过他。”

正说到这里，外面乌沉沉的天空突然亮了一下，紧接着是一声炸雷，吓得围拢在一起的学生一激灵。

“消失了？是不是休学了？”其中一个女生颤声猜测道，“我听说有些大四的学生会选择休学出去工作……”

“可他真的再没出现过！虽然他跨专业考上了历史建筑保护工程的研究生，但这几年他从来没在学校里出现过，也没来上过课。”那名同学立刻否定了女生的猜测，“他的名字就跟幽灵一样，一直出现在院里的学生名单上，现在怎么一下就变成老师了？”

“这么奇怪吗？那他当年为什么会忽然消失？”

“我听说……”那名学生压低了声音，“是因为他女朋友当年跟他分手，闹得非常难看！”

旁边几个女生瞬间发出了吸气的声音，围在那张有主讲人介绍的易拉宝旁边的学生下意识地后退了两步。

“闹分手而已，他为什么会突然消失？”

“不知道，听说他女朋友好像是医学院的，当时他们闹分手的消息传出不久，他女朋友也失踪了。”

“啊?！这么巧？会不会是……情杀？”

“……”

一个胆子小的女生连忙摇头：“不可能吧。”

“这可不好说，反正他女朋友也再没出现过，我还特地查过校友名册，连他女朋友的名字都不见了。”说话的学生故意压低了声音，“而且，她原来住的那栋宿舍楼，现在晚上偶尔还能听见女人的哭声……”

几个女生被这话吓得紧紧靠在一起，握着彼此颤抖的手，胆子小的女生甚至叫了起来。

“你别吓唬她们了，沈老师消失的事情我听导师说起过，他那是去采风了！”另外一个学生给大家解释道，“不过他去的那个地方很偏僻，而且他到了以后就开始死人，最后好像死了三个还是四个人……”

“对，他去的那个地方真的很恐怖！”在这群学生身后，一个高大的男子站在阴影里，忽然插嘴道，“说起来，他发现尸体的时候也差不多是现在这个时间。他看到几只狗叼着球在路边玩，球很大，狗没叼稳，就这么骨碌碌地滚到他面前。这时候他才发现，这哪里是个球啊！”

“那是什么？”

“是人头！”

“啊——”学生们的尖叫声和着外面的炸雷声同时响了起来。

说话的男子缓缓从阴影中走出来，微笑地看着他们：“明天的讲座很有趣，大家可以来听听。”

有个女生看看他又看看易拉宝，也不管外面是不是仍然下着大雨，慌忙说："……哎，哎，雨小了，咱们赶紧走吧，等会儿雨再下起来就走不了了！"

大家撑起雨伞走出大楼，一个女生走到一半忽然觉得不对，问道："刚刚那个男的好像有点眼熟？"

"你也觉得吗？我好像在哪里见过。"

"当然见过，不然我干吗拉你们走，你们没发现吗？他就是那个——沈辰溪！"

沈辰溪看着学校里来来往往的身影，不免有些恍惚。这时，站在他身旁的一个学生怯生生地问："沈老师，他们这么八卦，您怎么不制止他们呢？"

"因为他们说的都是事实啊。"沈辰溪回过头看着这个学生的脸，和煦地笑着。他看着渐渐隐入黑暗的校园，线条硬朗的面庞被一道闪电刺目的光亮映得明暗分明、光点斑驳。

五年了，他终于还是回来了。

第一章 > 消失的女友

GOU CUN

对于沈辰溪和赵希迪的恋爱关系，沈辰溪的父母是极力赞成的，特别是他妈妈。沈辰溪的妈妈对这个未来的儿媳那是一百个满意，昨天还在与沈辰溪打电话的时候再三叮嘱，说他快毕业了，既然跟希迪关系那么好，就不要拖着，早点结婚。之后还同他说起这两年S城的房价涨得很快，如果他们订了婚，就提前给他们两个把房子买好，装修、散味都需要时间，等结婚的时候正好可以住。

沈辰溪知道父母为什么那么喜欢赵希迪，这样明媚可人又聪明上进的女孩谁不喜欢呢?

至于结婚的事情，沈辰溪已经有了主意。虽然室友都劝他没必要这么早把自己捆住，但他早已认定了，和自己共度一生的人就是赵希迪。

既然如此，那他还有什么好等的呢?他已经安排好了，今年的圣诞节，他要带着赵希迪去红房子吃烛光晚餐，在那里向她求婚。

沈辰溪因为毕业设计忙得不行，加上赵希迪也要做考研的准备，两人各忙各的已经一两周没怎么联系了。不过这周四他们导师临时出差，给他们放了三天假，正好今天希迪没有课，他决定给她一个惊喜。

沈辰溪特地跑去花店买了束鲜花，准备在情人园里等赵希迪，约她一起去吃饭，顺便邀请她一起过圣诞节。

赵希迪学习刻苦，年年都拿奖学金，人长得白净清新，性格恬静温柔，唱歌也好听。她身上有种内敛的脆弱感，可偏偏又是那样坚强、那样独立，跟其他女孩完全不一样。

两人确定关系以后，她从来没有闹过脾气、耍过性子，甚至两人连架都没吵过。她是那么美好，美好得像是一个游走在人间的精灵，静静地发着光。

在沈辰溪眼中，赵希迪就是世上最特别、最好的姑娘。他无比坚定地相信，如果有属于自己命中注定的爱人，那么赵希迪就是那个人。

沈辰溪捧着花站在情人园里等，可他等了很久也没等到赵希迪。发出去的短信也没人回，打出去的电话一直提示是空号。

他知道赵希迪要是去图书馆复习，肯定会路过情人园，而且她一向是这个时间去图书馆的，怎么会没见到人呢？沈辰溪赶紧跑到女生宿舍楼下，去找那个他准备共赴一生的女孩。

赵希迪的宿舍在三楼靠门这边，他在楼下喊："希迪——"

没想到迎接他的是一盆凉水，还伴随着一个怒气冲冲的声音："滚！"

寒冬腊月，沈辰溪被浇了个透心凉，接着他又听到希迪的舍友冲着他喊："无情渣男！滚！"

沈辰溪一下就蒙了，花瓣被浇落，散了一地，他手足无措地站在原地，听着周围人的议论声越来越大。

人群中，有个人看到沈辰溪，忽然转头就走。沈辰溪眼尖赶紧追了上去，一把拽住她："苏苏，希迪呢？"

苏苏是赵希迪的舍友兼闺密，被沈辰溪拦住后，大声痛斥道："你拉我干吗？就因为你突然跟希迪分手，她研都不考了。你知道她准备考研准备了多久吗？！渣男！"

沈辰溪更蒙了，不考了？什么时候的事情？分手？自己什么时候说分手了？这到底是怎么回事？

"我……我最近是打算求婚的，这是戒指——"沈辰溪百口莫辩，情急之下拿出了准备好的求婚戒指，还疯了一样在兜里一通乱翻，"这是我定好的餐厅的收据，你说，我干吗要分手？我是脑子坏了吗？！"

苏苏看着沈辰溪拿出来的东西吓了一跳，如果沈辰溪没有撒谎，那希迪为什么会崩溃大哭？为什么要离开？

沈辰溪像抓着救命稻草一样抓着苏苏："肯定是有什么误会！希迪究竟去哪儿了？她是不是出了什么意外……她到底去哪儿了？"

面对混乱无措的沈辰溪，苏苏也紧张起来，难道希迪真的出事了？她回忆起几天前的情形："希迪前几天走的时候，好像说是要去散散心……"

"散心？去哪儿散心？"沈辰溪根本没有办法冷静下来，希迪的所作所为太反常了，他本能地感觉到，她一定是出事了。

最后苏苏说出了赵希迪去散心的地方，那个地方让沈辰溪觉得无比陌生——龙集镇赵官庄。

因为专业和爱好的关系，沈辰溪去过不少大大小小的地方，对很多城市、乡村都有印象。但龙集镇赵官庄这个名字，他从未听说过，网上关于这个地方的信息也是少得可怜。沈辰溪又是翻地图，又是查114，好不容易才查到了龙集镇赵官庄的具体位置。看着地图上四周干干净净的那个小点，他知道要去这个地方，不仅没有直达的飞机、火车，就连高速公路都没有一条。

可沈辰溪没有放弃，几番调查后，他终于弄清楚了前往赵官庄的路线。从S城出发，最方便的是先坐火车到千里之外的G市，到了G市后转城际客运车到县里，接着坐小巴班车就可以从县里到龙集镇了。网上能查到的路线只到这里，从龙集镇到赵官庄，估计得在当地找那种带客的"三蹦子"才行。

粗算一下时间，现在立刻出发，在路上一切顺利的情况下，到龙集镇也得两天以后了。不过沈辰溪并没有犹豫，他简单收拾了一下行李，直接叫了辆车杀去了火车站。

此刻的沈辰溪斜倚在窗户上，坐了三十几个小时的绿皮火车，他觉得自己整个人都快僵了。身上的疲惫他姑且能忍，可这车里面的味道实在是……汗臭、脚臭，泡面和其他各种食物的味道，还有从各个角落里渗出来的尿骚味和呕吐物的味道，让有点洁癖的沈辰溪觉得自己仿佛进了地狱。

好不容易挨到下车，新鲜的空气让他稍微活过来一些。接着，他又马不停蹄地转城际客运。

本以为城际客运车怎么也得是辆大巴车，可到了车站一看，土石地上只有一溜儿脏兮兮的小巴车。沈辰溪强忍不适坐上了小巴车，好在司机开得稳，他还可以忍受。

当小巴车驶入县里的汽车站后，零星几辆更破旧的小巴车出现在眼前，这情形让沈辰溪顿感前途灰暗。

每次回想起这段经历，沈辰溪都忍不住思考：从踏上这段旅途开始，自己在S城火车站、G市火车站、城际客运站……只要当时在任何一个地方犹豫了、后悔了，转身回去，后面的一切都不会发生。甚至在辗转走进赵官庄这个又破又小的村子时，他都是可以回头的。

只要他回头，回到S城，一切都会变得不同。他会顺利地毕业，入职心仪的公司，也许会因为赵希迪的突然离开消沉一段时间，但这些情绪终究都会被时间带走。

然而当年的沈辰溪正是最莽撞的年纪，他只想着要找到赵希迪，从她口中问出一个真相！

登上小巴车的那一刻，沈辰溪根本没有意识到，之后几天的经历不仅会改变自己的未来，改变自己的职业规划，改变赵希迪，还将彻底改变那片他尚未踏足的土地——龙集镇赵官庄。

坐上去往龙集镇的小巴车时，沈辰溪还在心里自我安慰：这车也许只是看上去有点脏？当小巴车开起来之后，他心中最后一点幻想也破灭了。

小巴车上路之后就开始有节奏地全方位震动，似乎每一个零件都已经移位了，丁零当啷地浑身响，发动机更是像一个犯了哮喘的病人，咳嗽个不停。更可怕的是，这辆小巴车明明已经四面漏风了，但依然有股呕吐物的味道萦绕在车厢内。

这样的环境让本想睡一觉的沈辰溪彻底没了想法。在震动、呕吐物味道和车辆野蛮扭转的多重刺激下，沈辰溪心中的“郁结”终于再也压制不住，他颤抖地从前面的椅背上拉出一个皱巴巴的塑料袋，“哇”地吐了出来。

吐了没几下，前面的司机大骂道：“谁呀！才上车就吐！拿袋子了吗？袋子就在座位前面，可别吐在我车上啊！

“叫你拿袋子听见没？怎么这么臭啊！”

司机骂骂咧咧的声音被车辆的震动震成了一堆碎片，沈辰溪听司机骂得难听，还想反驳两句，可是还没等他缓过一口气，司机又是一个野蛮的变速转弯，猝不及防的沈辰溪连头都没抬起来就又把头埋进了塑料袋里。

沈辰溪的口腔鼻腔里都充斥着呕吐物的味道，连灵魂都快冲出身体了。他一边吐一边想，自己到底是抽哪门子的疯，放着好好的日子不过，非要跑过来受这种罪？

这时候，旁边的一个乘客实在是看不下去了，给他剥了个橘子。沈辰溪以为要给他吃橘子，刚想婉拒说自己吃不下，结果对方不由分说地把剥下来的橘子皮塞进了他嘴里。

那个乘客一边收回手一边笑着对沈辰溪说："这个能防晕车。"

可能是实在太累了，也可能是橘子皮真的有用，摇摇晃晃中，沈辰溪居然真的眯了一会儿。

睡梦中，沈辰溪不停地质问自己：

究竟是发什么疯，这么不顾一切地追过来到底想干什么？

明明是她欺骗了自己，甩了自己，现在更是连人都不见了踪影，电话短信全都联系不上，自己为什么还要过来？就为了当面要一个说法？

龙集镇赵官庄究竟是个什么地方？跟她有什么关系？

她竟然骗了自己这么久？为什么要去这么远的地方？她人在哪里？

沈辰溪，你现在要去哪里找她？

……你要去哪里？

这个问题在脑海中越来越清晰，越来越大声，沈辰溪感觉自己的世界都开始摇晃起来。突然间，他惊醒了过来，发现一张蜡黄的脸正撑在自己面前，一边伸手摇晃自己一边问自己："后生你要去哪里啊？"

沈辰溪被吓了一跳，他人往后一仰，头重重地撞在座椅裸露的塑料框架上，发出“砰”的一声。

昏昏沉沉间，沈辰溪看见这人咧嘴一笑，露出满口黑黄的牙齿：“我看你半天没动静，生怕出什么事了，你没事就好。”然后带着一脸怪异的笑容扭头回了驾驶座。

沈辰溪怔了一会儿，轻轻地转头扫视了一圈车厢。车上的乘客已经所剩无几，除了司机之外，就只有他和后面一个打盹的小孩。他发现，窗外的灰黄已经慢慢被夜色笼罩。

“后生，你不是咱们镇上的吧？”司机从后视镜里看了一眼沈辰溪，笑着问道。

“不是。”沈辰溪怔了一下，从踏上这辆破旧的小巴车开始，他就没说过话，这个司机怎么看出来自己不是当地人的？

“这趟线我天天跑，镇上的人没我不认识的，就没见过你。”司机是个健谈的中年人，他一边叼着烟一边说着，粗粝的声音被土路的颠簸震出了一串颤音，“再说了，后生你穿得忒干净了，而且那神气一看就不像是龙集镇上的人。”

司机每天迎来送往，见的人多了去了，这龙集镇上也不是没有俊俏后生，可是像沈辰溪这样，个子高，皮肤白，浑身上下弄得清清爽爽的可真没有。毕竟是乡下地方，每天灰里来土里去的，弄那么干净也是白费心思。

沈辰溪没有说话，算是默认了司机的判断，只不过无法认同“穿得干净”这一评价。对于他这种有洁癖的人来说，像现在这样整整两天都捂在车上，人都快腌入味儿了，哪里还能叫干净？

“后生来龙集干什么的？旅游？”司机有点纳闷，龙集镇这地方一没山水二没名胜，鲜少有外乡人愿意过来，像沈辰溪这样的年轻人就更少见了。

“我来找人的。”沈辰溪想了想问道，“师傅，到了龙集镇之后，如果要去赵官庄还要多远？”

“你要去赵官庄？”司机踩了一脚刹车，对着前面过马路的两只山羊揿了揿喇叭，然后回头看了一眼沈辰溪，“从镇上去赵官庄远倒是不远，但是你这个时候选得不好啊，现在没车了。”

“没有三蹦子吗？”

“没有，一天就一班车。”司机重新启动车子，对沈辰溪说道，“你要不今天就在镇上找个店住下来，明天再去好了。”

沈辰溪用力捏了捏手机，摇了摇头：“不行，我今天就要过去。”

“有急事啊？那这样，你再给我二十块钱，我给你直接送到村里，怎么样？”

沈辰溪也没多想，点了点头：“那麻烦师傅了！”

出了龙集镇，道路两边的建筑物慢慢稀疏起来，在经过一个废弃钢材回收站后，车子开始上坡，道路也变得越来越窄。

经过几个弯道后，沈辰溪突然发现，车子似乎是在山崖上行驶着，两侧的山体渐渐隐入黑暗中，甚至连整齐的树木都变得狂野起来。暗沉诡异的崖壁配上树木的虬枝，宛如恶鬼一般张牙舞爪，再加上山中尖啸的风声，这景象简直不像在人间。

车子一个颠簸，将沈辰溪吓了一激灵，刚刚他同意付钱让司机送自己的时候并没有多想，可是现在，一想到这里不是S城，那种山沟里杀人劫财的新闻又屡见不鲜，他突然感到有些害怕。这荒山野岭的，万一司机起了什么歹意，自己该怎么办？

沈辰溪低头看了一眼捏在手里的手机，虽然只有一格微弱的信号，但还是让他稍微安心了一些，而且车上那个打盹的小孩还在，就算这个司机有坏心，也不会在孩子面前干坏事吧？

“砰”的一声，接着一个急刹后，轮胎摩擦地面的刺耳声尖啸着响起。猝不及防之下，沈辰溪的脑袋“当”地撞上了前面的座椅靠背，痛得他差点叫出声，还没来得及开口，就见司机骂骂咧咧地把头探了出去。

司机一边看一边骂道：“遭瘟的东西，突然窜出来吓死老子了！”说着就从驾驶座旁边拎出一把一尺多长的铁扳手，推开门下了车。

沈辰溪一时之间有点怕，刚刚是撞到什么东西了吧？是杂物，还是野兽？他左右看了看，这一段的山势明显比之前更加陡峭，左侧的山壁仿佛触手可及，右边密实的枯树后一片黢黑，不知道隐藏着什么危险。

因为车子熄火的关系，外面的风声显得更加刺耳，沈辰溪有些局促地扭动了一下身体。在这荒无人烟的山路上，天已经黑透了，车子还撞到了什么东西，这感觉实在是让人不舒服。他看了看那个小孩，却发现刚刚那么大的动静，小孩竟然丝毫没有醒来的迹象，还是自顾自地睡在一旁。

沈辰溪在黑暗中愈发坐立不安，他微微直起身子往前面张望，看见司机站在车子前面不到五米的地方，正低头看着什么。可是受限于角度，他看不见究竟是什么吸引了司机的视线。

这时候，司机伸脚踢了面前的东西一下，然后高高举起手里的铁扳手，用力砸了下去。

“咔嚓！”

在敲击重物的那种闷响中，沈辰溪似乎听到了什么硬物断裂的声音，紧接着又是几声闷响。黑暗中，这种声音实在是让人毛骨悚然。

沈辰溪听得头皮发麻，他忽然想到了一种可能性，如果刚刚司机撞到的不是野兽，而是人……

他被自己的想法吓了一跳，随即不断安慰自己，山里人就算再野蛮，撞了人逃走就可以了，怎么说也不至于这样痛下杀手吧？

忽然，沈辰溪发现敲击声没有了，他看见司机拖着什么走向车的另外一边。他的心一下揪紧了，如果真是撞到了什么野兽，直接扔到路边就好，为什么要费力地往车后面拖？接着，他听见司机打开了车子后面的行李舱。“咚”的一声后，一切重归宁静，与此同时，一股浓重的血腥味充满了车厢，就连那浓郁的呕吐物味道都无法将它掩盖分毫。

司机把那个东西装进车里了？为什么？

带着血腥味的宁静让沈辰溪忍不住起了一身鸡皮疙瘩，他决定去弄清楚“那个东西”到底是什么，怎么说他也是学过点功夫的，真动起手来，也是有胜算的。

就在这时候，司机阴恻恻的声音传了过来：“后生，刚刚没吓着你吧？”

沈辰溪站起身，借着手机微弱的亮光往外看去，却完全看不见司机的身影。就在他眼睛一眨不眨地盯着驾驶室的车门时，突然听见右前方的车门处传来响声，沈辰溪浑身汗毛倒竖，没等他多想，就听见司机的低笑声从外面传来。

那笑声在这样的环境里分外清晰，他仿佛听见了自己粗重的喘息声。不知道是不是幻觉，沈辰溪觉得鼻腔里的血腥味越来越浓。

“咔嗒”一声，驾驶室的门被猛地拉开了，山间的冷风呼啸着卷了进来，司机一个大步踏上了车子。当他转过脸看向沈辰溪的时候，沈辰溪赫然发现司机的脸上布满了血迹！手机昏暗的亮光，让司机的表情顿时变得狰狞可怖起来。

司机似乎觉察到了脸上的异样，举起手擦了擦脸上还没干透的血迹，沈辰溪这才注意到他手上还拿着那把乌沉沉的铁扳手。在亮光下，铁扳手的一端颜色斑驳发亮，显然是染了血。

“你要干吗？”沈辰溪的声音不自觉地带了一丝颤抖。

“不干吗。”司机的声音里没有任何情感。

沈辰溪是不怕打架，可他一个在校大学生，突然直面这样鲜血淋漓的场景，心里还是慌乱不已。他定了定心神，一边浑身戒备地瞟着司机手里的铁扳手，一边用尽量平稳的语气与司机对话，他甚至还挤出一个微笑。

“师傅……怎么了？还走吗？”

“走啊，怎么不走啊。”司机随手把乌沉沉的铁扳手丢进驾驶座旁边的塑料桶里，低声笑了一下，认真解释道，“后生，你别害怕，没什么事，就是有条野狗窜到路中间给撞死了。我给它捡了，这东西好卖钱，没事啊。”

“野狗？卖钱？”沈辰溪下意识地问道。

“也不是什么野狗，都是从狗场里跑出来的。”说话间，司机已经回到了驾驶座，“咱们这块儿有吃狗肉的习惯，镇里光狗肉厂就好几家呢，有不少人专门开狗场养狗，赵官庄也有一家。但这几年狗肉不好卖，有些狗场就开不下去了，那些狗有不少都跑进山里了。你别说这狗，一条看着无所谓，成群结队的可不好对付，比狼还要厉害！它跟人待过，所以聪明着呢，这两年经常有野狗来村子里咬牛啊，羊啊，给村里惹了不少麻烦。听说今年镇上有个人就在山里遇到狗群，最后脸都被咬烂了……”

司机粗粝的声音加上这种令人毛骨悚然的内容，让原本就强撑着的沈辰溪更是惊惧不已。

他就这么浑浑噩噩地坐在车上，过了没多久，终于下车的沈辰溪觉得自己都要被震散架了。

“到地方了。”司机喊了一声，走到座位后面踢了一脚还在睡的小孩，“狗娃，到家了，回去睡了！”

然后司机不知道从哪里拿出了扫帚簸箕，开始打扫车内卫生。

沈辰溪这才意识到，原来这司机就是赵官庄的人，送他回来算是顺路，那二十块钱就是不赚白不赚的添头儿。

“别这么看着我呀，没我你今天也到不了赵官庄不是。”见沈辰溪直白地看着自己，司机有点不好意思，咧着嘴露出了一嘴黄牙，“后生，你说来这里找人？找谁啊，我帮你认认！”

沈辰溪迟疑了一下，还是把手机递了过去：“这个人您认得吗？”

他现在心里很矛盾，一方面他希望司机能够给出肯定的答案，让他尽快找到自己的女朋友；但是另外一方面，他又希望司机认不出来，矢口否认有这个人的存在。也许在内心深处，沈辰溪希望这一切都只是一个梦、一个玩笑，他的希迪还在学校的某一个地方等着他，而不是在这个穷乡僻壤不知所终。

司机凑近了一看，立刻皱起了眉头：“这真是我们村的人？你没找错吧？”

刚刚那个小孩也凑过来看了看，擦了一下鼻子问道：“大哥哥，你知道这个姐姐的名字吗？”

“她叫赵希迪。”

司机轻轻踢了一下狗娃的屁股：“问名字有什么用？看脸都不认得。后生，这女孩是你什么人呀？”

“是我女朋友。”

“女朋友？”司机一下来了兴趣，细细研究起照片来，最后还是挠挠头，“嘶——我们村里没有这号人啊。但是村子里叫希弟的倒是有几个，赵希迪……没有这个人吧……”

狗娃插嘴道：“会不会是志伟大爷家的那个？”

“赵志伟家？你说继祖那个姐姐？她叫希弟！不过后生啊，她要是你女朋友，你可倒霉啦！”

“为什么？”听到这话，沈辰溪的心咯噔一下。

“这孩子可不行，”司机撇嘴解释，“那个女孩没良心的，都几年没回来了。”

沈辰溪的眼睛里顿时闪出光来：“那师傅能麻烦您告诉我他家在哪儿吗？”

“他家不难找，你顺着官庄路往西，过了老牌坊和官塘子，再往前过个巷子就到了。”司机伸手往远处指了一下，“不过，你现在去他们家也没人啊，这时候赵志伟肯定在外面喝酒呢。”

狗娃突然出声：“大哥哥，我带你去吧，我知道志伟大爷在哪里喝酒呢！”

“你领完路赶紧回家去啊，要不你爷爷该找我要人了！”司机笑骂一声，劝说道，“后生，我劝你别抱太大希望，我看着照片上那女孩和他家希弟不像一个人，不像！”

“嗯，我明白。”

两人走后，司机咕哝了一句：“一个城里人，来乡下找女朋友，真是吃饱了撑的！”

沈辰溪没理会司机的咕哝，跟着狗娃往前走去。没走两步，他忽然听见一阵窸窸窣窣的声音，紧接着看到右边的巷子里跑出十几只毛色不一的狗来。沈辰溪不由想起司机刚才说的话，怎么村子里面也有野狗？来不及多想，他一把将狗娃挡在身后，目光快速寻找着身边可以防身的东西。

狗娃却满不在乎地冲过去，一下跑到狗群中间，摸摸这只，撸撸那只，仿佛狗司令一般。

“大黄、二黑、小花、大花、壮壮、小壮、壮妞……”

“汪！”

“汪！汪！”

“汪！汪！汪！”

狗娃一口气叫了十几个名字，每只狗都会热情地回应他。沈辰溪有点怀疑这些狗是不是真的知道自己叫什么，不过听名字，似乎这些狗都有点亲戚关系。

等和所有狗打完招呼，狗娃疑惑道：“咦？黑风呢？它怎么没来接我？

“大哥哥，这些都是村里的狗，一直跟我玩的，不用担心。”狗娃注意到沈辰溪还一脸紧张地看着这些狗，解释了一下，而后他抻长脖子左右看了看，“我们家黑风是村里最厉害的狗。它全身都是黑的，看着特别威风！就是不知道今天干吗去了……明天我带来给你看看。对了，大哥哥，你刚刚那样子是会武功吧？好帅呀！看上去就跟段天涯一样！”

狗娃说着还模仿了一下沈辰溪刚刚的样子，伸手踢腿地比画了两下。沈辰溪有些哑然，他不知道该怎么和小孩解释“武功”的问题。

好在狗娃很自来熟，转移了话题：“对了，大哥哥你真是希弟姐姐的对象？”

沈辰溪停下脚步看了看狗娃，有点犹豫，他不确定赵希迪是不是就是狗娃口中的“希弟姐姐”。

狗娃自顾自说道：“其实，我也觉得可能不是。”

“为什么？”

“希弟姐姐好几年都没回来过了，”狗娃叹了口气，“村里人都说希弟姐姐不回来，没良心。”

“是吗？或许是有什么事情没法回来吧。”沈辰溪有一搭没一搭地聊着。

“不是的，”狗娃忽然停住了脚步，一脸神秘道，“大哥哥，我知道希弟姐姐是怎么回事！”

“你知道？”沈辰溪本来并不怎么相信狗娃说的话，但是听他说得认真，忍不住有些好奇，“你怎么知道？”

“希弟姐姐这么长时间不回来，志伟大爷就去找犬神奶奶算命来着。”狗娃一本正经地说道，“那天我正好去犬神奶奶家里玩，听到犬神奶奶说，希弟姐姐不回来是因为早就死在外面了，还说她客死异乡很可怜。但因为她不孝顺，抛下了父母、弟弟离开家乡，所以被犬神厌弃了，不许她的魂魄回我们赵官庄……”

沈辰溪听完狗娃煞有介事的讲述，张了张嘴却不知说什么好。虽然他知道在S城也有很多人求神拜佛，可是这样的话从小朋友的嘴里说出来，还是让他有点不舒服。

“狗娃，这是迷信，不能信的。”沈辰溪突然觉得自己的语言有点匮乏。

狗娃点点头：“我知道，我们老师跟大哥哥说的一样，他说犬神奶奶这些都是封建迷信，是骗人的。不过我们村里好多人都信，我妈也说过，我的命就是犬神奶奶救的，所以才给我取名字叫狗娃。而且犬神奶奶真的很厉害，好多事情她都知道，大家家里东西找不到了去问她，她都知道在哪儿。不过——”

沈辰溪听到这里觉得狗娃的语气有点不一样，偏过头看着狗娃。

“不过我希望犬神奶奶至少这一回说错了。”狗娃忽然有点哽咽，“希弟姐姐人特别好，我不想她死掉……我希望她在大城市里读书，找个像大哥哥这样好的男朋友！”

沈辰溪咀嚼着狗娃的话，轻声问：“你喜欢希弟姐姐？”

“嗯，小时候希弟姐姐教过我英语，还教我唱英语歌哦！”狗娃特别自豪地一挺胸，“现在开班会的时候，老师都叫我上讲台唱歌，说我发音特别标准，以后讲英语肯定特别厉害！”

“哦？真的吗？”沈辰溪微笑道，这里不是S城那种大都市，乡下小学教英语就是走个形式，学生能认清二十六个字母就不错了。

见沈辰溪一副不相信的样子，狗娃急了：“你不信？我唱给你听！你听听我唱得好不好，发音标不标准！”

“好啊，好啊。”沈辰溪敷衍道。

狗娃清了清嗓子，开口唱了起来。

沈辰溪觉得，像狗娃这个年纪的小朋友唱英文歌，不外乎是《小星星》《雪绒花》这种，结果没想到狗娃开口唱的居然是*may it be*。

May it be an evening star
祈愿有那么一颗暮星
Shines down upon you
以星光指引前行的你
May it be when darkness falls
于黑夜降临时祈愿
Your heart will be true
你的心会将真相带给你

狗娃一开口，沈辰溪就红了眼眶，那是希迪最喜欢唱的歌！几天来的疲惫和迷惘在这一刻仿佛都得到了回报，他第一次真切地感觉到希迪就在这个小山村里！

自己第一次对赵希迪留下印象，就是在她唱这首歌的时候。

三年前的新生晚会上，大家各展才艺，五花八门的乐器甚至能组个交响乐团，唱歌的学生也不少，可是赵希迪唱的这首*may it be*，第一时间就抓住了沈辰溪的心。

沈辰溪不太懂音乐，对于这首歌的了解也仅限于知道这是电影

《指环王》的主题曲而已。在那些喧闹的节目中，那首 *may it be* 似是拥有精灵的魔法，当赵希迪上场时，周围的一切仿佛都静止了一般。她的声音是如此纯净清澈，她的身姿是如此纤细修长，就像真的精灵在吟唱。

他记得当时自己的感觉，就仿佛置身于电影《指环王》里瑞文戴尔的美景之中，久久不能自已。原本喧闹的礼堂被她空灵的歌声施了魔法，一直到这首歌结束，礼堂里的人都沉浸在一片宁静中，连主持人都险些忘记后面的串场。

如此惊艳的亮相让人印象深刻，整个学校都知道新生里有一个小恩雅，男生们更像打了鸡血一样，只为知道这个精灵一样的女孩是谁。可奇怪的是，赵希迪并没有就此成为学校里的风云人物，要不是后来在讲座上意外相遇，沈辰溪都怀疑自己是不是还能跟她走到一起。

不管怎么说，狗娃唱着希迪喜欢的歌，他口中的“希弟姐姐”是自己认识的希迪的可能性一下子就提高了不少。

You walk a lonely road

蹒跚于孤独之旅的你

Oh! How far you are from home

哦！距离家乡如此之远

Mornie utúlië（Darkness has come）

黑暗已经袭来

Believe and you will find your way

坚信你终将找到真理之路

沈辰溪听狗娃唱得出神，心想狗娃还挺有唱歌天赋的，如果说希迪的声音是空灵明媚的，像瑞文戴尔的清泉，那么狗娃的童声就像是霍比特人居住的夏尔一样天然澄澈，不需要多少技巧去修饰，便将这首歌唱出了别样的意境。

歌声荡漾在黑黢黢的山里，洗去了沈辰溪一身的疲乏，他就这样伴着歌声踏上了高低不平的石板路。

不多时，他看见了一座古朴的牌坊矗立在道路中间。和着精灵呢喃般的歌声，沈辰溪感觉面前的牌坊不是一座建筑，而是一道神奇的结界，仿佛穿过这道结界，就会进入另一个他不了解的世界。

周围漆黑一片，狗叫声此起彼伏，将山间萦绕的那层淡淡的寒雾吠得破碎开来，盘旋在村庄的上空，衬得村路上的数盏街灯昏黄迷离。

此情景让沈辰溪不禁想，自己是不是应该去那个犬神奶奶那里问问？随即又摇了摇头，刚刚还跟狗娃说不要迷信，这会儿自己倒是被鼓惑了，他连忙抛弃这种不切实际的想法。

Mornie alantië（Darkness has fallen）

黑暗已经降临

A promise lives within you now

你仍坚守心中的誓言

A promise lives within you now

你仍坚守心中的誓言

第二章 > 黑风被吃了

GOU CUN

沈辰溪坐了整整两天的车不是为了在这座牌坊前踟蹰的，他挺起胸膛向着那幽深阴暗的村子迈开脚步。伴着狗娃的歌声，两人又走了几分钟，他被狗娃拉住了衣袖。

“大哥哥，到地方了，我进去叫人。”

狗娃的歌声戛然而止，沈辰溪还来不及反应，狗娃已经转身跑进了左边的一栋二层小楼。

那是一栋古色古香的二层小楼，斑驳的外墙，暗红色的木制门窗，门头上写着“赵庄饭店”四个字，颜色都已经掉得差不多了。

现在已经过了饭点，可听动静，赵庄饭店里还是相当热闹的，聊天声和笑声不断地从门缝里传出。

若是放在其他任何时候，如此生活化的场景再配上古村酒楼，都会让沈辰溪着迷，出于自身专业的求知欲，他会忍不住想要探察一番。可是现在，他的心思完全不在这些事情上。

狗娃已经进去一段时间了，人还没出来，是不是要找的人根本不在这里？或者，找错人了？

就在此时，饭店里突然传来一声男人的尖叫，紧接着，噼里啪啦的器皿碎裂声像鞭炮般响起，小孩凄厉的叫喊刺破了夜空，男人的咒骂声也响了起来。沈辰溪顿时有一种不祥的预感，那惨叫的孩子该不会是狗娃？

他听见里面传出一个女人的急叫声："三驼子！你干什么！伤着孩子了！"

"他想烫死老子！"

狗娃的嘶叫一声惨过一声，刺得沈辰溪心脏怦怦直跳，他来不及多想就冲进了饭店。

此时饭店里早已乱成一团，桌子被撞得歪七扭八，条凳椅子倒了一地，破碎的酒瓶盘碗，还有被踩得看不出形状的菜肴狼藉一片。再看这群人围着的中心，狗娃被一个男人拎着领口提在半空，手脚正悬在空中前后乱舞。

男人看上去四十出头，满脸潮红，一边狠戾地看着手里的狗娃，一边狼狈地甩着手跳脚。他身上挂满了白菜粉丝，还有肉渣之类的吃食，灰色的毛衣有多半边已经染成了酱油色，还散发着热气。不仅如此，男人但凡裸露在外的皮肤都是一片红肿，看上去狼狈极了。

沈辰溪注意到地上那个摔成两半的土砂锅，联想到刚刚在外面听到的尖叫声，看来眼前这个人就是这场争执的主人公之一了。

男人个子不高，有点驼背，应该就是刚刚女人嘴里说的"三驼子"。三驼子看着手里的狗娃"呸"了一声，扬起手打去。

"三驼子你敢再打一下试试！再不放开狗娃，我就给你爹打电话！"那个女人又叫了起来。

这时候，沈辰溪注意到柜台后面站着一个穿红色毛衣的中年女人，正拿着电话听筒看着三驼子。她应该就是这家饭店的老板娘了。

听老板娘提起他爹，三驼子盯着她看了一会儿，嘴里骂道："哼，老子不跟你个小崽子一般见识。”说完就把狗娃随手扔在地上。

沈辰溪见状赶紧上前去接狗娃，地上都是器皿碎片，这要是着了地怕是会伤得不轻。可他还是慢了一步，狗娃已经重重地摔在了地上！

好在冬天穿得厚实，狗娃并没有什么大碍，但是沈辰溪依然看见几片玻璃划破了狗娃的手掌和裸露的脚踝。然而狗娃就像完全没有知觉一般，一骨碌就从地上爬了起来，尖叫着向三驼子冲了过去！

三驼子厌恶地将他拨开。狗娃直接张嘴咬住了三驼子的手掌，疼得三驼子吱哇乱叫起来。疼痛让三驼子失去了理智，也不顾老板娘的威胁，直接上脚踢狗娃。

“三驼子你疯啦！这样要出人命的！”老板娘尖叫起来，周围的人也纷纷出声制止。但不知道为什么，大家似乎对这个叫“三驼子”的人有些忌惮，所有人的制止都只停留在口头上，没有一个人敢上前阻止。

再看狗娃，好似猛犬上身一般，死死咬住三驼子的手。三驼子甩手也好，踢打也罢，即便是被甩得双脚离地，狗娃都毫不松口。

沈辰溪被眼前的场景震住了，他发现此时狗娃的脸上已经没了孩子的天真，只有一股不死不休的狠戾，同时还从喉咙深处发出阵阵低吼。

三驼子发现自己根本甩不掉狗娃，又感觉手掌越来越痛，被咬住的地方都要被狗娃扯下一块肉来了，当下也不敢再有动作，而是一个劲儿地抬脚踹狗娃。

狗娃嘴上不松，脚下却灵活得很，三驼子踹了好几下都被他躲过去了。

三驼子疼得龇牙咧嘴，忍不住对着围观的人骂道：“你们看个屁啊！老子手都要被这个小狗崽子咬断了！赶紧过来帮忙，把他给我弄走！”

这一嗓子终于把沈辰溪从震惊中喊醒。他冲上去想把狗娃抢下来，与此同时围观的人群中也冲出来两个人，三人一下场交锋，俱是一愣。沈辰溪当即意识到这两人和三驼子是一伙的，其中一人身上还挂着跟三驼子一样的菜汤。

此时，这三人心中的想法完全一样——无论如何都得先让狗娃松口才行。

三人没有过多的犹豫，纷纷上手企图分开三驼子和狗娃。不过，即便是三个成年人一起上，面对近乎疯狂的狗娃，仍然有些束手无策。

要是论力气，当然是成年人的力气大，可是不管他们怎么拉怎么拽，甚至用手硬掰狗娃的嘴，统统无济于事。狗娃死不松口，他现在用尽了全身的力气，憋得满脸通红不说，脖子上的青筋也一根根鼓了起来，浑身颤抖个不停，有一种誓要咬下三驼子一块肉来的气势。

这可苦了三驼子，其他人只要一拉狗娃，狗娃就咬得更紧。不仅如此，狗娃还不停地舞动手脚，把身体甩得像风车一般，对所有靠近他的人又踢又打。

“嘶——打他啊！打死这小狗崽子！捏住他鼻子！你们在干什么！嗷!！”

三驼子怒吼着，他再也忍不住这种疼痛，抡圆了胳膊就想给狗娃一个大耳刮子。另外两人也醒悟过来，撸起袖子打算动粗。

沈辰溪怎么会看不出来？他一边继续想办法分开狗娃和三驼子，一边用身体挡在另外两人和狗娃之间。他没别的办法，只能将狗娃牢牢护在身下，两人的拳脚尽数落到沈辰溪身上。这些人显然是常年干力气活儿的，喝醉之后更是没有分寸，沈辰溪挨了几下便觉得眼前发黑。

当务之急还是要让狗娃松口，三驼子被咬住的地方早已一片赤红，血水和着狗娃的口水滴滴答答地往下流。

沈辰溪心一横，一边用身体挡住两人的拳脚，一边用手捏住狗娃的下颌骨，中指拇指一起用力，硬是将狗娃的嘴生生撬开了。许是咬的时间长了，狗娃的力气也不如之前大，沈辰溪竟然成功了。

狗娃一松口，几人瞬间分开，沈辰溪将狗娃紧紧护在身后，那两人也扶着三驼子去了一旁。

三驼子低头一看，手掌边缘的一圈齿痕几乎深可见骨。手上的疼痛让他愈发生气："小狗崽子你疯了吗！老子今天非打死你个小畜生！"说着抬手又要去扇狗娃。

狗娃嘶吼着："死驼子，你弄死我啊，我死了都要你赔命！"

眼看着又要打起来，沈辰溪连忙将狗娃拉开："狗娃，你干什么？你也疯了？"

狗娃死死瞪着三驼子，双目赤红，没忍住"哇"的一声哭出来。

"他们把黑风杀了！大哥哥，他们把我的黑风杀了吃掉了！你们还我黑风！还我黑风！"

黑风？

刚刚狗娃说过的那只大黑狗？

沈辰溪看了一眼痛哭不已的狗娃，对三驼子他们怒道："你们怎么能杀别人家里养的狗吃，这是犯法的！"沈辰溪家里也养过一只狗，当下就理解了狗娃为什么突然变得如此疯狂。

"你脑子坏了吧？！还犯法，他们家的狗乱咬人，就活该让人打死！"三驼子骂道。

狗娃一听就急了："你胡说！村里人都知道黑风最乖了！从来不咬人的！要咬也是咬坏人！"

旁观的两个村民嘀咕：“这倒是，黑风天天在村里跑来跑去的，可从来没听说咬村里人，要不村东头老五家也不会借黑风去给他们家看鱼塘……”

“放屁！老子说它咬人还能骗人不成？”三驼子瞪了一眼说话的两人，“打头三个月起，这疯狗看见我们三个就又咬又叫的，今天才打死它都便宜它了！”

“你胡说！你胡说！”狗娃的眼泪抑制不住地涌了出来，“黑风从来不乱咬人的！犬神奶奶说过，黑风是狗王，是犬神，它咬你们肯定是你们做了坏事，是犬神要惩罚你们！！”

“什么犬神奶奶，那个疯老婆子的话你也信！还犬神，犬神就这？”三驼子一边骂一边踢了一脚地上的砂锅，还一脚踩在肉上，用力碾了碾。

“疯狗乱咬人，打死也活该！”三驼子又疼又怒，面目狰狞地骂道，“要不是可怜你家穷，除了这顿火锅，还得找你赔医药费呢！”

“就是！养狗不教，还放出来乱咬人，小孩也这么没家教！”站出来帮三驼子的那个瘸子也骂道，“没娘老子教就是不行！”

狗娃听了这话像疯了一样冲上去，沈辰溪费了好大劲才拦住狗娃，他压抑着怒气对三驼子吼道：“就算黑风咬人，你们也应该报警解决问题，怎么能随便把人家养的狗打死，还吃掉！这样做是犯法的！更不要说你们还打孩子！”

三人听完沈辰溪的话后都愣了一下，那个瘸子更是笑得眼泪都流出来了：“你有病吧？说的都是什么狗屁东西！再说了，你算哪头蒜？我们赵官庄的事关你一个外人屁事？”

在刚刚三人搏斗的过程中，沈辰溪为了保护狗娃，挡住他们攻击的时候还过几下手，很不巧的是，那几下都打到了瘸子身上，所以他一直恶狠狠地盯着沈辰溪，伺机报复。

三驼子和瘸子说着又要上前追打沈辰溪和狗娃。这时候，饭店老板娘走了过来，自然地贴到瘸子身边，扶住他的胳膊，软声劝道："消消气，消消气，我看时间也不早了，要不然先带三驼子去卫生所包扎一下，再打个狂犬疫苗……"

"打个屁的狂犬疫苗！老子是给人咬的，又不是狗咬的！"三驼子骂道。

倒是三人中的另外一个人有些担心地看着三驼子还在滴血的手掌，说道："去卫生所看看也好，真有个好歹就不好办了，再说都这么晚了，这外人也走不了……"

"屁话！老子说要今天打就一定要今天打！"三驼子面目狰狞地叫道，"你们一个个的都想造反是吧！我今天不叫他见血，我就不姓赵！"

"三驼子，大家伙儿知道你威风，可就算你不怕死，也总得为你爹想想吧？你哥走得早，你姐又在外地，你要是真有点好歹，你爹怎么办？"老板娘忽然压低声音说，"我可听人说，这狂犬病要是不早点打针会死人的，等发病了就晚了。"

三驼子不耐烦道："放屁，我又不是被狗咬的，怕个屁的狂犬病！"

"要是狗娃让狗咬过呢？"老板娘突然说，"人得了狂犬病再咬别人也会传染的！"

"真的？"三驼子吓了一跳，一脸不可置信地看向瘸子，"你不是开狗场的吗，是不是真有这事？"

瘸子愣了一下："技术员是这么说过，不过谁知道真的假的。"

见瘸子间接认可了这个说法，三驼子动摇了，再加上他手上的伤口很深，到现在还没止血，身上的菜汤流到伤口附近，更是让钻心的疼痛不断放大。

沈辰溪看出了一点端倪，跟狗娃说："狗娃你在路上不是被野狗咬了吗，赶紧去打个针吧。”

狗娃一愣，刚想反驳自己没被野狗咬，却被沈辰溪捏住了嘴巴，只能发出一连串的呜咽声。

三驼子听沈辰溪这么一说，终于站不住了，看了看满眼赤红、被捏住嘴还不断低吼着的狗娃，他咽了咽口水：“哼，谅你们也跑不了！老子先去打针，明天再找你算账。”

瘸子看了看手上被狗娃抓出的几道血印子，问：“抓伤也传染？”

“对，狂犬病要是不打疫苗，等发病了就晚了。”沈辰溪一脸认真地答道，“国家统计过狂犬病的死亡率，基本上是百分之百。”

百分之百的死亡率给瘸子的冲击很大，他赶紧拉上三驼子，一边走一边念叨：“咱们快去卫生所打针，快点快点，再晚卫生所就没人了。”

三驼子一边走一边骂：“怕个屁啊，就算人走了，我也能让我老子把人叫回来给我们打针！”

老板娘看两人准备离开往前送了几步，对瘸子说道：“今天这事情是在我店里发生的，打针的钱算我的，你们先去，等会儿我去卫生所付钱！”

“还是老板娘上道！不过，这钱就算了吧，晚上好好陪陪我们哥儿俩就行！”

三驼子回头看了老板娘一眼，又转过头对沈辰溪和狗娃怒道：“你们给我等着！敢在赵官庄惹老子，这事没完！那个谁！”

他这么一喊，三人中的另外一个人低声应了一下。

“你给我好好看着这两个小崽子，别叫他们给跑了！”说完三驼子恶狠狠地回头看了一眼，转身跟着瘸子一摇一晃地走了。

三驼子和瘸子走了之后，饭店陷入了短暂的沉默，村民们略带同情地看了看沈辰溪和狗娃，然后自顾自地收拾东西，付完账就纷纷离开了。

三驼子离开之后，狗娃的状态好了一些，趴在地上开始一点点地捡散落的骨头——黑风的骨头。

沈辰溪一开始不明白他这是在干什么，下意识想阻止，还是旁边的老板娘拉住了他。

“让狗娃捡吧，他想带黑风回家。”老板娘解释道。

沈辰溪突然反应过来，地上的骨头对于那三个人渣来说是道菜，可对于狗娃来说，却是他的伙伴、他的家人。

老板娘看着狗娃跪在地上一点一点捡骨头的样子，偷偷地抹了一把眼泪：“狗娃刚满月的时候，他爹娘就去外地打工了，平时都是他爷爷奶奶管。可他爷爷奶奶年纪都大了，能做的也就是给狗娃弄口吃的，有个睡觉的地方。狗娃爷爷为了不让狗娃孤单，就想着给他找个伴儿。正巧犬神庙里养的黑狗生了一窝小狗，跟狗娃一天生的，犬神奶奶就把黑风送给狗娃了。黑风自从去了狗娃家，就一直陪着狗娃。可这狗长得多快啊，狗娃还没会走呢，黑风都能满地跑了，后来狗娃会走会跑了，黑风就天天跟着他上山下水的。这黑风说是个伴儿，可狗娃小时候有一半时间是黑风照顾的。”

那个被三驼子指派看住沈辰溪和狗娃的男人听到老板娘说这些，嘴唇动了动，有些烦躁地踢了一脚旁边的凳子。

老板娘看了他一眼继续道：“黑风跟狗娃是一年生的，到今年也算是老狗了。照以往养狗的经验，狗上了十岁就不中用了，要么打了吃掉，要么就卖给狗场，可是黑风不一样。狗娃小时候有次掉进鱼塘里，他爷爷奶奶那会儿还在田里干活，根本不知道出事了，要不是黑风叼着狗娃的衣服把他拉出来，狗娃早就没了。大家伙儿都说这黑风是犬神化身，是专门护佑狗娃的，所以狗娃他们家一直拿黑风当家人养，这下……”

沈辰溪听完半晌说不出话来，只能沉默地看着狗娃抱着拢在身前的一小堆骨头呜呜地哭。

那个男人别过头去对老板娘说：“嫂子，天黑了，我就先回去了，你没事也早点走吧。”他最后这句话看上去是跟老板娘说的，但眼睛却瞥向了沈辰溪，说完摇摇头离开了饭店。

老板娘见人都走得差不多了，从柜台里拿出一瓶消毒酒精还有棉签镊子之类的东西，帮狗娃把身上的瓷片、玻璃碴都夹出来，洗掉伤口上的污渍和血迹之后，又拿棉签蘸了酒精给狗娃消毒。

沈辰溪练过空手道，对简易包扎的流程熟悉得很，赶紧上前帮忙。狗娃这孩子硬气，消毒的时候不躲不闪一声不吭。

老板娘一边给狗娃处理伤口一边埋怨道：“你个傻孩子，胆子也太大了，狗死了就死了嘛，你骂两句就完了，还真敢动手……”

狗娃抱着那堆骨头，双眼血红：“谁杀了黑风，我就要谁赔命！”

老板娘叹了口气：“狗没了能再养啊！”

“那是黑风！”说着狗娃又激动起来。

老板娘连忙哄道：“对对对，黑风是狗王，谁害了黑风，犬神不会放过他的。”

“对！犬神肯定不会放过他们的！”说着狗娃再也忍不住，哭了起来。

老板娘看向沈辰溪：“后生啊，我不知道你是来赵官庄干什么的，但听我一句话，赶紧走。你是跟狗娃一起坐大海的车回来的吧？明天早上八点半，大海去镇上的时候你就跟他一起走，千万不要等了。三驼子那帮人……真发起疯来，你个外乡来的肯定是要吃亏的……”

沈辰溪没有接老板娘的话茬儿，沉默了片刻之后抬头问：“我可以走，但他们要是再来找狗娃的麻烦怎么办？”

老板娘绾了一下头发，她虽然画着浓重的妆，但是沈辰溪看得出来，她年轻的时候应该是一个清秀端庄的女子：“狗娃没事的。他们三个这会儿是喝大了，酒醒过来就没事了，不会去找他麻烦的。再说狗娃是村里人，说到底都是沾亲带故的关系，这三驼子还要叫狗娃爷爷一声大伯呢。退一万步讲，我不是还在吗，多少能护着点。倒是你，人生地不熟的，刚来就敢管闲事……”

“婶儿……大哥哥不是外人，他是希弟姐姐的男朋友，来找希弟姐姐的……”狗娃此时已经不哭了，帮着沈辰溪解释。

“希弟？哪个希弟？”老板娘一怔。

“好像就是志伟大爷家的希弟姐姐。”

“这怎么可能？那孩子高中毕业之后就没影儿了，这都过了三四年了，不是都说死在外面了吗？哪里又冒出来个男朋友？”老板娘摇了摇头，怀疑地问，“你真是来找希弟的？”

沈辰溪觉得解释起来太麻烦，含混道：“对……我是来找赵希迪的。”

老板娘顿时来了兴趣，对着沈辰溪上下打量：“那还真不是外人了！希弟那孩子可以啊，找了个这么俊的对象！对了，希弟这几年都在哪儿上班？她过得怎么样？”

沈辰溪还没来得及回答，老板娘又摇了摇头：“不对呀，你说你是来找希弟的，可是希弟都几年没回来了，你怎么上这儿找她来了？谁跟你说她回来了？”

沈辰溪沉默了，不知道怎么回答老板娘的问题，而且他根本不确定自己是不是找对了地方。他明明是要找希迪的，现在却变成了这样，什么都没打听到不说，还稀里糊涂地差点儿打了一架。

“回来就好，回来就好，我还以为……”见他沉默不语，老板娘兀自说道，这会儿她的语气又开心了起来，“这孩子怪没良心的，回来了也不说来看看我！”

沈辰溪还是一言不发，她忽然笑了起来：“你要真是希弟的男朋友，那可得趁早想办法。”

见沈辰溪一脸不解的样子，老板娘冲外面努了努嘴：“你刚刚打了自个儿老丈人，最后走的那个大个儿就是希弟她爹。”

老板娘看狗娃身上的伤口处理得差不多了，拍了拍手：“时候不早了，你们赶紧走吧。后生，辛苦你把狗娃送回家去，出了我这饭店，沿着大路走，过了石桥一直往北就是他家了。记着我说的话，明天一早赶紧走，等出事就晚了！”

“婶儿，能不能给我拿个袋子……”狗娃小声问道。

沈辰溪和老板娘意识到，狗娃是想把黑风的骨头带回去。老板娘抹了一下眼角，转身走到柜台后面，翻了一个纸箱子出来，递给狗娃：“把黑风放在里面带回去吧。”

沈辰溪一看这个箱子就觉得不对，瞥了一眼，发现里面竟然放着一张黑狗皮！这张皮是如此有分量，他甚至可以想象出，黑风曾经是一条多么威风凛凛的狗，但现在只剩这样一张血淋淋的毛皮，皱皱巴巴地团在一起。

沈辰溪从来没有遇到过这样的事，忍不住问老板娘：“你明明知道黑风是狗娃的家人，怎么……为什么不拦住他们？”

老板娘看了看沈辰溪，叹了口气，小声道：“知道有什么用？黑风送来的时候皮都被扒了。再说了，我就是个开饭店的孤女人，连自己都保不住，拿什么护只狗？不说了，你们快走吧，我也得走了。”

狗娃看见箱子里的黑狗皮，并没有像沈辰溪想象的那样崩溃大哭，他颤抖着把骨头放进箱子后将其捧起，对着老板娘鞠了个躬，一言不发地往外走去。

沈辰溪生怕狗娃出事赶忙跟了上去，没走几步就听见身后传来锁门的声音，回头一看，老板娘裹着一件黑色的呢子大衣往西一转，消失在巷子之中。

沈辰溪觉得有点奇怪，老板娘之前明明说要去帮三驼子他们付打针的钱，怎么三驼子他们往东走，老板娘却向西走呢？不过眼下最重要的是安全地把狗娃送回家，其他人其他事，他这会儿实在没力气想了。

原本活泼开朗的狗娃此刻变得无比沉默，但是沈辰溪一直隐隐约约听见有个小小的声音在耳边萦绕，他凑近狗娃才发现，原来他一路上都在默默地流着眼泪，嘴里恶狠狠地念着：

“他们一定会得到惩罚的！一定会得到惩罚的！

“犬神不会饶了他们，他们一定不得好死！

“一定会得到惩罚的！”

到了狗娃家门口，沈辰溪敲响了院门，没一会儿有人过来开门。

狗娃爷爷看自家孙子跟一个陌生人回来觉得有点奇怪，可一看狗娃的样子就知道，这准是出事了。待问清缘由后，他又心疼又生气。

爷爷拿起笤帚就要抽狗娃：“你招惹三驼子那个混子干什么？黑风死了就死了，再养一条就得了，你要是有个好歹，你爸妈回来了我们怎么交代啊！”

奶奶也在一旁叹着气：“你到县里上学还是三驼子他爸给找的关系，跟人家闹僵了总归不好……”

两位老人又嘱咐了狗娃好几句，让他千万不要再闯祸，然后才想起家里还有沈辰溪这么个人。因为知道了事情的经过，他们对沈辰溪很是友善，又是倒水又是道谢。

听狗娃说沈辰溪是来村里找希弟的，爷爷奶奶连忙表示，希弟确实是两天前从 S 城回来的。

“真的？”沈辰溪听到这个消息差点儿跳起来，“希弟”，从 S 城回来的，不会错的，肯定就是赵希迪了！他感觉这几天的疲惫一洗而空。

狗娃一愣：“爷爷，希弟姐姐什么时候回来的？我怎么不知道？”

“就这两天的事情，你在学校呢，怎么跟你说。再说了，人家的事情跟你说有什么用。后生，你别急，明天一早，他爷爷就带你去希弟家。”狗娃奶奶絮絮叨叨地说着。

狗娃的爷爷奶奶听说沈辰溪还没住的地方，为了感谢他对狗娃的照顾，两位老人热情地招呼沈辰溪住在自己家，又给他和狗娃弄了一大锅疙瘩汤。

沈辰溪吃完热乎乎的晚饭，好好擦洗了一番，还换了身衣服。当他清清爽爽地躺到床上时，觉得自己总算从这几天的噩梦中醒了过来。

沈辰溪被安排在原来狗娃爸妈住的房间。这是一大间房，被一个一人多高的柜子隔成了两部分，柜子两侧分别放着一张床，狗娃就睡在另一侧。

沈辰溪给手机充上电，放在枕边。这会儿他着实有点睡不着，心中不停地盘算着明天见到希迪后该说些什么。

这时，黑暗中传来一阵窸窸窣窣的声音，沈辰溪侧耳倾听，发现声音的来源是柜子另一侧，是狗娃压抑的抽泣声。

“狗娃，”沈辰溪轻轻叩了叩柜子，“你想黑风了？”

沈辰溪听见那边拉扯被子的声音，应该是狗娃在擦自己的脸，过了一会儿狗娃的声音响了起来：“嗯，以前回来，黑风都会睡在我脚底下，现在……”

沈辰溪听完一时间也不知道要怎么安慰狗娃，只能轻轻地说："狗娃，你要是想哭就哭出来吧，哭出来会舒服一点。"

"我没有！我是男子汉，不能哭！"狗娃的声音仍然哽咽。

沈辰溪柔声说："男子汉也可以哭啊。无情未必真豪杰，怜子如何不丈夫？"

狗娃那边抽泣了两声，声音闷闷地说："我不能哭，黑风听到我哭会担心的……"

沈辰溪心里一痛，他不知道该如何安慰这个坚强的少年，沉默了一会儿，他轻声说："狗娃，其实我也为狗哭过。"

狗娃一怔："你家狗也死了吗？"

沈辰溪缓缓道："不是，但它长了肿瘤，我带它去做手术。"

"给狗……做手术？去兽医站吗？"狗娃明显被震惊到了，赵官庄连人生病都未必能看上医生，更何况是狗。

"不是，是宠物医院。"沈辰溪的嗓子有点发干。

"狗还有专门的医院？"哪怕在他上学的县里都没有宠物医院，狗娃咽了咽口水，"这得花不少钱吧？"

沈辰溪没有回答这个问题。亲眼见证了狗娃家的状况之后，他不知道该怎么告诉狗娃，他们家光给狗看病就花了好几万。

"城里养狗和你们不太……"说到这里，沈辰溪突然哽住了，抿了抿发干的嘴唇。不一样？有什么不一样？他们把狗当成家人？难道狗娃不是吗？

在情感上，自己的毛毛真的比黑风之于狗娃更重要吗？虽然他没见过黑风，但仅凭那张皮，就能想见它曾是何等威风的一只狗，而且它还和狗娃同岁，黑风的所有岁月都在陪伴、保护着它的小主人。想到这儿，沈辰溪忍不住希望，犬神奶奶真的灵验，这样犬神在天有灵，定会要杀害黑风的人得到惩罚。

狗娃那边还时不时地传来一两声抽噎，后来渐渐地没了声音。

可沈辰溪怎么也睡不着，脑子里乱哄哄的，只要一闭上眼睛，希迪跟自己相处的那些画面就不停地在脑海中变换着。他瞪着眼睛看着高高的房梁，从枕边拿起手机，开始翻看两人之间的短信聊天记录。

虽然是今年新换的手机，但是两人的聊天记录已有密密麻麻上千条，从每天例行的早晚问候，到平时学习的感受、同学之间的小趣闻。两个人通过短信分享着彼此的生活，希迪关心他毕业设计的进度，沈辰溪叮嘱她备考要劳逸结合，每一个字符、每一个表情都是两人相爱的证据。

今年下半年开始，因为沈辰溪工作有了着落，两人的聊天内容也开始出现对毕业后的期望，比如趁着还没毕业，什么时候一起出去旅游，什么时候双方父母见面，什么时候结婚……但是这些甜蜜的聊天记录在几天前戛然而止。希迪发给他的最后一条信息是——“辰溪，天气凉了，要注意身体呀，晚安”。

看着这些信息，希迪穿着白色连衣裙，长发飞扬的样子，清晰地浮现在沈辰溪的脑海中。希迪失踪前的点滴一直萦绕在他的心头，一直到后半夜，沈辰溪才昏昏沉沉地睡了过去。

陌生的环境，加上山里夜晚极低的气温，让沈辰溪觉得自己没有睡实在，中间迷迷糊糊地听见狗娃起床出去的声音，可他感觉自己被魇住了，怎么都睁不开眼睛。

不知又过了多久，沈辰溪刚刚觉得身上暖和起来，就听见屋外一阵喧闹，紧接着屋内响起脚步声。在他还没来得及反应的时候，突然被人一把按住，反扣着双臂从被窝里拽了出来。

沈辰溪被拖到冰凉的水磨石地面上，他想挣扎，但拖着自己的那个人动作非常粗暴，他双手被反剪，挣不动也使不上劲儿。

还没完全清醒的沈辰溪根本不知道发生了什么，只能愤怒地喊："你们干什么？你们想要什么？有话好好说，别动手啊！"

这时，狗娃爷爷冲进屋打开了灯，看见眼前的情况怒气冲冲地问："二柱子、小宋，你们这是干什么？！"

那个拖着沈辰溪的男人粗声粗气地喊道："四叔，这事你别管！我们这是执行任务！"说话间，男人揪起沈辰溪就往外推，另外一个人则是问了一下狗娃爷爷哪些是沈辰溪的东西，然后简单粗暴地抓了两件衣服就跟了出去。

如果说屋里是有点冷，那么屋外就是寒风刺骨了，被仓促推出门的沈辰溪很快就被彻底吹透了。刚刚出来得急，那两个人根本就没给他穿外套的机会，只是在棉毛衫外面给披了一件羽绒服，但他被扣着双手，连袖子都没套上，跟没穿区别不大。

沈辰溪一路被推搡着，趿着鞋走在高低不平的青石路上。

冬天天亮得晚，再加上今天的天气阴沉，所以外面一片灰蒙蒙的。沈辰溪不明不白地被人这么推着，深一脚浅一脚地往前走着，好几次差点儿被路上凸起的石块绊倒。

可即使如此，身后的人还是一个劲儿地用力推搡沈辰溪。另外那个人实在看不过去了，停下来让他穿好衣服鞋子再继续走。

沈辰溪趁这个空当仔细辨认了那两人的装扮，他们其中一个人穿着一身铁灰色制服，看上去像是城管或者保安的样子，一脸的凶神恶煞；另外一个人则穿着夹克衫，一脸严肃，还叼着根烟。

沈辰溪试图问他们是什么人，为什么要抓自己，但他们两个都不理会，那个穿制服的人还骂骂咧咧的："问你大爷！为什么抓你你会不知道？到了地方就知道了！"

他们这样一路闹腾着前进，惊动了村里的狗，一连串的狗叫声，裹着他们进了一个大院。

那两个人没有给沈辰溪打量这个院子的机会，直接扭着他把他塞进了院子角落的一个房间里。

一进房间，沈辰溪便闻到了一股浓重的烟味，其中夹杂着脚臭味。还没缓过神，他就被摁在了一张老式折叠椅上，那两个人则一言不发地坐到了对面。沈辰溪注意到那个穿夹克衫的人手上正拿着自己的钱包和身份证。

那人对着自己的脸端详了一会儿才问："姓名！"

那个穿制服的人大声呵斥："问你呢，姓名！"

沈辰溪此刻一肚子的起床气，没有半点好气地回道："我身份证上有！"

"你跟谁说话呢？也不看看这是什么地方，问你什么你就老老实实说！"那个穿制服的人用力一拍桌子。

"什么地方？我还真不知道这是什么地方！"沈辰溪瞪着眼睛看着对面的两个人，冷哼了一声，"你们是什么人？凭什么抓我？"

"什么人？警察！"穿制服的人扯起自己身上的铁灰色制服向沈辰溪证明道。

"警察？"沈辰溪直接笑了。虽然对着灯光看不清楚，但是对面这个人身上穿的明显不是警服。另外那个人穿了一件咖啡色的夹克衫，怎么看都不可能是警察。而且这个地方又脏又乱，根本不可能是派出所。

沈辰溪非常直白地表达了自己的不信任："你说你是警察我就得信？我凭什么相信你们？"

"你哪儿那么多凭什么？就凭我们是执法人员！"那个穿制服的人作势要起身，还是旁边那个穿夹克衫的人拦住了他。

"执法人员？证件拿出来看看！"沈辰溪冷笑了一声，"谁知道你们是执法人员还是土匪?!”

“嘿，你还横起来了?”那个穿制服的人显然被沈辰溪的态度激怒了，喘着粗气开始撸袖管，“老子今天不把你打得满地找牙，你还以为这是你家呢!”

沈辰溪浑然不惧，用力一拍桌子:“不穿制服，不出示证件就上门抓人，你们算什么执法人员?”

“呦，还真是个天之骄子啊。”旁边穿夹克衫的人听了沈辰溪的话，伸手拦住那个穿制服的人，从口袋里拿出一个黑色的小本本，然后走到沈辰溪面前。

“我是赵官庄的驻村民警，宋春来。”说完他又指了指旁边那个人，“他是村里的协警。”

沈辰溪接过证件翻开看了看:一张免冠照，下面明明白白写着——宋春来，第二行是 ×× 省 ×× 市 ×× 公安局 ×× 分局，最末行是警号。

警官证很规矩，看着不像作假的样子，沈辰溪的气势顿时弱了一半:“你们是警察就能随便抓人?我犯什么法了?”

一听沈辰溪服了软，那个协警下意识昂着头，用指节叩着桌面:“看清楚了?知道我们是什么人了?我告诉你，你小子给我搞清楚状况!再说，我们抓你怎么了，你自己干了什么你不知道?我们现在怀疑你杀了人!”

“二柱子!”宋春来忍不住喝止了二柱子。二柱子这人就是容易上头，要是不小心透了什么线索可就麻烦了。

他看了看沈辰溪，温声道:“对不起啊，沈同学是吧?”说着扬了扬钱包里的学生证。

旁边的二柱子看见沈辰溪的学生证嘀咕了一句:“居然还是个大学生!”

第三章 > 淹死的酒鬼

GOU CUN

“沈同学，现在是这么个情况，今天一早，有人在村里发现了一具尸体，我们接到报警后去了现场，通过现在所知的线索推断，死者是昨天夜里被杀的。”宋春来斟酌了一下语言，“昨天村里就来了你一个外乡人，而且根据村里人的指认，你昨天晚上跟死者发生过冲突，所以我们想请你配合调查。”

“谁死了？”沈辰溪一愣，昨天跟自己发生过冲突的有三个人，其中一个还有可能是希迪的爸爸，不会是……

宋春来并没有直接回答他，而是问：“你既然是T大的学生，现在又没到放假的时候，你大老远地跑到赵官庄干什么？”

“找人。”沈辰溪老老实实地回答。

“找谁？”

“赵希迪。”

两人听完都愣了一下，宋春来拉住二柱子低声问：“你认识吗？”

二柱子摇摇头：“没听过啊。”

宋春来朝着沈辰溪努努下巴，低声说：“先稳住他，看看能不能问出点什么。”

“那……你和这个赵希迪是什么关系？”

“她是我女朋友，不过她失踪了。”

两人再次对视一眼，二柱子夸张地怪笑道：“追女朋友都追到这里来了？看不出来你还是个痴情种啊，难怪在宋寡妇的饭店跟人干仗呢！”

宋春来干咳了一声：“你说你来找女朋友，怎么找到宋寡妇的饭店去了？”

“我去了一个叫赵庄饭店的地方，至于是不是宋寡妇开的，我不是很清楚。”

村里人都知道宋寡妇是干什么的，一个大学生来乡下找宋寡妇还能有什么事！二柱子咧着嘴，露出一个暧昧的表情：“嘿，装，你就装！”

宋春来倒是很温和：“那你详细说说当时情况是怎么样的，找没找到你女朋友呢？”

“哎呀，你还跟这小子扯这些干吗？他都去宋寡妇那儿了，还有什么可问的！”二柱子急了起来，“小子！我问你，昨天晚上你都干什么了？”

沈辰溪对二柱子的粗鲁很是反感，忍不住蹙起了眉头。但他还是一五一十地将昨天的情况说了出来：“离开赵庄饭店以后，我就一直待在狗娃家，狗娃的爷爷奶奶可以为我做证。”

“就这样？”宋春来停下笔看着沈辰溪，“还有没有什么要补充的？”

“没有了，”沈辰溪好奇道，“所以，死者是谁？”

“赵志恒。就是昨天和你起冲突的三驼子。”宋春来通过刚才的对话基本上已经排除了沈辰溪作案的可能。

沈辰溪作为一个外乡人，刚到村里谁也不认识，而且发生冲突的主要对象不是他；再说，一个T大的学生，大老远地跑到他们这个偏僻的小村子来，怎么可能因为意外冲突就兴起杀人？不管作案动机还是作案诱因，他似乎都不具备。

“所以，死的是三驼子？”沈辰溪惊讶不已，事情的发展真不可思议，这惩罚来得也太快了！

二柱子听得有些不耐烦：“啧，是我问你还是你问我啊！怎么，他死了你这么高兴？”

“……”沈辰溪心说，我能不高兴嘛，吃狗打小孩的村霸死了也活该！要不是他现在人在屋檐下，还想站起来鼓掌呢！

二柱子见沈辰溪这副样子就来气：“我问你话呢？聋啦？我问你，三驼子死了你特高兴是不是？啊？”

“二柱子！你别闹！”宋春来瞪了二柱子一眼。

二柱子很不服气地看着宋春来：“宋警官你真信他说的？我们在三驼子溺死的水沟边上发现了男人的脚印，我刚刚比对过了，跟这小子的鞋码一样，都是43码！”

“好了，那个，你……”宋春来对二柱子头痛不已，想赶紧找个法子把他支走，“那个，狗娃的爷爷是不是跟来了？你……你去传达室看看。”

“好嘞！”二柱子对宋春来还是服气的，很配合地向传达室走去，出门前回头瞪了沈辰溪一眼，“小子！你最好给我老老实实交代问题，别想着糊弄宋警官，要不然老子饶不了你！”

见二柱子出去了，宋春来看了看面前的沈辰溪：“不好意思啊，二柱子他……唉，三驼子和他是发小……这会儿心里正难受呢，你理解一下吧。”

沈辰溪点了点头，这村子很小，人人都沾亲带故的，三驼子和二柱子关系好再正常不过了。

宋春来用笔一下一下地点着手中的本子道："你到了赵继平……也就是狗娃家里之后，就再没出去过？"

"没有。我昨天坐了一天的车，好不容易到了村里，狗娃又跟三驼子他们起了冲突，折腾了很久，很晚才睡着。今天早上，我还没睡醒，就让你们带到这里来了。"

说到这里，沈辰溪有一肚子的怨气。虽然对狗娃一家的热情招待很是感谢，但是在那样寒冷的房间里，不管电热毯多热都无法驱散山里的寒气，加上他对见到希迪的期盼，搅扰得他后半夜才堪堪睡着。谁想到一大早被两个陌生人从被窝里拖出来，脸也没洗，牙也没刷，衣服也不给他穿好，给他冻得不行。

再看这间所谓的警务室，简直破旧得无法形容，大城市来的沈辰溪哪里见过这阵仗，所以他第一反应就是怀疑宋春来的身份。

其实，宋春来身份被怀疑的事情不是第一次发生了，对此，他也很郁闷，驻村民警这活儿真不好干。

宋春来是正儿八经的警校毕业生，本来想着进刑警队一展所长，结果分配到镇上没多久，就被派到赵官庄来"基层锻炼"了。可赵官庄这么丁点大的村子，能有什么正经案子办？虽然小偷小摸之类的事情也不是没有，偷点瓜果、捞条鱼的本就在所难免，可赵官庄几乎家家养狗，这么点小事，狗比他反应还及时呢，当时就能直接解决了，压根轮不到自己。

可没案子不等于闲着，他也是每天从睁眼忙到倒头就睡。不过他干的都是狗不愿意干的邻里纠纷、鸡毛蒜皮的小事，比如妯娌打架了、牛掉沟里了、鱼塘翻了、鸡鸭赶串了之类的事情。他怎么也没想到，自己一个警察，案子没办几个，倒学会了赶鸡、赶鸭、赶牛，最重要的是他还学会了骑三轮车、推板车！

赵官庄因为村子小、交通不便，没有现代设施不说，连个专门的警察驻村办事处都没有。因为宋春来被派遣到这儿做驻村民警，村委会这才分了两间屋子给他使用，一间住人，一间当警务室。

这村子里土路居多，宋春来那身警察制服穿不到两天就变颜色了，时间一长，他也学乖了。反正村子里的人都认得他，他索性就穿着便服上岗，只有上级来检查的时候，才会拿出警服穿一穿。没想到因为穿着，今天他会被沈辰溪这个外乡人怀疑。

见沈辰溪不卑不亢地看着自己，宋春来忽然有点触动。想当初自己刚到赵官庄的时候，不也像个刺儿头一样吗？这个小伙子虽然一副没睡醒的样子，但是穿得干干净净的，眼睛又亮，确实像城里的大学生，再想到他刚刚说的这些话，条理分明，细节也没什么出入，完全不像撒谎的样子。宋春来从他包里翻出的身份证、T大学生证、图书卡还有这两天的火车票汽车票，都佐证了他的话并无虚假。

但赵志恒的死……

“你说昨天宋寡妇关店之后往西走了？”宋春来又一次详细询问沈辰溪昨晚的细节，他突然发现了一个问题，“可卫生所在东边啊。”

“这我就不知道了，”沈辰溪一摊手，“不过要说是宋寡妇干的也不现实吧？三驼子毕竟是个男的，力气可不小。”他昨天被三驼子打到过，那把子力气着实不容小觑。

“嗯……我们还是先谈谈你吧。其实，我觉得你一个S城的大学生，千里迢迢跑到赵官庄来杀赵志恒是不太可能的。”宋春来一边说一边用笔敲了敲桌子，“但你是外地来的，昨天又正好跟死者发生过冲突，从理论上讲，我肯定要找你问问情况的。”

沈辰溪点了点头："我理解。对了，昨天赵志恒是和瘸子一起离开的饭店，现在赵志恒死了，那瘸子呢？"

宋春来迟疑了片刻，照理说沈辰溪的嫌疑虽然不大，但自己实在不应该跟他透露案件细节。不过赵官庄就这么大，死了人是瞒不住的，有个大学生帮自己说不定有助于破案。

"你说的瘸子叫丁德义，是村里养狗场的场长，昨天晚上离开赵庄饭店之后就失踪了。"

"失踪了？"沈辰溪一怔，"会不会……是他杀了赵志恒然后潜逃了？"

宋春来摸了摸下巴，粗粝的胡楂微微有点扎手："确实存在这种可能。死者赵志恒和丁德义虽然是朋友，但是两人之间有债务纠纷。不过丁德义失踪了，在没有进一步线索之前，不好下定论。"

沈辰溪有点郁闷，他是跟那两个人起过冲突，但现在他们一个死了一个失踪，这警察怎么不立刻去找失踪的人，反而直接怀疑自己？

面对沈辰溪的疑问，宋春来有点不好意思："村里就我一个驻村民警，同时开展工作有点困难。而且有村民指认，你曾经跟赵志恒发生过冲突，嫌疑很大，所以我跟二柱子就来抓你了。早上我已经给镇上去了电话，估计下午就会有支援的警察过来了。"

还没人手？没人手，这两人怎么一大早就把自己薅这儿来了？沈辰溪默默翻了个白眼。

宋春来挠了挠头："赵志恒是村里老支书的小儿子，他们家老大死得早，家里对他就比较娇惯。早上发现他的尸体之后，我去通知了家属，他们家当时就炸锅了，又听说昨天村里来了个外地人，还发生了冲突，生怕你跑了……"说到这里，他忍不住尴尬地笑了几声。

听到这话，沈辰溪突然明白了，怪不得赵志恒昨天在饭店里那么蛮横。

“宋警官，能不能告诉我他是怎么死的？”

“这个嘛……”宋春来思索了一会儿，还是说了一句，“现在死因还不明确。”

就在这时，两人听到外面传来一阵厮打叫骂的声音，其中还伴随着女人凄厉的哭喊声、尖叫声。

宋春来一听这个声音就知道是什么情况，顿感头大，这还有完没完了！他刚准备出去看看情况，怕又是哪家妯娌打架打到村委会来了，一拉开门，就看见赵志恒媳妇揪着宋寡妇的头发正往警务室这边带。

赵志恒媳妇看见宋春来便大声叫道：“宋警官，我把这个贱人带过来了！肯定就是这个贱人把我们家志恒害死了！”

“你干吗呢！把人弄到村委会来算怎么回事?！”在传达室接待狗娃爷爷的二柱子追了上来。

“我把凶手抓住了，就是她把我们家志恒害了！”只见她说得咬牙切齿，边说边揪着宋寡妇的头发往宋春来的方向走。

宋寡妇疼得嗷嗷直叫：“冯桂香，你撒手！再不撒手，我就还手了！”

“哎哟哟，你个搞破鞋的还横起来了？你还手啊，你还手给我看看啊。”说着冯桂香的手猛地用力向下一拽，直接把宋寡妇拽翻在地，另一只手抡起挎包就往她脸上招呼，“就凭你？你还手啊，还、手、啊！”

宋寡妇也不是吃素的，一手扯住揪着自己头发的手，另一只手向冯桂香挥打，还不住地抬脚踢对面的冯桂香。

要知道宋寡妇一个女人，能孤身在村里开这么多年饭店，定不是什么好欺负的人。可她身体娇小，面对腰如水桶、肩似门板的冯桂香，不免落了下风，头发被抓得越来越紧不说，背上脸上也被打了好几下。

就这么折腾了好一会儿，宋寡妇渐渐没了力气，冯桂香就这么拽着她的头发，像遛狗崽子似的遛她。

“哎呀！嫂子，你先把人放开！”

“就是，这拉拉扯扯的像什么样子！”

周围的人虽然看不过眼，也都只敢嘴上劝解，没有人真的上手把她俩分开。

“像什么样子？我们家志恒都被这个贱人害死了，我还在乎什么样子？”

“冯桂香！你干什么？快把人放开！”宋春来可不管村里那些复杂的关系，一看两人这个架势就赶忙冲了上去。

“放了放了。”宋春来一发话，冯桂香立刻松了手，嘴上却不饶人，“知道她和你是一个本家的，你心疼她了，对不对！”

宋春来听出冯桂香这是话里有话，不过他早就知道这女人爱胡说八道，没接茬儿：“你男人死了心里不好受，我们都理解，可现在是个什么情况我们都没定性，你怎么能说人家宋寡妇就是凶手呢？讲话要有证据。”

“我有证据！”冯桂香号了一嗓子，甩出随身携带的挎包，“看看，大家伙儿都来看看，这都是我从这个狐狸精家里找出来的！这就是证据！”

宋寡妇一听，忽然伸手死死拽住包链，喊道：“冯桂香，你不就是要我赔钱吗？我赔，你说要多少我都赔给你！一万块钱行不行……”

“一万块钱？这么点钱就想买我男人的命？”冯桂香冷笑一声，提高了嗓门叫道，“大家伙儿听见没有，这个烂货她心虚了！这里面就是她害人的证据！”

“什么一万块钱？冯桂香你们不要闹了，有什么证据就拿出来，没有证据就不要瞎说！”宋春来被冯桂香的胡搅蛮缠弄得心头火起，嗓门也跟着大了起来。

“不能看，不能看啊！”宋寡妇哭腔都被逼出来了，更加用力地想要争夺那个挎包，可她的力气怎么比得上冯桂香？在两人你争我抢之下，挎包的拉链不知怎么拉开了，里面的东西扬了一地。

东西一扬出来，几个离得近的村民都惊呼了出来，几个妇女一把拉开手边看热闹的小孩。

宋春来离得有些远，没看清扬出来的是什么东西，看大家的反应还以为是什么关键性证据，走近一瞧却闹了个大红脸。原来那挎包里塞的尽是些奶罩、裤头之类的衣物，还有那种几根细绳吊着一块花边布的东西，除此之外还有钱包、手表、戒指等物什，最扎眼的还要数那一盒打开的避孕套。

宋春来赶紧挥了挥手：“这算什么证据，赶紧收起来，收起来。”

“怎么不算证据了？”冯桂香捡起一条洗松了的红色三角裤，“看看，都看看，这是我们家志恒的裤头，上面有我绣的‘恒’字。我男人的裤头怎么会跑你家去？你说啊！”

宋寡妇一看这些东西撒在地上，整张脸一点血色都没了，只是一个劲儿地垂着头，让本就娇小的身体显得更加弱小。

“这手表，这戒指，都是我们家的东西啊，是我们家志恒买给我的！你倒是说说看，这些东西是怎么跑到你这个烂货家里去的？”

宋春来看了一眼面如死灰的宋寡妇，心里叹了一口气：“嫂子，你看你男人都走了……这家里的事就不要在村委会说了……影响不好。”

“现在知道影响不好了？搞破鞋的时候怎么就没想到有这一天呢！”冯桂香说到气头上，又一把抓住宋寡妇的头发，“十里八乡的谁不知道这个贱人是个克夫的扫把星？她过门没几天就把自家男人害死了，还到处勾引别人！靠跟人家睡觉开了一家破店……”

这时候宋寡妇也不知道哪里来的力气，突然挣脱了冯桂香的手，前额的头发被硬生生地拽掉了一把，头皮隐隐有血丝沁了出来：“你不要血口喷人！饭店是我男人留给我的！”

“血口喷人？你要真那么清白，我们家志恒的裤头怎么在你家床上？你一个死了男人的丧门星家里备这么多避孕套干什么？吹洋泡泡吗！”冯桂香得理不饶人，甩掉手上的头发又想伸手去抓宋寡妇。这时候，在村委会上班的几个妇女干部赶忙冲了上来，将两人拉开。

“就算这些东西可以证明宋寡妇有作风问题，可这跟你男人的死是两码事，冯桂香，你不要胡闹。”宋春来看着眼前这两人头疼得不行，不管怎么说，这种场合还是得先稳住双方别出乱子。

“怎么没关系了？肯定是她为了钱把我们家志恒害死了！”冯桂香指着宋寡妇骂道，“别以为我不知道你贴上我们家志恒是为什么，你是看上他有钱了吧？我告诉你，有我在一天，你就别打这个主意！”

宋春来觉得自己的头都要裂开了：“冯桂香，你冷静一点，你早上说肯定是昨天来的外地人害死了你男人，现在又说是宋寡妇干的，你到底知不知道怎么回事？不知道别随便冤枉人，讲话要有证据，知道吗？我知道你男人死了你情绪激动，但是你这样对查清楚案子没有任何帮助。”

“什么？小三子死了？”本来在传达室门口看热闹的狗娃爷爷

一直到这会儿才听明白怎么回事，“二柱子，你们早上就是因为这事上家里把那个姓沈的小伙子带走的？”

二柱子点点头，无奈道：“四叔，我不都跟您说过好儿遍了吗……”

“那可跟人家小伙子没关系啊，那小伙子昨天把狗娃送回家之后就没再出去过。”狗娃爷爷大声道，“对了，小三子怎么死的呀？昨儿不是还好好的吗？”狗娃爷爷耳朵有点背，说话的声音就显得格外大。

二柱子凑近狗娃爷爷的耳朵，喊道：“喝多了，掉沟里淹死的。”

直到这时沈辰溪才总算知道赵志恒的死因，这么冷的天，要是晚上喝多了酒失足掉进水沟鱼塘，那只有两种结果，要么淹死，要么冻死。昨天晚上有多冷，他现在都记忆犹新。

沈辰溪刚刚在警务室里面等宋春来回来，可他左等不来右等不来，就自己走了出去，正好撞见宋寡妇和冯桂香打架。

他本想上去拉架，可一看冯桂香的架势就心生怯意。

沈辰溪对宋寡妇的印象很好，昨天如果不是宋寡妇明里暗里地把赵志恒和丁德义支走，他不知道还要挨多少揍。再加上她还给狗娃处理伤口，劝自己赶紧离开，沈辰溪本能地觉得宋寡妇和这个村子里的人有点格格不入。而且宋寡妇身体娇小，撑死了也不到一百斤的样子。

对面这个冯桂香就不一样了，个子比宋春来还要高些，少说得有一米七八的个头，肩宽背厚，腰肢粗壮，再配上黑红的皮肤，嘴上涂着猩红的口红，像极了食人血肉的凶徒。而且冯桂香的嗓门大、声音尖，开口说话就像用尖锐的东西划玻璃一样，让人头皮发麻，沈辰溪晚上没休息好，一听她说话，太阳穴就突突得疼。

最让沈辰溪奇怪的是，明明是一个粗手粗脚的悍妇，可她不仅涂了口红，脸上还抹了厚厚的粉，头发也像是特意整理过的样子。

他心里生出疑惑，为什么冯桂香刚死了老公，到村委会来撒泼打架还专门要化妆？

赵官庄村子不大，村委会这边一闹，很快就聚集了一群过来看热闹的村民。

这时候，一个小孩的声音响了起来："爷爷！你怎么跑这儿来了？大哥哥去哪儿了？"

狗娃从人群中钻了出来，一眼看见了倚在门边的沈辰溪，冲他喊："大哥哥！"

沈辰溪对他挥挥手，示意自己听见了。借着冬日的阳光，沈辰溪发现狗娃除了比较黑瘦之外，长得十分精神，一双不算大的眼睛，眼珠又黑又亮，特别有神。

狗娃爷爷一看见孙子来了，上前一把揽住："狗娃，你怎么跑来了，黑风埋好了？犬神奶奶怎么说啊？"早上天没亮的时候，狗娃带着装黑风的箱子去了犬神庙。他走的时候，宋春来他们还没来薅人呢。

"埋好了，"狗娃神色一黯，"犬神奶奶说万事皆有因果。"

"什么果？哦，要在上面种棵果树是吧？"狗娃爷爷耳背，"那你再去问问，要种什么品种的，爷爷回头到集上给你买。"

狗娃爷爷奶奶对这个孙子很是疼爱，虽说家里不富裕，可只要孙子有什么要求，两位老人总是想办法满足，毕竟狗娃打小爸妈就不在身边，又没个兄弟姊妹可以照应。

狗娃知道爷爷听岔了，一时半会儿也解释不清楚，转而问："爷爷你来村委会干什么呀？大哥哥为什么也在这里？"

狗娃爷爷摸摸狗娃的头，自以为很小声地说道："你志恒叔昨天没啦！"

“三驼……”刚说了两个字，狗娃连忙改口，“志恒叔死了？怎么死的？”

原来早上化工厂的工人去上班时，看到有个人栽在厂门口的水沟里，拉上来的时候人都硬了，翻过来一看居然是自家厂长赵志恒，工人赶紧报了警。

宋春来接到报警后很是上心，很快就从知情村民口中问到了昨天晚上的情况。他先赶到赵志恒家通知家属这个不幸的消息，而后去了丁德义家和赵志伟家询问情况。丁德义昨天跟赵志恒出门后一晚上没回家，赵志伟倒是在家，可是根据他的说辞，他昨天没跟赵志恒、丁德义一起走，还说了三人曾经跟一个外地人打架的事。冯桂香听说后立即让宋春来去把人捉住，这才有了宋春来带着二柱子去抓沈辰溪的一幕。

沈辰溪大概了解了一些情况，说道：“宋警官，昨天赵志恒既然是跟丁德义一起走的，那最重要的事情就是找到丁德义。”

找他？说得简单，宋春来心想。赵官庄这个村子看着是不大，可算上周围的山和荒地就大了去了，他跟二柱子也就两个人，上哪儿找人去？

不过，他也知道沈辰溪的意思，这事再怎么说也应该先找到丁德义，毕竟丁德义是最后和赵志恒在一起的人。就目前的线索看，赵志恒的死很可能是个意外事件，喝醉了看不清路栽到沟里淹死虽不是常事，但村里也不是第一次发生类似的事情了。三个月前，有个村干部也是不小心滑进水沟淹死了，直到第二天中午才被发现。

来村委会围观的人越来越多，冯桂香索性往地上一坐，摆出撒泼的架势哭闹起来：“你个挨千刀的赵志恒啊！你怎么那么狠心就走了啊！你走了我可怎么活啊！

“你王八蛋啊……我不活了啊！叫你不要喝酒你偏要去，现在给人害死了都没人给你做主啊……”

正当她哭得起劲儿的时候，围观的村民突然让出了一条路，一个腰杆挺得笔直、身体单薄的老人拄着根枣红色的拐杖走进了村委会的院子：“好了，在这儿哭闹什么，还嫌不够丢人？赶紧给我回家！”

冯桂香抬头一看来人瞬间就哑了火，声音都低了一个八度：“爹，可是志恒他……”

这个干瘦的老人就是赵官庄的老支书——赵志恒的父亲。

“你还好意思说，平时叫你管好三儿，让他少喝点酒，”老支书眉毛倒竖，松弛的眼泡有点红肿，声音沙哑地喝道，“现在呢？好好的一个大活人，就这么喝死了，你还好意思来村委会闹？”

不知道是不是因为老支书余威尚在，经他这么一吼，围观的村民渐渐散去了。老支书把冯桂香骂回家之后，拄着拐杖在村委会的院子里走了几步，然后在院子中间的花坛边上坐下，长长地叹了一口气。在冬日的暖阳下，老支书的身影显得那样瘦小、冰冷。

一个村干部走上前想要把他搀起来：“老支书，外头冷，上屋里坐去。”

老支书缓缓地摇了摇头。

村干部又试探着问道：“那我送您回去？”

“不回去，三儿还在家里躺着呢。”老支书的声音显得更沙哑了，满是沟壑的脸上淌下两行泪来。

村干部摇了摇头，转身进了小楼，过了一会儿拿了一个保温杯出来，放在老支书身边，这才又回去上班。

宋春来站在一旁不忍再看，赶紧把宋寡妇带进了警务室，沈辰溪也跟着进去了。宋寡妇坐在椅子上哭了好一阵子，哭声中夹杂着诉苦。

宋寡妇说她做那种事也是没办法的，要是不和三驼子好，他就不让她继续开饭店。他们家在村里财大势大，她一个死了男人的寡妇能怎么办？没了饭店，她拿什么生活？自从她跟三驼子好上以后，三驼子倒是不来闹了，可他隔三岔五地带人到店里吃饭，回回都连吃带拿，从来没给过钱。这些年她跟着三驼子从来没图过什么，也没计较过钱财，就当是被狗咬了换个平安。这期间，三驼子确实拿过几个戒指、几块手表给她，她也没敢拿去换钱，没想到今天被冯桂香翻出来当成证据了。

“唉，这人都没了，过去的事咱们先放一放，”宋春来觉得自己这话说得有些不近人情，连忙转移了话题，“宋嫂子，你再回忆回忆昨天晚上的情况，有没有什么奇怪的地方？”

宋寡妇又抽噎了一会儿，回想着昨天的情况，如实对宋春来描述起来。

昨天天还没黑的时候，三驼子他们仨带着一只剥了皮的狗来饭店，让她加工一下，而后三人坐在大厅靠里面的老位置。一开始，宋寡妇没觉得有什么异常，饭店经常有客人自己带肉过来做菜，收取加工费就行。村子周围的山上野狗很多，丁瘸子又是开狗场的，以前也经常带狗肉过来做火锅吃。后来宋寡妇去院子里收拾东西，看见了那个装狗皮的纸箱子，这才知道他们带来的狗肉是狗娃家的黑风。

宋春来是知道黑风的，乍一听到这件事，眼睛都瞪圆了：“什么？好好的杀人家看门狗干吗？”

宋寡妇摇头叹气道：“我怎么知道，只听三驼子说过几次黑风老了，脑子也坏了，见人就咬……”

“不会啊，我前两天还看见黑风了，看着挺正常、挺机灵的，”宋春来挠挠头，“你继续说下去。”

当时饭店里的人不少，宋寡妇一个人根本看不过来。除了她婆婆在厨房里帮忙烧菜，里里外外就她一个人忙活，又是收银又是上菜不说，还要忙着招呼客人，知道三驼子他们来了，但实在没精力顾他们。

“不过现在想起来，大概七点多的时候，就是狗娃他们来之前那会儿，他们嚷着要加菜，我赶紧过去招呼，结果听到他们在吵架，吵得挺厉害的。”这会儿宋寡妇的情绪平稳了不少，说话也流畅了很多。

宋春来一下来了精神：“吵架？吵什么？”

“还能吵什么？要账啊！”宋寡妇撇了撇嘴，“之前赵志伟为了给儿子搞个汽修门面，不是问三驼子和丁瘸子借了几万块钱的账吗？”

“啊？不对吧，这个事我是知道的，我听人说，他们前几年因为这个事闹得挺凶的，这两年就没动静了，不是已经还清了吗？”宋春来连忙打断了宋寡妇的话。

“他们三个的事情谁说得清啊！”宋寡妇摇头道，“按说赵志伟儿子那个汽修门面生意挺好的，要想还钱早该还上了。”

“然后呢？”宋春来问得随意，他对村里人相互借钱的事不怎么在意，都沾着亲戚关系，谁还能因为一点钱撕破脸呢。

宋寡妇接着说：“这都好几年了，债也还不上，这两年丁瘸子的狗场也不景气，正是四处找钱的时候，可不得盯着赵志伟要钱？！”

“丁德义要账是为了让狗场周转，那赵志恒呢？化工厂也没钱了？”宋春来有点纳闷，赵志恒跟丁德义不一样，他跟赵志伟是本家的，算是堂兄弟，在宋春来的概念里，一家人应该不会催得那么狠才对。而且化工厂在当地是油水大的生意，不至于三番两次催着赵志伟还钱才是。

“也不是，这三驼子昨天一直在问丁瘸子要钱。之前丁瘸子开狗场的时候，三驼子是入了股的。昨天听他们吵架，那意思好像是三驼子要撤股，”宋寡妇答道，“不过对赵志伟就不一样了，像是不用他还钱了，但是要赵志伟把那个汽修门面抵给他。”

“赵志伟能愿意？”宋春来对赵志恒狮子大开口的行径感到吃惊。

宋寡妇说：“怎么可能！他儿子那个汽修门面这两年养起来了，赚钱得很。傻子才会抵给赵志恒！”

宋春来说：“对啊，那赵志恒怎么说？”

“能怎么说，一个要店，一个不给，丁瘸子那边也拿不出钱还账，三人就吵起来了呗。”说到这里，宋寡妇好像想起了什么，“不过昨天的事怪得很，三驼子也不是第一次跟赵志伟要账了，一般都是赵志伟给两包烟就算了。昨天三驼子忽然拍桌子了，非逼着他还汽修门面。”

宋春来觉得奇怪：“是不是赵志恒的化工厂遇到什么事了？”

“不清楚，他也不和我说这个。”宋寡妇摇摇头，“后来他们说到祠堂后面那间老屋，就是赵志伟叔叔家的那个，说是要用里面的东西抵账。”

“里面的东西？”宋春来琢磨了一下，问道，“什么东西？不会又要扒屋子吧？那老屋都垮成什么样了，哪能卖上价啊。”

“好像不是要卖房子，赵志伟一听要那老屋死活不依，一直说什么里面的东西不能动，动了要遭报应的。”宋寡妇的脸上露出了怪异的神色，神秘兮兮地说，“那老屋里有……”

一直旁听的沈辰溪忍不住问道：“有什么？”

“有诅咒！”宋寡妇笃定道，“我跟你说，你别不信邪，那诅咒是真的！我看这三驼子就是被老屋的诅咒给咒死的！”

宋春来一听到诅咒这两个字霍地站起来，他再也坐不住了，额头上的血管也突突地跳了起来。

赵志恒死亡这件事，很可能是个意外，要不是他有个能闹事的媳妇，还有个做过村支书的爹，自己大概率会按流程简单调查一下，走个过场就结案了。现在好了，事情越查越荒唐，越查越离谱，连诅咒都扯出来了，真不知道要怎么处理才好。

不过，赵家老屋的事情宋春来知道一些。

赵官庄祠堂那边有一片建筑群，听说以前是一个地主的宅子，那地主家里是出过大官的。新中国成立以后，宅子周边的空地都被分了，就剩下几间老屋留给后人。后来那家的后人出去做生意，走之前把老屋交给本家侄子赵志伟照料，老屋因此空了下来。

那老屋一没人气便不行了，空了这么些年，再淋上几场大雨，墙裂了，屋顶也漏了，看着越来越像电影里的鬼屋。时间长了，各种各样的谣言就传了出来，还越传越邪乎，说什么老屋里住了个女鬼，半夜有女人的哭泣声，甚至有人看见女鬼在里面梳妆打扮。

1998 年，赵志伟跟丁德义、赵志恒借了钱，隔年赵志恒就开始要账了。那会儿汽修门面还没正式开张，赵志伟根本没钱还，赵志恒就盯上了这间老屋。那时赵志恒意外得知，南边的一些有钱人喜欢收整套的老宅子，一套能卖好几十万。他联系了镇上一个倒腾旧家具的商贩，请对方来村里看了老屋，没过多久就找到了买主。

赵志伟是个没本事的穷庄稼汉，帮叔叔照看房子却照看得四面漏风，屋顶和墙都出了问题。他听赵志恒说有人收这种老宅子，兴奋极了，这老屋要是卖了钱，不仅能还了欠下的账，还能把自己住的房子重新翻修一下，没准还有余钱改善生活。赵志伟当下就找赵志恒和丁德义商议，没过两天，他们一起找了几个工人，准备把屋里值钱的东西都扒拉下来卖了，再把老屋卖给收宅子的人。

可是这老屋年久失修哪里经得起这么折腾，下大梁的时候，半面墙都垮了，好几个干活的工人都被压在垮塌的围墙下面。这三人最后东西没卖成，还赔了不少医药费。

与此同时，他们在出事的大梁和柱子上发现了文字，可惜没人认得，最后找了犬神奶奶过来看。犬神奶奶到老屋看过之后，说这是举人老爷的诅咒，屋里的东西千万不能动，动了要出大事。

就这样，这个塌了半边的老屋成了赵官庄尽人皆知的“鬼屋”，现在被村民用木板子和围网围了起来，没人敢靠近老屋，仿佛只要靠近就能感到一股阴风。

宋春来对于这种乡村怪谈从来都是不相信的，在他看来，这就是寻常不过的施工事故。可是村里的人对鬼神之说深信不疑，一想到这里，他就忍不住头疼。

他听宋寡妇详细地给沈辰溪讲这些渊源，听得都快睡着了。

“要说这些事还跟希弟有些关系呢！”宋寡妇突然对沈辰溪说道。

“啊?！”沈辰溪原本听着那些神神鬼鬼的论调正烦躁莫名，此刻听到跟希迪有关，立刻打起精神。

沈辰溪追问：“和希迪有什么关系？”

“当初赵志伟找这俩人借钱的时候讲过，说要是还不上账就把女儿嫁给丁瘸子家那个傻儿子当老婆。后来希弟好像是高二升高三吧，赵志伟就说不让她念书了，逼着希弟回村子结婚还账。听说希弟这丫头死活不愿意，折腾了一段时间就没信儿了。没承想她最后跑了，三四年都没一个消息。不过要我说，她跑了也挺好的，你看她要是不跑出去也遇不上你啊！所以说女人啊，还是得自己有主意……”

“哎呀，你这说哪儿去了！”宋春来一见宋寡妇跑题了赶紧打断她，“说昨天晚上的事！”

“我知道的就这些了，后来，狗娃和这个小伙子就来了。”宋寡妇摇了摇头，“再后面我也不知道了。”

沈辰溪想了想：“也就是说，赵志恒死之前是找丁德义和赵志伟要账的，催得很急，但这两人都没钱还，是不是？”

宋春来一听沈辰溪说话的语气就知道，这小子八成是看侦探小说看上头了，赶紧咳嗽一声：“咯，是这样没错。但乡里乡亲的借钱周转的事多了去了，不可能因为这点事杀人。”

送走狗娃爷爷后，二柱子就回到警务室旁听。听到此处，他忽然问宋寡妇：“你不是说他跟丁瘸子去卫生所打狂犬疫苗了吗？要不问问卫生所的小周，说不定会有线索。”

宋春来一拍额头，心想：对啊！这四年多净管鸡毛蒜皮的事情了，如何查案都给忘了！

卫生所的电话很快就接通了，但小周的回答却不是宋春来他们想听到的。小周提供的证词是，昨天晚上八九点的时候，赵志恒和丁德义确实打了电话说要打针让他不要走，但是他一直等到十一点半都没等到人。

“也就是说，昨天赵志恒和丁德义从赵庄饭店离开以后，一直到赵志恒在化工厂附近被发现死亡的这段时间里，没有第三个人见过他们。”宋春来看了一眼靠墙坐着、脸色惨白的宋寡妇，总觉得哪里不对劲儿。刚才冯桂香说的话是胡搅蛮缠，可是沈辰溪提到的那个细节让他很是在意，为什么宋寡妇原本说要去卫生所却往西走呢？

“如果对死亡原因存疑就尸检啊。”沈辰溪忍不住插嘴道。沈辰溪此时心情十分郁闷，一方面他找女朋友的事情被耽搁到现在，另一方面，村警的查案方式很不合理，好像对死人、失踪人口都不上心，这办案水平还不如他一个毫无经验的大学生。

二柱子突然叫了起来："尸检？可不兴说这个啊！我看电视剧里面的尸检，那都要把人弄得七零八碎的，这怎么行？"

"尸检怎么了？"沈辰溪对此很不理解，既然他们觉得人死得有问题，为什么不让尸检，哪有这样的道理？

宋春来叹了口气："就算要尸检也麻烦啊。别说我们村里了，龙集镇上都没有一个法医，真要尸检就得到县里去。"

宋寡妇则抹着眼泪说："这要是尸检，那三驼子还能有全尸啊，这老支书怎么受得了？赵官庄讲究的就是个入土为安……"

看着这一屋子人……宋春来长长叹了一口气，他下意识地在本子上重重地画了几道，心想现在这种情况就两种方案，要么等镇上的支援来了全权听他们的安排，要么就等丁德义自己回来讲清楚事情经过。

这时候，警务室的门突然被推开了一条缝，里面的四人皆是一惊，原来是狗娃站在门口。狗娃问道："宋叔叔，我爷爷问大哥哥什么时候能回去？快吃午饭了。"说着还跟沈辰溪使了个眼色。

"宋警官，我现在是不是可以回去了？"沈辰溪的声音有些生硬，宋春来一听就知道这个小伙子心里有气。

"那个，沈辰溪同学，不好意思麻烦你协助我们工作了。"宋春来看着压抑着不满的沈辰溪宽慰道，"我这边暂时没什么事了，不过等镇上的人来了，你还是要配合一下我们的调查，所以这几天你最好不要离开赵官庄。"

沈辰溪耸耸肩走出了门，反正自己是过来找希迪的，人没找到，就是让他走他也不会走的。

狗娃拉着沈辰溪的手一甩一甩地往外走，沈辰溪能感觉到狗娃粗糙的手热乎乎的，好像很开心的样子："狗娃，你很开心？"

"嗯，三驼子那样的坏人得到惩罚，就是活该！"狗娃咬牙切齿道，"犬神奶奶早就说过，他们肯定会得到惩罚的！"

沈辰溪对赵志恒没有好感，但对狗娃坚信犬神奶奶的态度也有些无奈："狗娃，你可不能这么迷信啊。"

"可犬神奶奶就是很灵啊！"狗娃突然恶狠狠地踢了一脚面前的土块，"犬神奶奶说了，他们这些坏人，一个都跑不了，都会得到惩罚的！"

沈辰溪看着狗娃，心里忽然有点发慌，难道这个犬神奶奶真的有那么灵验？自己要不要去看看到底是怎么回事呢？

"大哥哥咱们赶紧回去吧，我爷爷说了，一会儿吃完饭就带你去找希弟姐姐呢！"

沈辰溪也不再多想，对他来说，最重要的事就是找到希迪，犬神奶奶与他有什么关系呢！

第四章 > 宋代古庙

GOU CUN

农家的午饭简单又热乎，为了感谢沈辰溪昨天对狗娃的保护，狗娃爷爷奶奶弄了特色腊货入菜，虽然不丰盛，可还是让沈辰溪吃得浑身热乎乎的，把今天一早被带走的寒冷都驱散了，连带着对这个村子的印象都好了不少。

吃完饭，狗娃帮着奶奶收拾碗筷，爷爷起身拍了拍沈辰溪的肩膀："后生，你是要找希弟，对吧？我这就带你去。"

狗娃一听赶忙道："我也去，我也去。"

奶奶伸手拍了一下狗娃："大人的事情你跟着去干什么，老实在家帮我打水，别去给人家捣乱。"

狗娃不服气地偏了偏头："奶奶，我哪有……"他看着跟在爷爷身后、慢慢走向石桥的沈辰溪的背影，心想：不知道大哥哥会跟希弟姐姐说什么呢？

狗娃爷爷虽然耳朵不太灵光，但是腿脚好得很，饶是沈辰溪年轻，还经常锻炼身体，在这崎岖不平的石板路上也只是堪堪追上他的步伐。

走了大概十来分钟，他们来到一户有灰白色二层小楼的院门前，狗娃爷爷扯着嗓子喊道："希弟在家吗？有人找！"

"谁啊？谁找希弟啊？"一个中年妇女一边擦着手一边从小院里探出头来，一看见来人是狗娃爷爷，连忙招呼道，"这不是他叔爷嘛，快快快，进来坐。"

狗娃爷爷摆了摆手："不坐了，不坐了。我来啊，就是找希弟来了。这不是你们家希弟前两天刚从S城回来吗？昨天有个S城来的后生，说要找你们家希弟，我就给带个路。"

中年妇女狐疑地打量了一下沈辰溪："你要找我们家希弟？"

沈辰溪点了点头："阿姨您好，我是S城来的……"

"行，你等会儿啊，我给你叫人。"还没介绍完，那个中年妇女就回头朝楼上喊道，"希弟，有人找！你赶紧下来。"

"嗯，就来。"里面一个脆生生的年轻女声应了一句。

是希迪的声音！沈辰溪的心都要从嗓子眼儿里蹦出来了，他经常听到希迪这么回答！

沈辰溪想，她肯定没有想到自己会出现在她家门前，自己要跟她说什么呢，问她为什么骗了自己，还是一把抱住她，说无论如何自己都爱她？他一时有点慌张，甚至是手足无措，不知道要如何面对希迪。

沈辰溪听到小楼里传来走下楼梯的脚步声，越来越近，越来越近。

"妈，谁找我呀？"那个声音更近了。

希迪的声音好像有点疲惫，是出了什么事吗？

"你叔爷带来的一个后生，说是S城来的。"中年妇女催促道，

“你快点的，你叔爷还在门口等着呢！”

脚步声马上就到门前了，沈辰溪全部的注意力都集中到了面前的门缝上。沈辰溪心中的答案越来越清晰，自己过来，不是想结束这段感情，也不是要责怪希迪对自己有所隐瞒。只要她愿意，什么问题他们都可以一同面对。

但当那魂牵梦萦的身影出现在面前时，沈辰溪连一点声音都发不出来。

她不是希迪。

除了年纪相仿，她没有一处像自己的希迪。而且她怀里还抱着一个白白胖胖的婴孩，她正一边摇晃着婴孩哄他入睡，一边不解地看着自己：“你找我？我们认识吗？”

“不，”沈辰溪张了张嘴，“不好意思，我……找错人了。”

“嗯？不是这个希弟？”狗娃爷爷一看这情况，连忙问沈辰溪，“你不是要找从S城回来的希弟吗？她就是前两天刚从S城给娃看完病回来的，错不了！”

“不，我要找的人叫赵希迪，”沈辰溪这才明白，原来狗娃爷爷听岔了，早知道应该带着狗娃一起来才对。

“赵希弟？”刘希弟听到这个名字就像被蜇了一样，紧张地问，“你找赵希弟？你是她什么人？”

“我们是同学，”沈辰溪有些艰难地答道，“我是她男朋友。”

“男朋友？”刘希弟仔细打量了沈辰溪好几遍，忽然尖着嗓子叫道，“你来这里找她可找错了，她早就不是这个村的人了！”

她这一嗓子把她怀中的婴孩吓得哇哇大哭起来，刘希弟哄着孩子就要往回走。

沈辰溪连忙掏出手机，指着屏幕里的女孩问：“你认识赵希迪，是不是？你看看是她吗？”

刘希弟看到照片，目光像是被烫到一般，立刻移开了视线。

沈辰溪追问道："你认识她对不对？她在哪里？"

"不知道，不认识！"刘希弟抱着孩子飞快地往屋里走。

沈辰溪对她的反应很是不解："可你刚刚……"

刘希弟忽然回头恶狠狠地说："我认识的赵希弟已经死了，你不要再找了！"说完哐一声将门砸上。

中年妇女有点不好意思，连忙对着沈辰溪和狗娃爷爷打招呼："哟，他叔爷，还有这个后生，真对不住啊，我们家这丫头就是没个规矩，对谁都这样……"

狗娃爷爷在这个节骨眼上耳朵又迷糊了，一听"对……样"还以为人家要给沈辰溪说对象，连忙摆手："可不能这样，人家小沈有对象的。要不是你们家希弟，那就是志伟家的希弟了，可我也没听说她要回来呀……"正说着，回头一看，沈辰溪已经失魂落魄地转过身准备回去了。

这几天的追寻，这几天的忧心，以为好不容易找到了朝思暮想的人，却换来了这样的结果……

赵希迪，你究竟去了哪里？

"小沈啊，没事，志伟家也有个叫希弟的女孩，离这里也不远，我现在就带你去看看，许是她回来了我不知道呢！"狗娃爷爷紧走两步追了上来，出声宽慰着沈辰溪。

志伟？赵志伟？

沈辰溪想起昨天那个沉默寡言的男人，他会是希迪的爸爸吗？狗娃说过，希迪有可能是赵志伟家的希弟，但也不能确定。毕竟那个女孩已经失踪好几年了，而且哪家的女儿失踪会是因为去T大上学呢？看来在这里找到希迪是希望渺茫了。

赵志伟家并不难找，两人从刘希弟家出来没几分钟就走到了。狗娃爷爷和沈辰溪到了之后发现，红砖砌起的院墙里一片寂静，斑驳的红漆铁门上插着门闩，显然是没人在家的样子。

狗娃爷爷在门口喊了两嗓子，都没有人答应。隔壁院子走出来一个披着大衣的男人，他看了看狗娃爷爷和沈辰溪，问道："三叔您来找志伟啊？他让宋警官叫村委会去了，到现在没回家呢。"

沈辰溪抱着万一的可能性问："那他家里还有别人在吗？"

那个男人吸了一下鼻子，回道："没了。他媳妇早些年去省里看病就再没回来，儿子在镇上有工作也很少回来，原来还有个女儿，这几年都没消息了，没准是死在外边了。"

死了？

"小沈，你别听他胡说啊，我听原来那个谁讲，说希弟是出去上班去了……"狗娃爷爷看沈辰溪的样子有点不忍心。

沈辰溪一时间也不知道如何说，他掏出手机调出赵希迪的照片，拿给二人看："那你们看看，你们说的希弟是不是这个人？"

狗娃爷爷凑近看了看照片，先是点头又摇了摇头："说不上来，也说不好。看这模样是有点像，不过看着也不大对。"

那个男人也上前来眯着眼睛看，对着小小屏幕上的照片皱起了眉毛："就这么看是不大像，希弟没那么高，好像也没那么白。"

那个男人突然明白了什么："你上这里来就是要找这个女孩啊？她叫赵希弟？"

"她叫赵希迪。"

"你确定她是咱赵官庄的人？会不会是东边赵庄的？她家住几号你知道不？"男人琢磨着沈辰溪的话问道。

"这……"附近还有一个赵庄？沈辰溪被问得一愣。

赵官庄这个地方还是希迪的闺密告诉他的，当时只给了他一张小纸条，上面写着“龙集镇赵官庄”，根本没有具体的门牌号码。

地址会不会是假的，希迪和她闺密一开始就是想逗他玩？先是跟他分手，然后人也消失不见，在他像没头苍蝇一样到处找人的时候，再让闺密给他一个假地址？

又会不会真像舍友说的那样，赵希迪劈腿了，失踪、赵官庄都是用来搪塞他的借口？其他人可能一看这个地址就望而却步了，谁会真的追到赵官庄去。

可谁让他是沈辰溪呢，别说是赵官庄，就算是天涯海角，他也一定会追去。只要天底下有这个地方，他就一定会去，他要找到她，当面问个清清楚楚、明明白白。三年的感情不能就这么稀里糊涂地结束了！

“哎呀，你都不确定那女孩是不是真在赵官庄，连门号也不知道，只知道个名字就不好找了。”男人撇了撇嘴，“这十里八乡的，叫希弟的女孩多了去了，这怎么找啊。”

是啊，该怎么找呢？沈辰溪内心涌起一阵阵刺痛。

这时，男人家的收音机传出“滋啦滋啦”的声音，主持人用甜美的声音说：“今天是平安夜，有位听众朋友点了一首《宁夏》送给朋友，再过几天就将迎来崭新的一年。亲爱的听众朋友，你们对未来……”

《宁夏》是今年春天出的新歌，希迪很喜欢听。这首歌，他们一起从春天听到冬天，他们一起上大课，一起去食堂吃饭，一起泡图书馆，一起听一个 MP3。在一起三年多的、活生生的、商量着毕业就结婚的人，就这么消失不见了，谁都找不到她。她消失得如此彻底，就像从来没有出现过一样。

今天是 2005 年 12 月 24 日，是西方的平安夜。如果赵希迪没有失踪，今夜沈辰溪应该和希迪在千里之外的 S 城，坐在红房子西餐厅里，吃牛排、喝红酒。在小提琴手的伴奏下，沈辰溪会单膝跪地，拿出戒指问她："你愿意嫁给我吗？"

可是现在，赵希迪不知所终。

他的规划，他的畅想，他的人生，都在来到赵官庄后按下了暂停键。

沈辰溪茫然地看着四周，这里距离 S 城有千里之遥，周围完全不是他熟悉的景致，是做噩梦都没梦到过的地方。

破旧的建筑、脏污的土路，以及远处压抑的群山，让整个赵官庄都显得阴森又黑暗。除了环境，这里的空气也让沈辰溪难以忍受，空气里混合着各种各样奇怪的味道，土腥气、牲畜排泄物的骚臭味，还有一股隐隐的化学药剂味，让人浑身不自在。这个没有抽水马桶、没有空调、棉被硬得像石头一样的地方，这个厕所就是两块板下面放一口缸的地方，这个连一个像样的商店、旅馆都没有的地方，充斥着让人窒息的一切，更不要提早上他还被当成了犯罪嫌疑人。回想这一路遭的罪，沈辰溪觉得自己就是个笑话！

我到底在干什么？拿着一个模糊的地址，凭着一腔孤勇，守护自己的爱情？沈辰溪早先那股勇气到这会儿已经消磨殆尽，他觉得自己太冲动、太幼稚了，为什么分手一定要当面说，这种偶像剧似的坚持有什么用？说不定赵希迪现在正在学校某处，和她的新男朋友卿卿我我，顺便嘲笑我这个头号大傻子呢！

沈辰溪自嘲地笑着，跟狗娃爷爷说："咱们回去吧。"

"后生，等志伟回来咱们再过来问问，我和狗娃他奶也给你打听打听。"狗娃爷爷看出沈辰溪的失落，"你要是没什么事就住家里，找不到人在附近玩玩也好啊。"

"啊，好啊。"沈辰溪胡乱答应着，他感觉这件事从头到尾都太可笑了。他不想再找了，他想回家了，坐明天最早的那班车走。

这时，狗娃顺着石板路跑了过来。

“狗娃，你怎么来了？你奶不是让你在家打水吗？”狗娃爷爷问道。

“我打完水才出来的！”狗娃一拍胸脯，骄傲地说，“大哥哥你找到希弟姐姐了吗？”

“没有，”沈辰溪摇了摇头，“那个不是。”

“那志伟大爷家……”

“没有人，而且邻居说没有人回来过。”

“嗯……那大哥哥你要不要去找犬神奶奶问问？”狗娃眼睛一亮，“我跟你说，犬神奶奶可厉害了！找她算命特别准，村里人有什么问题解决不了，或者有东西找不见了，都是找她帮忙的。”

“真的吗？”沈辰溪对于这种迷信行为还是很抗拒。

“真的！村里人都说她被犬神附身了，要不然怎么可能活一百多岁身体还那么好。”狗娃拼命地点头，“你看犬神奶奶说三驼子会得到惩罚，他不就死了吗。”

沈辰溪忍不住苦笑，要是这样就算准，那自己也能算命了。不过话说回来，如果这个犬神奶奶真的像他们说的那样，都活了一百多岁了，对村里的事肯定清楚得很，说不定她知道一些跟希迪有关的线索，就算是万一的希望，去拜访一下也不亏。

想到这里，沈辰溪有点意动：“那个犬神奶奶住在哪里？”

“犬神奶奶当然住在犬神庙里啦，就在白犬山那里。”狗娃伸手一指对面那座山。

“白犬山？”沈辰溪看向那座山。那座山并不是很高的样子，距离也不太远，他略微挣扎了一下，便决定去看看。

沈辰溪想，这趟来赵官庄，找到希迪的可能性不大了。不管犬神奶奶知不知道希迪的线索，走之前看看这座犬神庙就权当旅游了，也见识一下迷信场所到底是什么模样。

“那我们走吧！”

“好啊好啊，”狗娃兴奋地拉着沈辰溪，“正好我要过去告诉黑风，杀他的坏人已经得到惩罚了。”

从村里一眼就能看见犬神庙的位置，可真正走过去还是得花点工夫。犬神庙所在的白犬山不高，但上山却不容易。

沈辰溪去过很多景点，爬过很多名山大川，却是第一次走这种纯靠人力，把地皮走秃了开拓出来的一条路。他终于理解了什么叫——这世上本没有路，走的人多了也就成了路。

沈辰溪想想又觉得不对：“山上有犬神庙，怎么会没路呢，这么多年都没有修条路吗？”

“以前是有路的，就在那里。”狗娃抬手指了指西面的一处山林，“不过前两年下大雨，把路给冲塌了，村里没钱修又怕出事，就把路给封了。反正犬神庙只有村里人来，这边的小路也能走。”

沈辰溪点了点头：“狗娃，这座犬神庙是什么时候有的？”他头一回听说国内有专门拜犬神的庙宇。

“那历史可就长了！”狗娃一听这个来了劲头，“听我爷爷说，这座庙没有一千年也有八百年了。”

“这么久？”沈辰溪有点惊讶，“那不是文物吗？”

“那是以前的，以前那座庙早就塌了，”狗娃摇了摇头，惋惜道，“现在的犬神庙是我爷爷年轻的时候新盖的。”

这么一路走一路说，陡峭的山路似乎也变得好走了一些。等他们终于站在山腰上的一块平地上时，沈辰溪忍不住长长地出了一口气。回头看，不远处的村落临水而建，阡陌交杂，灰白斑驳的墙面配上青灰色的屋顶，与冬日的萧索搭配在一起，有一种别样的美感。

此刻炊烟渐起，远处传来几声犬吠、几声吆喝，让赵官庄显得那样静谧安详，全不似刚刚出过命案的样子。

再往上走几步，沈辰溪听见了一阵犬吠声，一抬头，就看见前面山路转折处有两抹黄褐色的身影，闪了一下就消失不见了。他想，那应该是山上养的狗，犬神庙嘛，养几只看门狗再正常不过了，也没放在心上。过了一会儿，沈辰溪突然感觉山上的树木似乎都摇动起来，紧接着就听见此起彼伏的犬吠声，似有千军万马从山上奔腾而来。

沈辰溪吓了一跳，成群的野狗，那捕猎能力比狼都凶狠，他们要是和狗群在山腰狭路相逢肯定凶多吉少。

随着犬吠声由远及近越来越清晰，沈辰溪看见山路上好几十只狗裹挟着一股烟尘呼啸而下，冲着沈辰溪狂吠不止。

饶是沈辰溪有着一米八五的大个子，家里养过狗，看到这场景也不免心颤。

这群狗大大小小，长毛的、短毛的应有尽有，毛色也是五花八门，体形小的比柯基大不了多少，大的比自己家的金毛还要高大壮实。好在这些狗看着比较干净，像是有人打理的样子，眼神也带着被豢养的温和，而不是野兽的凶狠。

沈辰溪这才略微定了定神。

狗娃见他这样，知道他是害怕了，笑着安慰道："走啊大哥哥，你别怕，没事的，这些都是犬神庙的狗。犬神奶奶说了，这些都是犬神的护卫，只咬坏人！"

此时，狗群似乎认出了狗娃，都停止了吠叫，静悄悄站在山路上。被几十只狗直勾勾地盯着，无论狗娃怎么安慰，沈辰溪都止不住心颤。

狗娃见沈辰溪依旧一动不动，继续安慰道："大哥哥，真的没事，它们能分清好坏人。前几年，庙里来了个外村偷香火钱的小偷，就被它们咬死了。”

沈辰溪内心默默地说：狗娃啊狗娃，你可真是个奇才，这是在安慰我还是在吓唬我呢……

沈辰溪现在卡在半山腰，前有狗群虎视眈眈，后有狗娃热情催促，他只能硬着头皮慢慢向狗群走去。

随着沈辰溪的靠近，领头的几只大狗已经皱鼻龇牙，发出低沉的威胁声。见这几只大狗的狗牙都龇出来了，沈辰溪心里更慌了，下意识想找狗娃。可他突然发现狗娃这个坏小子，不帮忙就算了，还捂着嘴在他身后嗤嗤笑着。

要是放平时，沈辰溪肯定要凶一下狗娃，但这会儿他哪里敢轻举妄动，万一让狗群以为自己欺负村里的孩子，那他绝对吃不了兜着走！

忽然，沈辰溪注意到狗群最前面有两只棕黄色的小土狗，正偏着头打量自己，龇着牙的嘴看上去好像在对自己傻笑。他立刻反应过来，这俩就是刚刚一闪而过的黄色身影，合着这俩狗是狗群的“暗哨”啊？

见沈辰溪实在害怕，狗娃从他身后跑出来，站到狗群前面。

“大黄，小黄，”狗娃十分熟稔地拍拍两只黄狗的头，两只狗都发出了呜呜的声音，“大黄是小黄的妈妈，别看它们个子不大，跑得特别快！

“不过大哥哥，你要是没事不要一个人上山，你是生人，这些狗都不认识你，一个人上山会有危险的。”狗娃想了想，声音有些黯然，“原来黑风在的时候，它是狗王，只要它带着你上山就没问题，可是现在黑风没了，狗群没了狗王就乱了，没有认识的人带着上山不安全。"

这时候，大黄小黄好像听懂了狗娃的话一样，对着山上"嗷呜嗷呜"嚎了两嗓子，接着山路上传来一阵轻快有力的咔嗒声。

随着这个声音的靠近，狗群都低下头向两边退开，让出了一条路，只见一只黑色巨犬从山路上慢慢晃下来。

沈辰溪见过不少大型犬，比如杜宾、罗威纳、阿拉斯加、大白熊等，但它们没有一个能比得上眼前这只巨犬。它巨大无比，有半人多高，宽宽的吻部、尖尖的耳朵显得威严而有力，栗色的眼睛闪着光，一身黑色的皮毛油光水滑，短而油亮的毛衬得肌肉线条矫健有力，像是一件精美的艺术品。

狗娃一下认出了这只巨犬："是黑妞！黑妞是新狗王！"

"黑妞？"

"嗯，黑妞是黑风的女儿，"狗娃兴奋地冲上去抱住黑妞的脖子，亲热地蹭来蹭去，"黑妞长得最像黑风了。大哥哥，你还没见过黑风，我跟你说，黑风比黑妞更大、更壮，而且黑风的脑门上还有撮白毛，跟第三只眼似的。犬神奶奶说那是犬神开的天眼。"

这时候，黑妞骄傲地昂着头走到沈辰溪面前，细细嗅了嗅沈辰溪。

狗娃说："生人要获得狗王的认可才能上山。如果狗王觉得你心不诚，是不会放你上去的。"

沈辰溪心说我就是把这当旅游景点来参观的，没什么敬意，但他不好明说只是敷衍道："黑妞你好，我听狗娃说犬神奶奶很灵验，所以想上山来看看。"

沈辰溪说得不走心，黑妞就不放行。

狗娃摸摸黑妞的头："就是这个大哥哥保护的我，帮我把黑风带回来了。"

黑妞歪着头思索了一会儿，又仔细嗅了一圈，似乎是在确认什么。

沈辰溪也养过狗，他知道狗能听懂很多话，有些聪明的狗还能分辨出人是不是在撒谎。沈辰溪这次真诚地说：“对不起，黑妞狗王，我不迷信，只是听狗娃说犬神庙的婆婆很厉害，想看看婆婆。”

黑妞听完这句话又看了看狗娃，转过身低沉地叫了两声，本来把山路围得满满当当的狗群一下子四散开去，没一会儿就无影无踪了。

狗群散了，只留下黑妞昂着头在前面带路。沈辰溪想着刚才漫山遍野的狗，心中不免生出些许敬畏，对犬神庙也多了些期盼，不知道那会是什么样的世外古刹。

一狗两人顺着山路转过一个弯，钻进一个小山洞，拾级而上。

沈辰溪心想，这庙真有点千年古刹的意思。这种类似《桃花源记》里“初极狭，才通人，复行数十步，豁然开朗”的布局方式，是我国古代常用的建筑布局手法，现在已经很少见了，狗娃说犬神庙有千八百年的历史，看来不是虚言。

虽然狗娃说，现在的犬神庙是新盖的，但不知道庙里还会不会有原来的古建筑。想到这里，沈辰溪突然有了一种寻宝的兴奋感，号称第一国宝的佛光寺东大殿不正是当年梁思成和林徽因在山里偶然发现的吗？

当沈辰溪转出山洞，看到眼前的景象时，他有些不敢置信：这就是犬神庙？

沈辰溪对现在的犬神庙极度失望。原来的庙塌了以后，村里显然没有按照原样复建，而是随心所欲地新建了一个。红砖砌的院墙，周围是一块一块的小菜地，要不是枣红色的琉璃瓦门头上写着“犬神庙”三个字，说是一个普通的农家院子他都相信。

狗娃显然对这里非常熟悉，他跑到菜地边上一个新垒的小土包边。

“黑风就埋在这里。”狗娃说着从怀里掏出一个红烧小鸡腿放在小土包前，早上来的那会儿他没顾上拿。

“黑风，你慢慢吃。我跟你说，害你的人有一个已经得到惩罚了，你看着吧，他们一个个的肯定都没有好下场！”说着狗娃的声音哽咽起来，“黑风最喜欢吃小鸡腿了，黑妞，你可不许吃……”

黑妞灵得很，根本没有要吃的意思，它只是坐在狗娃身边，安静地和他一起祭奠着黑风。随着狗娃的哭泣声，它也缓缓低下头跟着呜咽起来，仿佛知道里面埋的是爸爸黑风。

黑妞一哭，整座山的狗都跟着长嚎起来。荒山、野庙、犬哭，还有时不时呼啸而过的山风，让犬神庙显得悲凉又诡异。

沈辰溪不知道该怎么安慰狗娃，只能看着周围的菜地，生硬地扯开话题：“犬神奶奶的家在这里吗？”

“对啊，犬神奶奶就住在里面。”狗娃抹了一下脸。

沈辰溪最开始以为这个犬神奶奶跟城里的和尚一样，是到点上班的那种。

“那个婆婆真有一百多岁吗？还是她自己说的？”沈辰溪对此很好奇。

“那还能有假，犬神奶奶今年105岁了。2000年的时候，她还上过电视，叫《小镇上的世纪老人》。这几年，每年都有县里镇上的人专门来给她过生日。”

“县里来人给她过生日？”沈辰溪好奇道，“她没家人吗？”

狗娃摇了摇头：“没有。我爷爷说犬神奶奶祖籍是我们村的。虽然她嫁出去了，但是后来家里人都死了，实在没法子了才又回到村里。

可她回来的时候，娘家人也都没了。她一个人孤苦伶仃的，也干不了多少活，因为认识几个字，老支书就把她安置在村里记点账什么的。后来也不知道怎么的，她就到犬神庙这边来了，据说是被犬神看中了，要她来继承犬神庙的香火。本来大家也不相信这个，而且犬神奶奶那个时候身体已经很不好了，听医生说她活不了两年了。结果等她搬到山上之后，不仅身体变好了，还有了很多很厉害的神通。到现在有二三十年了，十里八乡都知道我们村有个顶厉害的犬神奶奶。”

沈辰溪听完之后点点头：“这个犬神奶奶真不容易。”中年丧夫丧子，孤苦无依回到老家，发现娘家也没人了，只剩下她一个，这经历着实让人唏嘘。沈辰溪在心中猜测，犬神奶奶可能是因为变故太大受了刺激，精神有点不正常了。所谓的神通就是她本身活得久看得多，加上她识一些字、能读一些书，所以靠怪力乱神糊弄村民，为了讨口饭吃罢了。

沈辰溪不信神佛狗娃是能理解的，毕竟他学校的老师和同学也都不信这些，但沈辰溪这样问东问西，不信任犬神奶奶的能力，让他心里有点不高兴：“大哥哥，如果你真的不信就不要找奶奶问事，触怒犬神会倒大霉的！”

沈辰溪点点头：“当然，我尊敬她还来不及，不会不守规矩的。”这是他的心里话，不管人家从事什么行业，一个一百多岁的婆婆当自己太婆都绰绰有余，加上山里这些狗、这阵仗，谁敢对犬神奶奶不敬？

犬神庙的院门虚掩着，刚一进去就听见那种劣质音响发出的刺啦刺啦的念经声。因为对这些不清楚，沈辰溪无从分辨那究竟是佛家的还是道家的经文。院子中间摆了一只黑色的大香炉，正面用金色油漆写着“招财进宝”，做工粗糙得很，一看就是近些年的产物。

正对庙门的应该是“正殿”，说应该，是因为这房子与沈辰溪印象中的寺庙正殿差异太大。正殿里面一片昏暗，配上那诡异瘆人的念经声，不禁让人头皮发麻。

昏暗中，他发现庙里还有客人。那客人背对着他，双手合十，毕恭毕敬地问：“信女求问犬神菩萨，丁瘸子现在人在哪里？”

见有人在问事，狗娃赶忙把沈辰溪拉到角落里，小声说：“嘘，我们不要打扰犬神。”

沈辰溪点点头。他好奇这正殿的结构，便向殿中望去，只见殿中最显眼处安放着一尊一人多高的神像，因为里面太过昏暗，除了能看出来是一尊胖大的坐像之外，看不出这神像究竟是谁，不过从坐像头部的帽翅看，有点像财神之类的神祇。在微弱的光影下，依稀能分辨出神像两侧各有一只巨大神兽，想来那就是所谓的犬神了。

庞大的神像将殿内的空间挤压得更加逼仄狭小，也更加黑暗。在这片黑暗之中，摆着一张小得不能再小的矮桌，矮桌后面有个小小的阴影，干瘪得缩成一团半伏在桌面上，那模样根本不像一个人，更像一只变异的狗妖。

这就是犬神奶奶。

犬神奶奶身在黑暗中，喉咙里发出奇怪的咕噜咕噜声。她伸出两根手指，那客人立刻在她手指间放上一根烟，恭敬地点着。

犬神奶奶迫不及待地深深吸了一口，眯着眼睛感受尼古丁进入喉咙、鼻腔，在肺里转了个圈，最后从鼻孔里热乎乎地喷出来。犬神奶奶一口吸掉了半根烟，接着又是这么一口，这根烟直接吸到烟屁股了。问事的人似乎习惯了，也不催促，反而又给她点了一根续上。

直到第三根烟夹在手里，犬神奶奶才摇晃着拿烟的手指了指对面的人，问道：“你要问什么？”浑厚的男声从犬神奶奶的喉咙里咕噜咕噜地发出来。

“我想求问丁瘸子他人在哪里？”

“犬神面前不能犯口忌！”犬神奶奶板着脸敲了一下面前的铜磬，发出“铮”一声响。

对面那人吓了一跳：“犬神恕罪，我想问，丁德义他现在人在哪里？”

“嘿嘿嘿，”犬神奶奶又吸了一口烟，再次开口的时候声音变得又尖又细，“你真心想问的不是这个问题吧，嘿嘿嘿。”

接着，犬神奶奶又变成了男声：“你管她真心想问什么，回答她就好了。”

这两个声音差异如此之大，不光是音色，说话的语调、节奏也完全不同，好似一个身体里的两个灵魂在相互对话，听得沈辰溪头皮一阵发麻。

隐在暗处的犬神奶奶手指间仍旧夹着那根香烟，被点燃的香烟亮着一抹橘红色的微光，明明暗暗地闪动着，让犬神奶奶那满是褶皱的脸看上去更加沟壑分明。仿佛是为了配合这一明一暗的变化，犬神奶奶的声音也开始快速切换着，一会儿尖细，一会儿粗犷，一会儿阴森，一会儿和蔼。

“你就知道她想问什么了？”

“她根本就不在意丁德义的死活。刚刚死了男人就来问别人，嘿嘿嘿……”

“点了人家的烟，受了人家敬的香火，由不得你不讲……”

“丁德义不敬神明，亵渎犬神化身，此刻已经遭了天罚，以血还血，以命偿命。他如何悖逆犬神，犬神就要怎么还报于他。”犬神奶奶这段话说得寒气森然，杀气四溢。

对面那人显然是被吓到了：“是……意思是丁德义也……也死了？那他现在在哪里？”

“死也好，活也好，都是业障循环，报应不爽。”犬神奶奶并没有回答问题，“你要问他在哪里，便是他业障最重的地方。”

对面那人点点头：“那……”

“一份香火，问不出两件事。”犬神奶奶的声音一下又变成了一个温柔的女声，“不过犬神有灵，你心中真正要问的事情，他早知道了。”

对面那人被这话说得一愣，结结巴巴地说：“我……我有什么事？”

“法不传六耳，香客的事更是如此。”犬神奶奶说着悠悠朝黑暗中的沈辰溪处看了一眼，接着说道，“只盼你与人为善，自觉因果。如果不知悔改，业障难消，到时候惩罚来了，就悔之无及，切记切记！”

“我要悔改什么？我又怕什么惩罚了？”对面那人忽然暴怒，“他干了那样的事情早晚要得到惩罚，自己不做人还要拉上我吗？犬神要是真有灵，早就该把他收了去！”

她在那里怒骂不已，犬神奶奶手里的烟却灭了，随着最后一点烟灰掉落在桌上，犬神奶奶浑身打了个哆嗦，随即声音恢复了苍老的音色。她迷迷糊糊地看着眼前的人，颤颤巍巍地问：“怎么了桂香，算得不对吗？不对的话，我再给你算一卦？”

对面那人意识到自己的失态，抹了一把脸说：“对着呢，算得对着呢。”说着从包里掏出一袋东西放下，又摸出十块钱塞进功德箱里走了。

沈辰溪和狗娃惊讶地发现，刚刚里面的不是别人，正是赵志恒的遗孀冯桂香。冯桂香转身看到他俩，像是被抓包似的吓了一跳，接着一拧身赶紧走了。

狗娃捅捅沈辰溪：“犬神奶奶厉害吧，她有天眼，犬神上身的时候就这样。”

“是啊，”沈辰溪还沉浸在犬神奶奶刚才那诡异的变化中，有点反应不过来，“确实很神奇。”他第一次见这种情景，还真有点被吓到了。

“是吧！我就说犬神奶奶很厉害的！”狗娃想起刚才的来人，“大哥哥，你说冯桂香来这里干吗？”

沈辰溪想了想：“可能她想查清楚赵志恒的死因吧。”

狗娃不解道：“那她也该问三驼子的事啊，她问丁瘸子在哪里干吗？”

“是啊，她老公刚死，不在家里料理后事，跑我这里来问别的男人在什么地方，真怪。”这声回答并不是沈辰溪发出的，而是来自犬神奶奶，此刻犬神奶奶正一边吃着东西一边回答他们的问题。

“犬神奶奶！”狗娃高兴地朝犬神奶奶挥手打招呼，“您吃什么呢？”

“鸡蛋糕，狗娃来，给你吃一块。这鸡蛋糕还是镇上的好吃，别看冯桂香长得五大三粗的，那可真是会疼乎人，每次来问事都带鸡蛋糕来。”犬神奶奶一边说，一边窸窸窣窣的不知道在干什么。没一会儿，只听见“啪”的一声，正殿里面亮起了灯，滋啦作响的白炽灯泡闪动了几下，终于炸开了周围的黑暗，把犬神庙的院子染成了淡淡的金黄色。

这时候，一个佝偻的黑影以一种奇怪的姿态走了出来，那黑影一只手前伸，另外一只手环在身前。沈辰溪看见犬神奶奶伸出的手上抓着一块黄澄澄的鸡蛋糕，散发着浓郁的甜香味，她的另一只手正拿着一块吃了一半的鸡蛋糕，慢悠悠地吃着。

见犬神奶奶往自己这边走来，沈辰溪不由得往后退了几步，刚刚那似癫似狂的一幕还记忆犹新，他心中难免有些发怵。

相比沈辰溪的敬畏和疏离，狗娃和犬神奶奶亲热极了，一边接过鸡蛋糕吃一边揽起老人的胳膊。

犬神奶奶任由狗娃拽着袖子，满是皱纹的手轻轻摸着他的头发，原本迷蒙晦暗的眼睛竟渐渐有了神采，她嘴角含笑地看着狗娃吃鸡蛋糕，温声道："慢点吃，别噎着。我给你弄点水。"说着就要回正殿弄水。

沈辰溪走近几步打量着犬神奶奶。只见她穿着蓝黑色的粗布衣服，有些地方已经浆洗得发白，有些地方又黑得发亮；白色的头发非常稀疏，整齐地贴在头皮上，在灯光的照射下似乎还有点黑灰的杂色；她脸上、脖子上的皮肤布满了深深的皱纹，这些如同刀刻的纹路上还密布着微小的细纹，整个人显得那么干枯、易碎，好像风一吹，就会变成一堆细碎的灰烬，散落开去。

这会儿离得近了，沈辰溪闻到她浑身上下都散发着一股怪味，是劣质檀木香都掩盖不住的味道。

越观察，沈辰溪越觉得不可思议。香烟灭了以后的犬神奶奶与之前判若两人，不仅不阴森可怖，反而让人觉得和蔼慈祥，尤其是和狗娃在一起的时候，简直就像一个慈爱的老人在注视着自己的重孙一样温煦。

狗娃看犬神奶奶心情不错，回头对着沈辰溪不住地使眼色，沈辰溪从他的口型中隐约看出了"打招呼"三个字。

就在沈辰溪想要怎么打招呼的时候，犬神奶奶以一种极为诡异的姿势突然回过头来，那迅猛突兀的动作让沈辰溪一度担心她的脖子会脱臼。

"这个后生……"犬神奶奶冷冷地注视着沈辰溪。

第五章 > 镶金牙的人头

GOU CUN

“啊，我是……”沈辰溪刚想回答。

犬神奶奶忽然转回去对狗娃说：“是陪你来的吧，也来吃块鸡蛋糕吧，香哪！”说着又从塑料袋里拿出一块鸡蛋糕递往沈辰溪的方向，但脸并没有转向他。

这到底是不是给我的？沈辰溪心里冒出好大的疑问。

“快接啊！”狗娃直接抢过鸡蛋糕塞进沈辰溪手里，解释道，“犬神奶奶有天眼，村里人都不喜欢被犬神奶奶看，她怕你也介意。”

“哦，谢谢奶奶，我不介意的。”

鸡蛋糕确实又香又甜，边缘微微的焦香更是让人垂涎不已，可一入口，沈辰溪就忍不住皱起了眉。乡下的鸡蛋糕用料太过扎实，他几乎得梗着脖子往下咽，人都快被噎得翻白眼了。

就在沈辰溪跟鸡蛋糕暗自“搏斗”的时候，犬神奶奶仔细端详着他："后生啊，有句话不知当讲不当讲。"

沈辰溪顿时抬头盯着犬神奶奶看，可满嘴的鸡蛋糕让他一时没法开口。

"奶奶，你说呗。"狗娃抢着说，还捅捅沈辰溪，"大哥哥，犬神奶奶看相可灵了，普通人她还不给看呢！"

"嗯，天庭饱满地阁方圆，眼似孔雀目中含情，鼻如悬胆山根饱满，是个好相貌……"犬神奶奶走近两步，细细端详着沈辰溪的面庞，"你家里有吃公门饭的人吧。"

"啊？"沈辰溪一愣，他家里确实有在公安系统工作的亲戚。

"嗯，你前头有个姐姐流产没了，你六岁断过腿，八岁上祖父身故，十四岁左右搬过一次家，对不对？"不待沈辰溪回答，犬神奶奶一句接着一句地说。

待犬神奶奶说完，沈辰溪彻底傻眼了："犬神奶奶，您……您认识我吗？"

"哎哟，我一个乡下老婆子怎么会认识你呢！"

狗娃得意地说："大哥哥，你就说犬神奶奶说没说错，犬神奶奶神不神奇！"

"一点没错，确实神奇！"此时沈辰溪已经有点相信犬神奶奶的不同了，毕竟她连他小时候断腿、他妈妈小产过都知道，这能用什么来解释呢？

此时，犬神奶奶缓缓叹了口气："后生啊，听我一句劝，你身上有血光之灾，赶紧走吧，离开这个村子，千万不要再待了。"

"嗯，我明天就走。"

"明天就迟了。"犬神奶奶的语气突然变得阴森森的，目光在沈辰溪身上巡视了好几圈。

狗娃插嘴道："现在想走也走不了了，哪里有车能出去呢。"

“这倒是，看来他命中合该有此劫数啊。”

沈辰溪倒是不怎么在意劫不劫数的，他现在有更重要的问题：“犬神奶奶，我想问问我自己的事，请问您要怎么……怎么收费？”

“那叫香火钱。”狗娃在旁边悄悄说，“只要把钱塞进功德箱里就行。”

沈辰溪学着刚刚冯桂香的样子，也往功德箱里塞了十块钱。

“嗯，你的事情我知道，是来找人的吧。”犬神奶奶笑眯眯的，“你要找的人确实在这里，而且你今天差点儿就找到她了。”

“什么，差点儿就找到了？”沈辰溪从小接受唯物主义教育，刚才也只是将信将疑，这句话却让他一下警惕起来，“那，犬神奶奶既然知道我是来找人的，那我要找的人是谁？”

犬神奶奶没有立刻回答，而是缓缓走到香案前，捻了三炷香点燃，恭恭敬敬地插入香炉，这才说道：“你要找的是你命中注定之人，你与她有同学之谊、有白首之盟，你对她一片痴情，她却对你有诸多隐瞒，我说的对吗？”

“对，您继续说。”

“她是不辞而别的。”

沈辰溪一下激动起来，前面他是从哪里来，希迪和他是同学这些事情，犬神奶奶都可能听狗娃说起过，但希迪的忽然消失他从来没讲过，犬神奶奶真的这么厉害？这就是……天眼吗？

“是的！奶奶，她现在人在哪里？有些事情需要……”

“有些事情需要当面问清楚，是不是？”犬神奶奶慈祥地看着沈辰溪说，“后生啊，你知道这赵官庄为什么有个犬神庙吗？”

“不是，我是想问……”沈辰溪这会儿只想知道赵希迪到底在哪里。

狗娃轻轻拉住沈辰溪的袖子，悄悄说：“大哥哥，不可不敬，要等犬神奶奶说完。”

沈辰溪深吸了两口气，这才把话憋进肚子里。

犬神奶奶完全没理会他们，自顾自地说道：“赵，是宋朝皇家姓氏。这赵官庄的祖先，就是宋朝皇帝的后人。”

沈辰溪听得有点蒙，刚刚不是在说犬神庙吗，怎么又说起祖宗的事情来了？

“宋朝有个皇帝叫赵光义，他当年带了兵马去打辽国，要统一天下。一开始宋朝军队势如破竹，辽兵被打得丢盔卸甲，统一天下指日可待。很快，宋辽双方就打到了太原。当时太原是辽国的重镇，非常不好打，宋军围了好久就是打不下来。赵光义为了攻破太原就给将士许下了很高的奖赏，可是后来太原真的被攻破了，他又舍不得给将士奖赏了，说等彻底把辽国打败了再给。那当兵的就不干了，皇帝说话不算话，那还能行吗？”犬神奶奶说得特别起劲儿，一拍大腿，“所以啊，这仗越打就越不行了，宋军反而被辽国打得差点儿全军覆灭，最后赵光义带着几百个亲兵跑了。

“当时赵光义身边养了两只特别厉害的军犬，一只黑的，一只白的。那是赵光义的心爱之物，号称‘神犬’。那两只狗叫声如雷，奔跑如风，打猎的时候离着好几里都能看见猎物的踪影。赵光义逃跑的时候就带着这两只狗，后来跑啊跑啊，跑到了赵官庄附近，人困马乏实在是跑不动了，就在这里休整。结果夜里辽兵撵了上来，可是这几百亲兵都困得不行了，谁也没听见动静。”犬神奶奶忽然压低了声音，“在他们就要被辽军包围的时候，赵光义的两只狗突然惊醒了，不停地嚎叫，想把赵光义给叫醒。可是吃了败仗的赵光义心情坏得很，一听这两只狗吵自己睡觉，竟一气之下拿刀把叫得凶的白狗给杀了。”

“啊！”沈辰溪听到这里忍不住回头看了一眼身后的神像，那神像身穿龙纹红袍，内着盔甲，旁边还有一黑一白两只狗，看来这犬神庙里的神像，就是赵光义和故事里的两只神犬了。

“白狗死了，那只黑狗一点没害怕，不仅叫个不停，还用嘴咬赵光义的裤腿，叫他赶快离开。这赵光义也是正在气头上，说你个不知好歹的畜生敢咬我，又一刀把黑狗也杀了。”犬神奶奶叹了口气，“杀完之后赵光义觉得不对劲儿，自己这两只狗是神犬啊，怎么会突然发疯呢？他一下就意识到不对了，赶忙命令部队逃命，也是两只狗提醒得及时，他们这才逃出升天。赵光义后来回到京城又想起这两只狗，觉得又痛心又后悔。这两只狗忠心护主，要不是它们，自己就死定了，于是起了厚葬它们的心。可等他回到赵官庄、想要安葬两只狗的时候，发现两只狗的尸体早就没了，只看见这里一高一低的山，高的像是白狗仰头吠日，低的像是黑狗警醒横卧。赵光义给这两座山起名叫白犬山和黑狗山。然后在这白犬山建了一座犬神庙来纪念这两只狗，又让自己的一个儿子过来给这两只狗守灵。自那起，赵氏后人繁衍生息到现在，赵官庄如今已经有一千多年了……”

沈辰溪听完满脑子都是问号，这是什么脑洞大开的民间野史？赵光义确实是喜欢养狗，但人家养的狗叫“桃花犬”，类似现在的哈巴狗，不可能有什么一黑一白的军犬。而且这故事和宋史里面赵光义北伐的事情根本对不上，况且这一片根本就不是宋辽交界的地方。

更关键的是，自己为什么要听这个？这跟自己来找希迪又有什么关系？

犬神奶奶注视着沈辰溪：“狗娃说，靠你才把黑风带回来的，是这样吗？”

沈辰溪被犬神奶奶这前言不搭后语的话弄得糊里糊涂的，一时有点搞不清楚状况，不过面对犬神奶奶的问话，他还是下意识地点了点头。

“这就对了，冥冥之中，你还是要来到这里，你是跟犬神有缘啊！”犬神奶奶口中念念有词，“佛家说人生八苦，生老病死，求不得，怨憎会，爱别离……五阴炽盛，世人都有所苦……你年少有福，祖荫深厚，所欲皆得，本来是万事顺遂，可惜物极必反，情根深种，所托非人，必受相思别离之苦，所谓爱别离就是如此了……”

“……犬神奶奶，我吃苦无所谓，”沈辰溪连忙打断了犬神奶奶的话，“我就想知道我要找的人在哪里，您看看认不认识她。”说着他把手机打开，调出赵希迪的照片递到犬神奶奶面前。

犬神奶奶戴上不知从哪里摸出来的老花眼镜，仔细看了看，叹息道：“没错的，没错的，果然是她！”

“您认识她？她在哪里？”沈辰溪一下激动起来，这么多天的寻找终于有线索了！

犬神奶奶摘下眼镜：“她是赵志伟家失踪了四年多的女儿！”

这下连狗娃都吃惊了：“奶奶，这真的是希弟姐姐啊？我怎么看着不大像啊。”

“女孩长大了模样变了很正常，而且犬神为了保护她，特意改变了她的相貌，让你们‘纵使相逢也不识’。”

“那您如何确定她就是赵希迪？”

犬神奶奶平静地注视着沈辰溪，笃定地说：“我不是用肉眼看的，我用的是天眼。”

沈辰溪追问道：“她现在人在哪里？”

“她就在赵官庄。”

“我怎么才能找到她？”

“你是找不到她的，除非她自己愿意出来见你，”犬神奶奶似笑非笑地看了沈辰溪一眼，“而且她正在历劫，生死劫。”

“您是说她现在有危险吗？”

“你也拜拜犬神吧，拜神总没有坏处。”犬神奶奶没有回答这个问题。

沈辰溪听话地抽出三炷香点着，向犬神拜了三拜。

“每个人都有自己的因果，都走在自己命定的路上。”犬神奶奶站在沈辰溪身后，缓缓说道，“她与犬神有很深的缘分，犬神守护着她，将她藏在重重迷雾之下。这些迷雾没有解开之前，就算她站在你的眼前，你也看不见她，找不到她……”

“那……那如何才能解开迷雾呢？”

“但尽人事，莫问天命。”说完犬神奶奶便不再理会沈辰溪，转头看向狗娃，“怎么样，我就说这黑风是当年黑犬神的转世，害黑风的人一定是会得到惩罚的吧，是不是？”

“嗯嗯，犬神奶奶你怎么知道的？”狗娃一下就笑开了，“今天一早三驼子就死了！可是害黑风的还有两个人呢。”

“不是不报，时候未到，放心吧，他们一个都跑不了。”犬神奶奶双手合十嘀咕了两句，“我都一百多岁了，还能骗你个小娃娃吗？”

“犬神奶奶，你确定大哥哥要找的就是希弟姐姐吗？”

犬神奶奶咧嘴一笑：“当然，这是犬神告诉我的。”

后面的话沈辰溪一句都没听进去，犬神奶奶带给他的信息量太大了，他第一时间想的是，犬神奶奶是不是在骗自己，可她骗自己什么呢？就为了那十块钱香火钱吗？

如果，只是如果，她真的有神通，她说的都是真的——希迪现在就在村里，那为什么没有人认得出来她？为什么没有人知道她回来了？

“那个司机！”沈辰溪突然回过神来，从龙集镇到赵官庄，希迪也许跟他一样，也是坐那趟车回来的，虽然司机说不认识希迪，但这段时间村子里有没有来人，司机肯定是知道的，只要问一问有没有不是村里的人来，就能一清二楚！

想明白这点，沈辰溪坐不住了，他要马上下山：“犬神奶奶，谢谢您，我有事，要先走了。”

“后生……听我一句劝，天黑之后别出门。”犬神奶奶抓住沈辰溪的胳膊，叮嘱道，“血光之灾，当心啊，当心啊！”

“好。”

沈辰溪内心激动不已，快步往山下走。他是个人高马大的成年人，这会儿心里有事步子迈得很大，狗娃在后面连追带赶地跟着跑。

“大哥哥，大哥哥，你慢点，爷爷奶奶会等我们吃饭的。”狗娃以为沈辰溪饿了，赶着回家吃饭呢。

“狗娃，我想去昨天送咱们回来的司机那里，有事情要问他。”

“司机？哦，大海叔是吧，我带你去。”狗娃爽快应道。

太阳西沉，一眨眼的工夫天便暗了下来。路上除了几只狗在游荡之外，已经没有多少人了。沈辰溪毕竟是城里人，没在农村生活过，不知道没了天光的山路有多难走，待他绊了几跤后就学乖了，不再急行军似的猛赶路。

他和狗娃一前一后地走着，眼看就到村里了，沈辰溪忽然注意到前面有两只狗正扭着头撕咬一个瘪了气的皮球。不知道是不是听到沈辰溪他们的脚步声，其中一只狗松了嘴，另外一只狗也没有咬住皮球，那个皮球“咚”一声掉在了地上，骨碌碌地滚到沈辰溪脚下。两只狗还冲沈辰溪叫了两声，仿佛在邀请他一起玩。

沈辰溪上前两步，想把皮球踢还回去，可踢上去的瞬间，他觉得这皮球的感觉不对。这个皮球踢起来异常沉重，一点弹性都没有，还有点沙沙黏黏的感觉。他快走几步，跟上那个皮球想看看到底是什么东西。

那个皮球因为不太规整，在路上滚得歪歪扭扭的，没滚几米就停了下来。见沈辰溪跟了过来，那两只狗呼啦一下跑开了，消失在旁边巷子的深处。

沈辰溪走到近前，借着街角一盏街灯的微光细看了一下，皮球上面好像有两个洞，黑黑白白的脏得不行，待他终于习惯了这光线、看清地上的东西后，整个人都僵住了，不禁往后退了两步。

见沈辰溪突然退后，跟在后面的狗娃连跑带跳地走过来问："大哥哥，你怎么啦？"

沈辰溪一把捂住狗娃的眼睛："你别看，赶紧去叫人，不……快去叫宋警官！"说完他拿出手机按下了110。

"喂，您好，我要报案。我在龙集镇赵官庄，路上有颗人头。"

那哪里是什么皮球，分明是一颗被咬得面目全非的人头！

狗娃这时候还没跑远，清清楚楚地听见了沈辰溪的话，于是他一边跑一边喊："宋警官，你快来呀，街上有颗人头！"

狗娃这么一路跑一路喊，将此时坐在家里看电视吃晚饭的村民们都惊动了，没一会儿，大家都循着声音跑了过来。

村里的娱乐生活贫乏，早上在村委会看了一出"猴戏"还意犹未尽，这会儿听见有更刺激的戏码，谁还在家里看电视。于是村民们拉帮结伙地出来看热闹。

人头的发现地其实离村委会不远，可是当时宋春来正好有事不在，等到他好不容易骑着那辆破破烂烂的小电瓶车赶到现场的时候，周围早已里三层外三层地围满了人，二柱子正扒在墙角大吐不止。

不过好在这些村民虽然好奇，一个个指指点点、交头接耳的，但没有人真的敢上前破坏现场。

正巧这时候电话响了，宋春来连忙把车往旁边一支：“是是是，我已经到现场了！说是发现了一颗人头……是，马上勘查现场……”

宋春来一边通电话一边挤开围观的村民，走到人群中心看到一个黑咕隆咚的东西，他忍不住咽了口口水，整张脸都激动得有些发麻。

终于有大案子啦！

宋春来先是从包里掏出一个傻瓜相机欻欻拍了几张照片，然后将相机收好，从兜里掏出手套戴上，看了看光源的方向靠着人头蹲下，又从腰间抽了手电出来，摁亮了叼在嘴里，开始上手检查人头的情况。他轻轻翻动了一下这个黑乎乎的东西。

确实是人头无误了，而且是被狗啃过的人头。

头部的皮肤已经所剩无几，头发几乎掉光了，裸露出来的肉沾满了泥土，脸上好几处都露了白骨，两颗眼珠已不知去向，只留下两个深深的黑洞，令人望而生畏。

宋春来在警校的时候见识过犯罪现场，可到了赵官庄之后，他见过最惨烈的现场也就是年头上，一起在山路上发生的车祸，一个骑摩托的人被大货车压扁了头的那次。当时事情闹得很大，他只打了个照面就移交给镇里了，所以亲自勘查现场对宋春来而言，还真是大姑娘上花轿头一回。

虽然这颗人头破坏严重，宋春来还是发现了两个有用的信息。

第一点，人头明显是被利器砍下来的。从骨骼上几个相邻的断口看，被砍了不止一次，而且下刀的力度都不大，准头也不太好，这说明动手的人要么没什么力气，要么就是动手的时候头脑不清醒。

另外一点，宋春来发现头颈部残留的肌肉和皮肤有非常明显的紧缩痕迹，说明被砍头的时候人还是活着的。如果人死了，没有了痛觉，周围的肌肉和皮肤不会因为疼痛而挛缩。

活砍人头？这得是多大仇、多大怨啊！

宋春来在人头周围看了看，人头附近几十米范围内的地面上都没有什么血迹，此处肯定不是杀人现场。可这里是村里的大路，又离村委会那么近，人来人往的，分尸抛尸怎么也不应该扔在这里，哪里有杀了人上赶着让人发现的？难不成是恐怖袭击或者邪教……

他倒吸了一口气，抬头扫视了一圈："这颗人头是谁先发现的？"

这时候狗娃跑了过来："是我跟大哥哥发现的。"

"大哥哥？"宋春来一时没反应过来狗娃说的是谁，当他看到沈辰溪往前走了一步时，头疼不已，同时脱口而出，"怎么又是你啊？"

沈辰溪一脸尴尬地看着宋春来，心想自己这运气真是绝了，难不成真像犬神奶奶说的，自己有血光之灾？

宋春来一边想一边问道："你们怎么发现这颗人头的？"

"我来说，我来说，"狗娃既害怕又兴奋，大声回答道，"我跟大哥哥从犬神庙下来，本来要回家吃饭的，后来大哥哥说要去找大海叔，我们就过桥到这边来了。没走几步就看见两只狗在玩'皮球'，后来狗跑了，我们就看见他们玩的是颗人头……"

宋春来搔了搔头："狗娃，我在问他呢。"

沈辰溪也回答了宋春来的问话，说的跟狗娃说的没什么出入。

宋春来听完之后问了一句："那刚刚打电话报警的也是你？"

"对。"

"刚刚县里的指挥中心来电话找我核实了，唉，这案子得找镇上帮忙啊。”宋春来搓了搓手，虽然天天盼着遇上一个大案子，可眼前这个案子真不是他一个人能搞定的。别的不说，单查清死者身份就是个大问题，这么一颗残缺不全的人头，谁知道这是谁?

二柱子这会儿总算是吐完了，想起自己的协警身份，他一边抹嘴一边问：“宋警官，这怎么搞？”

“先确定死者身份吧。”宋春来想了想，再次说道，“你去各家问问有没有少人。”

“少人的话，就丁瘸子嘛……”二柱子张口道。

“我知道，可现在也没办法确定这颗人头就是他的，说不定是别人的呢。”宋春来叹了口气。

沈辰溪看着宋春来一副眉头紧锁的样子，心里也为他着急。这个宋警官为人不差，可看着真不像是能办这种案子的警察，这种事还是交给专业的刑警合适。

沈辰溪提醒道：“宋警官，你早上不是说，今天镇上会来支援的人吗？”

“来不了啦，”宋春来没好气地一摊手，“进村的山路不知怎的被落石压塌了，镇上的人过不来了。”

“啊？”沈辰溪倒吸了一口凉气，路塌了，那自己岂不是被困在这里了?

“镇上说已经联系人去解决了，可这大周末的，清障车要来也得等下周一了。”宋春来忍不住跺了跺脚，“唉，这平安夜，真不太平！”

“下周一才能来，”狗娃突然眼睛一亮，“那我下周一是不是不用去学校了？”

沈辰溪无奈地看了一眼狗娃，摸摸他的头，不禁想他还真是个孩子，这一天都死了两个人了，他关心的居然是可以不去学校。

宋春来看着周围围观的村民，忍不住开口："一个个的都看什么呢，快帮忙想想这有可能是谁！"

"不是丁瘸子吗？"

"这弄得跟个泥团子一样能看得出个什么，"宋春来指了指人头，"村里还有什么人不在吗？"

"隔壁家老二也不在……"

"你可别咒我们家老二啊，他那是去县里进货了！"旁边一个女人立刻骂道。

"欸，丁德义的家里人呢？"宋春来突然想起来，"叫他们过来认认！"

"这……他娘老子都死了，老婆也不在了，就一个儿子，脑子还不太好使，叫过来也白搭。"旁边一个村民倒是对丁德义家里的情况挺了解，"再说了，要知道他是不是丁瘸子也不用非叫他家里人来。"

"屁话！不叫家里人，你能认出来啊？"另一个村民没好气地骂道。

"我当然看不出来，但可以请犬神奶奶下来看看呀！犬神奶奶来走个阴不就齐了。"

这个提议立刻得到了其他村民的认可。

有人站出来反对："你想得美，丁瘸子一个开狗场的，犬神奶奶能帮他走阴？不让犬神给他撕烂了就不错了。"

宋春来无奈极了，跟这些村民真是讲不通道理，找个神婆来通灵破案吗？那自己这身警服还穿不穿了？

这时候，狗娃突然说道："看他牙啊，看牙就知道是不是丁瘸子了。"

沈辰溪瞪大眼睛看着狗娃，心想这小子可以啊，居然知道可以靠牙齿来确定死者身份。不过……

沈辰溪拍拍狗娃的头：“牙齿的话，还得检测基因或者有完整的牙医记录才能确定。”

“看牙？他牙怎么了？”宋春来一怔，丁德义除了是个瘸子，牙也有什么特征吗？

“什么基因？大哥哥，你在说什么啊。”狗娃蒙了，他张开嘴敲敲自己的门牙，大声说，“丁瘸子有两颗大金牙呀！”

他这么一说，旁边的村民纷纷点头附和，表示丁瘸子确实镶了两颗金牙。

宋春来重新蹲下把人头翻到正面。人头的正面因为污泥和血迹的关系有点看不清楚，宋春来用手套轻轻擦拭了一下牙齿，在手电筒灯光的照射下，门牙的位置确实闪出了金光。

“这真是丁德义？”宋春来差点儿脱口而出，但还是生生忍住了，就这么一颗面目全非的人头，连男女都不确定，仅仅凭这两颗金牙来判断他就是丁德义实在太不靠谱了。

“哎呀，要是法医在就好了，哪怕有个医生呢。”

宋春来急得抓耳挠腮，刚刚在电话里，领导对他提了要求，虽然现在路塌了，镇上的警力过不来，但要求宋春来利用现有的条件保护现场，同时对人头进行初步勘验，为后续法医检验保留一手信息。

这话说得倒是轻巧，可赵官庄这么点大的村子，别说正经的法医，连个像样的医生都没有，谁来做勘验呢？

宋春来烦躁得很，目光往四周巡视了一圈，正好看见人群里有一个高高瘦瘦的身影正探着头往这里张望。

“小周，你过来。”宋春来摘下手套，几步上前抓住那个高瘦的男人。

那个男人被宋春来揪住之后叫喊起来："宋警官，这可不关我的事啊，我什么都不知道！我就是过来看个热闹……"

宋春来有点无奈地拉着他走到人头前面，把手电递给他："谁说跟你有关啊，来帮我看看。"

"妈呀！"小周被人头吓得直往后退，没退两步就一屁股坐到地上，两条腿还在拼命划拉着，不一会儿裤裆下面就洇出一摊水，显然是被吓尿了。

宋春来无奈地看着他。小周是村卫生所的，在县里受过护理培训，本想着能让他帮忙查验一下，没想到这小周的胆子比耗子还小。

宋春来忍不住骂道："你刚刚往前挤、看热闹时怎么就不害怕？"

小周这时候已经连滚带爬地退回了人群，扯着嗓子叫道："在动物园看老虎和掉老虎洞里能一样吗?！"

"要不我帮忙看看？"沈辰溪压抑着内心的恶心，往前走了一步。

"你是学医的？"宋春来瞬间高兴起来，这小子是T大的学生，T大的医学专业可是顶出名的，但是转念一想又觉得不对，"可我上午看过你的学生证，你不是学那个什么设计的吗？"

"嗯，城市设计。"沈辰溪清了清嗓子，"学画画的时候，稍微了解过一点人体解剖的知识。"

沈辰溪知道画画学的那点人体解剖知识和真正的法医鉴识是两回事，可是他酷爱看柯南和福尔摩斯，何况因为他叔叔的关系，他对这些还算是小有研究的。

宋春来可不管这些，这事了解过一点能顶什么用？用你还不如……宋春来突然眼睛一亮，向人群挥手招呼道："郑师傅，能来帮个忙吗？"

“宋警官要怎么帮忙？”这郑师傅是个五十来岁的粗壮汉子，一听宋春来的招呼，立刻推开前面的人走了过来。

“你看这颗人头能看出点什么不？”宋春来也不客气，往旁边挪了挪，给郑师傅腾出一个位置。

郑师傅也不客气，大剌剌地在人头前面一蹲，连宋春来递过来的手套都没拿，伸手就想拿人头。宋春来赶紧拦住郑师傅，解释了一下戴手套的原因和重要性，郑师傅这才戴上手套将人头抄到手里。

这一下把沈辰溪看得眼睛都快弹出来了，这大爷可真是彪悍啊，正常人看见人头能忍住不吐就不容易了，还敢上手拿着看，这大爷何方神圣？

正当沈辰溪惊讶不已时，他听见旁边的村民嘀咕道：“这郑师傅到底是干屠户的，杀气重，难怪一辈子娶不到媳妇。”

“嘘！当心给他听见。”

“怕什么？本来就是嘛，他又不是没钱，找个女人有什么困难的……”

沈辰溪叹了口气，村民的八卦热情让他无可奈何，只能把注意力放在宋春来和郑师傅身上。

郑师傅看了一会儿，又把人头倒着拿到手电旁边看了看：“这头是活着的时候砍下的，下手的人应该力气不大，一连砍了好几下，而且不是用刀砍的。”

“前两点我也看出来了，”宋春来点点头，“你怎么看出来不是用刀砍的？”

郑师傅也不多话，直接从腰间解下一个布包，里面赫然放了两把乌沉沉的刀。宋春来吓了一跳，然后就见郑师傅一边抄起一把刀一边解释。

“店里的刀不快了，我带回家磨磨，你别害怕。”说着郑师傅从旁边寻摸了一小截木头，挥刀用力一劈，然后再把那块木头捡起来递到宋春来面前，“你瞅瞅，要是用刀砍，刀快的话，一下就劈开了，切口都是齐整的；就算刀不快，切口也是一条直线，砍几刀那就是几条直线。你再看这个头，切口都是弧面，还歪歪扭扭的，我估摸着应该是用铁锹、镐头一类的东西弄的。”

宋春来仔细看了看，认可了郑师傅的结论。可是在赵官庄，谁家没有铁锹镐头？所以这一点并不能帮助宋春来缩小嫌疑人的范围。

“这么看是没什么用了，我先把这个人头给带回办公室去，总不能再被狗叼跑了……”

这时，旁边一个婆婆突然想起来什么似的，问道：“对了，老郑啊，今天祠堂里的那颗猪心是你供的吗？”

“什么猪心？”郑师傅本来正在收刀，听到这话愣了愣。

“不是你啊？”那婆婆嘀咕着，“我今天过去点灯的时候看见神位前面的盘子里面放了个心脏，本来以为谁家杀羊供给祖宗的，可那心脏没羊膻味，而且羊心也没那么大，还以为是你供错了……”

郑师傅摇了摇头：“咱们祠堂从来都是供羊心的，这我怎么能弄错。再说我今天也没去过祠堂。”赵官庄的祠堂里供的是赵家的祖先，因为以前皇帝多食羊肉，所以赵官庄供祖先的时候都是用羊心。

沈辰溪冷不丁地问道：“那颗心脏的脂肪层是什么颜色的？”

“什么脂肪层？”

宋春来听沈辰溪这么一问，顿时反应过来，连忙解释道：“就是那心脏上的油膘是什么颜色的？白的还是黄的？”

“黄的。”那婆婆很肯定地说，“我还和人说呢，这猪心八成是染色了，或者吃的饲料有毒，要不怎么能这个颜色……”

沈辰溪和宋春来对视了一眼，宋春来问："那颗心脏现在在哪里？"

"怎么了？"那婆婆想了想，"还在祠堂里供着呢……"

宋春来不敢耽搁，让二柱子赶快去祠堂保护证据，自己则赶忙带着人头回办公室安置好。村里条件不足，他尽最大努力确保人头不损，锁好门，着急忙慌地赶去祠堂。

祠堂已经被围得水泄不通，宋春来挤了进去。见祠堂门虚掩着，他赶紧一把推开门往正堂里冲，一下就看到香案上、婆婆说的那个高脚瓷盘，可瓷盘里的景象让宋春来彻底傻了眼。

第六章 > 失踪者是谁

GOU CUN

盘子里的东西通体暗红，包覆着淡黄色的脂肪层，周围散落着黑红色血迹，显得分外触目惊心。盘子里毫无疑问是人心。

唯一与那婆婆说的不同的是，盘子里有两颗人心！

如果第一颗心脏是那颗人头的，那另外一颗是谁的？宋春来脑中闪过另外一种可能，假如这两颗心脏都跟那颗人头没关系……那就意味着现在至少有两个，多则有三个死者！

这是遇上连环杀人案了？！

祠堂外，有村民也看到了两颗心脏，顿时引发一阵骚乱！

陆续赶来维持秩序的村干部也不免陷入慌乱。赵官庄从来没发生过如此恐怖的恶性案件。

人头的身份还没搞清楚，又多出了两颗人心，现在身边要法医没法医，要人手没人手，这案子可怎么查？宋春来一时也没了主意，他逼自己冷静下来，很快梳理了思路：

第一是向镇上和县里说明村里的情况，让上级尽快派遣支援来村里；第二，就是尽快排查线索，弄清楚死者的身份和死因。

出于警察的直觉，宋春来觉得就算死者不是丁德义，这件事情也跟丁德义有分不开的关系。连带着赵志恒的意外死亡也变得诡异起来，两人晚上一起喝酒，第二天一个淹死了，一个踪影全无，现在路上出现了一颗符合特征的人头，这也太巧了吧？

“赵志恒死了，丁德义失踪……”宋春来正默默想着，突然眼睛瞥到缩在人群后面的身影。

赵志伟！

宋春来差点儿把赵志伟给忘了，昨天一起喝酒的不是还有他吗，而且他还跟这两个人有债务关系。虽然今天下午他已经问过赵志伟了，但是现在宋春来看赵志伟全须全尾地站在那里，觉得还是有必要再找他详细问一问。

就在宋春来盯着赵志伟的时候，赵志伟突然低下头，急匆匆地转身往外走去。宋春来下意识追了出去，宋春来这么一追，原本慌乱得不行的村民更是乱上加乱。沈辰溪也发现了赵志伟的动向，三步并作两步追了上去。

宋春来毕竟是警察出身，身体素质还是很不错的，沈辰溪也是经常锻炼的人，所以追上赵志伟并没花什么工夫。最关键的是，赵志伟好像也没有真想跑的意思，当宋春来一把揪住他的时候，两人才注意到他手上正捏着一个还在振动的手机。

“你是要出去接电话？”宋春来松开了反扣住赵志伟的手。

“是啊，宋警官你抓着我干什么啊？”赵志伟活动活动手腕，看着一脸紧张的宋春来和沈辰溪，指了指手机，“我现在能去接电话吗？我儿子找我不知道什么事……”

宋春来点了点头：“等会儿接完电话，还得麻烦你跟我回去协助一下调查。”

沈辰溪看着赵志伟手里的手机愣住了，这手机跟希迪用的一模一样！是跟自己同型号、不同配色的情侣手机。

这是巧合吗?

真的会那么巧吗?

沈辰溪做梦也没想到，自己一天之内居然因为两起死亡案件进了两次警务室。

警务室外，宋春来派二柱子去丁德义的狗场查看有没有线索，而后就一直在打电话：“……得赶紧把路弄通……一定得马上派人来……对，村里出了大案子，需要法医……对，是人心，两颗，还没发现其他的尸体……”

沈辰溪对面坐着的正是昨天送自己过来的司机，狗娃口中的大海叔。

因为村里实在人手不足，宋春来无奈之下发动了一切能发动的力量，村委会的干部已经在到处安抚村民，排查村民情况，并且嘱咐他们不要随意外出。沈辰溪作为唯一的外来人员，虽然昨天才来到村里，之后的行程也有佐证，基本排除了犯罪嫌疑，但作为人头的第一发现人，宋春来还是把他带回了村委会协助调查。

跟沈辰溪一起来的还有郑师傅、赵志伟、司机庞大海，宋寡妇则因为村里发生的事情太过吓人，死活非要跟着一起来。宋春来觉得如果死者真是丁德义，那宋寡妇作为案发前的重要证人也确实需要保护，就把她一块儿带了回来。

这么多人都挤在小小的警务室是不可能的，所以这会儿五个人分了两间屋子坐着，沈辰溪、庞大海和宋寡妇在警务室，郑师傅和赵志伟则在隔壁的另外一间屋里，等宋春来过来一一询问。

临近年关出这么大的案子，镇里县里非常重视，询问情况的电话一个接一个，这都半个多小时了，宋春来依然没能进来问话。反正闲着也是闲着，沈辰溪和司机庞大海开始有一搭没一搭地聊起天来。

“大海师傅，你刚刚说，今天一早你准备回镇上的时候才发现路塌了？”

“嗯，可不是嘛，这件事真邪性，早不塌晚不塌，村里一出事就塌了。”庞大海是个老烟枪，一边说一边深深地吸了一口烟，“昨天晚上带你来的时候不是撞死只狗吗？塌的就是那地方。”

沈辰溪想起昨天那一幕现在还有点头皮发麻，连忙岔开话题：“这段时间还有没有陌生人来过赵官庄？”

“应该没有吧。”庞大海狠吸了两口烟，“不过村子就这么大，来个外人是躲不了的。”

“那有没有可能搭别人的车或者用什么别的方法回来？”

“村里有车的没几个，三蹦子和摩托车倒是有几辆，可没听说有带外人回来的。”庞大海抬头想了想，“镇上回来其实没那么远，真要走也能走到，就是费点时间。后生，你不是来找你女朋友的吗？找到了吗？”

“没有，”沈辰溪摇了摇头，“所以我才问您有没有外人来过。”

“不对啊，昨天狗娃不是带你去志伟家找了吗，难道不是？”

“昨天没顾得上问，”沈辰溪叹了口气，把昨天的事情大概说了一下，“今天一大早赵志恒就死了，一直折腾到下午。后来狗娃爷爷带我在村里问了一圈，基本上都说不是。”

“我就说嘛，我们村里的人我还能不认识？你慢慢找吧，这么大个人也不能凭空消失了不是。”庞大海把烟蒂一丢，“话说，祠堂里的真的是人心？到底是怎么一回事，难道是鬼魂报应或者犬神降下的惩罚？”

一听见“犬神”“惩罚”几个字，原本一直靠在墙角坐着没吭声的宋寡妇就像被鞭子抽了一样弹了起来，见沈辰溪和庞大海朝她看了过来，哆哆嗦嗦地又坐了回去，整个人还往角落里缩了缩。

“宋嫂子你怎么了？”

“犬神的惩罚……”宋寡妇结结巴巴地说道，“三驼子还有丁瘸子他们杀了黑风，得罪了犬神，现在都死了！都死了！”

“哎呀，你别瞎想，再说，就算是惩罚你怕什么？”

“可是把黑风做成菜的人是我啊！”宋寡妇的声音里已经带了哭腔，“我当时不知道啊……”

“老板娘，你别自己吓自己，这些神神鬼鬼的事情，背后都是人在捣鬼。你刚才也听宋警官和郑师傅说了，那颗人头是被人用农具砍下来的，还砍了不止一次，要真是神鬼妖怪，还犯得上用这些？”沈辰溪解释道。

“对对，说得有道理。可要真是人干的，为什么又是砍头又是挖心的，弄得这么邪乎干什么？”庞大海一边说一边咂着牙花子，脸上泛着红光，一副不信邪又觉得此事跟神神鬼鬼扯不清关系的模样。

宋寡妇并没有那么容易被说服，听他们说砍头挖心的事情，整个人都筛糠似的哆嗦着，看着比刚才更害怕了。

“不好说，”沈辰溪理了理思路，说道，“不过杀人分尸，要么是为了藏匿踪迹、不被人发现，要么是跟被害者有极大的矛盾需要泄愤，再就是因为宗教什么的，就是邪教迷信之类的。在这个案子里，我觉得后两种可能性比较高。”

“这是为什么？”不知道是不是司机的职业病，庞大海对于聊这种事的热情特别高涨。

“你想，如果是为了隐藏自己杀人的事实而分尸，那一般要处理的就是头、手、脚还有生殖器这些能一眼看出来人类特征的，至于其他的身体部分，切碎了随便找个地方扔了，一般人是认不出来的。书上那些分尸抛尸的案件基本都是这样，”沈辰溪一边说一边回忆着自己看过的一些案件细节，“可是你看现在的情况是什么，路上发现的那颗人头还可以勉强解释，是凶手把头砍下来没藏好让狗给刨出来了，可那两颗心脏呢？要说挖心可比砍头麻烦多了，他不光挖了心脏，还专门供在祠堂里，这可不像是一般杀人抛尸的凶手能做出来的事。”

庞大海听得汗毛倒竖，一边点头一边舔着嘴唇：“有道理！那要照你这么说，这个杀人的凶手应该不怕别人发现他杀人……那会是谁啊？”

“这我可不知道。”沈辰溪耸了耸肩，自己虽然对这种推理感兴趣，可是他来这里是为了找赵希迪的，又不是来当侦探的，到底是谁杀的人，为什么杀人，关自己什么事？

“要是死了的人真是丁瘸子，那宋警官可就头疼了，村里想他死的人可不止一个。”庞大海指了指外面。

“丁德义人缘很不好？”沈辰溪对丁德义的印象并不是很深，跟赵志恒的嚣张跋扈比起来，丁德义除了腿脚不方便之外，真的没有什么特别的地方。

“怎么说呢，村里没什么人喜欢他。他这个人个性本来就不好，后来听说养狗赚钱就开了个狗场。但你想啊，我们村里人信犬神，弄这个本来就犯忌讳，可是他养狗还不好好养，经常把死狗病狗卖给人家，狗场也被他管得一塌糊涂。再说那狗场一天到晚地鬼哭狼嚎，还臭气熏天的，经常有狗从里面跑出来，附近山上的野狗基本上都是从他那狗场里跑出去的。”庞大海说到这个就一肚子怨气，“毕竟都是一个村的，我们也没打算计较什么。可后来他觉得养狗太麻烦，不是跑就是丢的，就经常到处偷人家养的狗打死了去卖。你说这像话吗？村里就没几个人没跟他吵过架的，大家私下都说他现在老婆跑了，儿子又是傻的，那都是惩罚！”

“那犬神奶奶是不是也恨他？”沈辰溪试探地问道。

“那能不恨吗？犬神奶奶是犬神的化身，丁瘸子这么杀狗糟践狗，哪里能给他好脸？”庞大海长舒了一口气，“你该不会是怀疑犬神奶奶吧？那不能够！”

“怎么了？”沈辰溪确实有点怀疑犬神奶奶，她那么肯定丁德义、赵志恒都会得到惩罚，而且还真应验了，要说是巧合，实在是令人难以相信。再说犬神奶奶也符合郑师傅的判断，她年纪那么大了，不可能搬着尸体到处跑，提人头拿人心却不是没有可能。

“她都多大年纪了，一百多岁了，她能杀得了丁瘸子？”庞大海不以为然地摆手道，“再说了，你不是也上过白犬山吗，山上就那么一条山道，下来就是村里的大路，她下来别人能看不见？”

这确实是一个疑点，自己跟狗娃下山都有点费劲，犬神奶奶是个走路都颤颤巍巍的老婆婆，要下山杀人，确实有点不现实。

“我也就是瞎猜，”沈辰溪并没有太过纠结于此，“对了，这个犬神奶奶算命真的准吗？”

“这事啊，宁可信其有，不可信其无。”庞大海神秘兮兮地说道，“我是没见识过，不过大家伙儿都说挺准的，应该差不离。怎么了？她跟你说什么了？”

“也没什么，就是她跟我说我女朋友就是村里的。”沈辰溪迟疑了一下。

“就是村里的？谁？”庞大海一下来了兴趣。

“赵志伟的女儿。”

“希弟？真是她？”庞大海一脸的不可置信，“你俩怎么认识的？”

“我们是 T 大的同学，不过不同专业。”

“这怎么可能？”庞大海更惊讶了，“我记得她当时是在县里念书，高考成绩出来时，县里还专门打电话来通知她没考上呢！宋嫂子，我说得对吧？”

不知道是不是这个话题轻松一些，宋寡妇的状态稍微松弛了一点，她点了点头：“是有这事。当时县里先是给赵志伟家去了电话，后来还有镇上的人过来通知呢。希弟这孩子念书好，考试之前大伙儿都说她能考上重点大学，结果成绩出来什么也没考上，她觉得丢人，后来就离家出走了。”

“有这回事？”沈辰溪顿时奇怪起来，赵希迪是千真万确考进 T 大的，而且分数还不低，“会不会是后来复读了？”

“赵志伟那个样子你也见过了，怎么可能让她复读？”宋寡妇叹了口气，“别说复读了，就希弟上高中的时候，赵志伟都好几回不想让她继续念了。说什么女孩读那么多书就是浪费钱，这天天在外面上学，又要住校又要吃饭的哪一样都得花钱，不如早点回来结婚生娃，嫁人也好换点彩礼钱。”

“可不是嘛，我记得那时候，赵志伟好几次上县里把希弟从学校带回来，是李主任还有镇上的人又把希弟给抢回学校的。后来镇里考虑他们家的情况，还给希弟办了什么奖学金和补贴。”庞大海又想起来一些细节，“那时候希弟在县里住校，一个月才回来一趟，赵志伟从来不给她钱坐车，一开始希弟都是自己走着回来，后来我看小姑娘实在是可怜，就周五的时候把她捎回来。”

“希弟这孩子苦啊，成绩一直是顶好的。”宋寡妇打开了话匣子，“小学初中她一直都是全校第一，初中毕业考到了县一中。我们这小地方不比 S 城，县一中就是最好的学校了，在市里都是顶出名的，早几年还出过高考状元呢。那年整个龙集镇就希弟一个考上县一中的，那可是女状元啊！镇上还来人到村里给希弟发了奖状，敲敲打打好生热闹了一番，村里也给了他们家补助金。要不是这样，赵志伟才不愿意让她继续念书呢。”

沈辰溪很不理解：“这么会读书为什么不让念？她妈妈不反对吗？”

“她妈妈反对什么啊，一个外乡的疯女人，能活着就不错了。”宋寡妇叹气，“她弟弟赵继祖不争气，从小就被惯坏了，上学也学不进去。初中都没毕业，赵志伟找人托了关系，打算让他读个民办学校。可是他们家继祖说什么都不愿意上学，就跑到县里打工去了，跟着汽修老板做学徒。学了一年多，赵继祖就回来跟他爸要钱，说什么要在镇上开个汽修门面，指定能赚钱。”

“那他还挺有勇气的。”沈辰溪也是实话实说，回想一下，几年前小汽车还不像现在这么多，那时候在乡下开一家汽修门面确实需要点勇气。

宋寡妇接着说：“赵志伟找人打听了一下，知道开汽修门面确实能赚钱，而且他就这么一个儿子，那肯定砸锅卖铁地支持啊。但开店也不是嘴上说说那么简单，开一个店下来，租金、水电、设备、人工，哪样不得投钱，他赵志伟就算把地皮翻番卖都凑不出。他实在没办法了，只得到处找人借钱，这才欠了丁瘸子和三驼子的账，他俩好像是一个借了三万，一个借了四万还是多少，我也搞不太清。

“借钱那会儿希弟正好念高一。这欠着外债，又要他掏钱送女儿去县里上高中，赵志伟肯定不乐意！要不是村里镇上都给了补贴，希弟又年年拿奖学金，没准连高中都念不了。不过，就算不用赵志伟掏钱，他也不乐意。”宋寡妇说起这些事的时候心有戚戚，生在这重男轻女的乡下，女孩的难处也只有同种境遇的女人才能感同身受。

“既然不用赵志伟掏钱，那他凭什么不让希弟继续念书呢？”沈辰溪从来没有想过，这个素未谋面的女孩仅仅是为了上高中就要付出如此多的努力，心里不由得为她抱起不平来。

“不用她爸掏钱就行啦？女孩在家里还得干活呢。希弟她妈脑子有问题，赵志伟和赵继祖是油瓶倒了都不扶的主儿，活儿不都得希弟干？原来希弟在镇上念初中的时候，每个周末都回家，一回家她就得洗衣服、浇地、打扫卫生、烧饭，从早忙到晚。等希弟上了高中，赵志伟不是不给她车费吗，这孩子为了省钱一个月才回来一次，这家里的活儿就没人干了。”宋寡妇叹了口气，“希弟上高中头一年的时候，赵志伟去镇上帮着他儿子弄那个汽修门面。等到她上高二的时候，丁瘸子和三驼子一看赵继祖那汽修门面也开了，就天天催着赵志伟还账。可刚开门的门面，哪有钱？赵志伟被催得不行了，就把主意打到女儿身上了。”

“赵官庄有个老理儿，讲的就是嫁女养儿。这嫁了女儿，有了彩礼钱，不就有钱给儿子了！”庞大海呵呵笑道。

“嫁女养儿？”宋寡妇白了庞大海一眼，“这话你敢跟你女儿讲出口？”

庞大海算是村里的异类，家里有两个儿子、一个女儿，他平时对两个儿子那是非打即骂，一点好脸都没有，可偏偏对女儿宠得不行。他此时嘴上说“嫁女养儿”，其实倒是养儿护女的。

“当时赵志伟就想让希弟回来，嫁给丁瘸子那个傻儿子顶账，这样他不仅还了账还能饶个几万块钱。一开始是趁希弟回家扣着她，不让她回学校，后来干脆就闹到学校去抢人。”

沈辰溪一愣，他本想问她妈妈呢，后来想起自己刚刚问过，她妈妈脑子有问题。他一时间无法理解，也无法想象这地狱一般暗无天日、毫无希望的生活。

沈辰溪忍不住问道："你们都不帮帮她吗？"

"怎么帮啊？那是人家的家务事，而且我们世世代代也都这么过来了，又能做什么？"宋寡妇又叹了口气。

沈辰溪喃喃自语："世世代代这么过就对吗？"

庞大海接过话头："后来是学校和妇联接连找上门，又是劝又是给补助，村里也好说歹说给他们做工作，赵志伟这才同意，让希弟先把高中上完再说。"

"嗯。"沈辰溪听到这里总算松了口气。至少赵希弟的生活里还是有光亮、有希望的。

"希弟那时候成绩是真好啊！听说在县一中的重点班里都是排头几名的，高一那会儿她还给学校拿了奖。大家都说希弟是考重点大学的苗子，妇联的李主任对她上心着呢！"宋寡妇说着眼睛一红，当初自己心里也是欢喜的，如果希弟真的有机会考上大学，离开这个穷乡僻壤之地，那她就给其他女孩蹚出了一条光明之路。

"那她当时怎么就失踪了？就因为考试没考好？"沈辰溪问。

"可不是嘛？"宋寡妇敛了神色，想了想，"那年是……对，六月底的时候，县一中给村里来了一个电话，说是高考成绩出来了，希弟考砸了，上不了什么学校了。还说让希弟去县一中一趟，把住校时留下的东西带走。结果希弟去了之后就再没回来，留话说去打工了。"

沈辰溪叹了口气，对于大部分人来说，高考就是千军万马过独木桥，每个人身上都承载着太多的期望和压力，过了桥就是另一番天地，过不去对于自身的打击也可想而知，每年因为接受不了成绩而精神崩溃的人也不在少数。而他们口中的赵希弟更是如此，高考是逃离这片土地唯一的路径，也难怪她会有这样偏激的举动。

可不知道为什么，他总觉得这件事情好像哪里不太对。

“对了，既然大家都知道她是离家出走的，那为什么村里的人提到她，不是说她不是村里的人，就是说她已经死了呢？”沈辰溪说出了自己的疑问，他一直不太理解今天的所见所闻。

“一个离家出走的女孩，三四年都没回来露过面了，可不就跟死了一样吗？”庞大海叹了口气，“赵官庄人，最在意的就是血浓于水，这离家出走了的女孩，连娘老子都不要了，村里还能认这个人吗？就算娘老子有天大的不是，那不也是娘老子吗？”

“唉，不就是考试没考好吗，在家里待不住出去散散心，或者出去打工，都没什么的，不奇怪。赵志伟头一年因为这事一直在村里人跟前说不认这个女儿了，可是后来时间长了也就看淡了。本来想着过两年希弟回来也就好了，可谁知她是一去好几年，连个消息都没捎回来过。”宋寡妇忽然压低了声音，“她妈那时候身体不好，要去镇里还是县里治病，希弟也没说回来露个面。从那时候起，赵官庄就当再没有这个人了。”

“也许她有什么苦衷呢？”沈辰溪想了想，觉得这里面肯定有内情，“如果希弟都没回来过，那她怎么知道她妈妈生病，又怎么会回来呢？”

“问题就在这里，她知道她妈妈生病了。”宋寡妇的回答让沈辰溪很是疑惑，不是说她没回来过，那赵希弟怎么知道家里的事情呢？

“妇联的李主任跟希弟关系好，她家里就是托李主任给希弟送的消息。”宋寡妇的声音很平静。

沈辰溪沉默了一会儿，虽说“天下无不是之父母”，但易地而处，作为独生子的沈辰溪怎么也无法理解，一个父亲到底要多失败，才会有脸靠“卖”女儿换钱供儿子创业，真是想想拳头就硬了。

不过，这也更能证明赵希弟不是赵希迪了。一个吸血鬼一样重男轻女的父亲，一个患有精神疾病的母亲，还有个扶不起来、被父亲溺爱的弟弟，这样的家庭是教不出希迪这样阳光睿智的女孩的。

沈辰溪忽然想起一件事："那个，今天下午狗娃爷爷带着我在村里找人，找见了一个姑娘，叫刘希弟，怎么感觉她好像跟赵希弟很不对付？"

"吓，你说那个大希弟啊，那是肯定跟希弟不对付。这乡下的女孩，叫希弟盼弟的多的是，这不她俩都叫希弟吗。这两个孩子同一年生的，因为刘希弟的月份大点，大家就把刘希弟叫作大希弟，把赵希弟叫作小希弟。但是等希弟考上县一中后，就很少有人叫她小希弟了，那可是女状元啊。"庞大海笑道，"这俩女孩从小一起长大，小学是同学，到了初中又是一个班的，自然免不了被人放在一起比较。可希弟成绩好啊，大希弟不像希弟那么会念书，经常被人说成反面典型，时间长了这心里能好受？"

"还有一点，那时候大希弟人比较胖。希弟呢，虽然在家里吃苦，但是长得好，瘦条儿的，脸长得也水灵，在学校里比大希弟受欢迎。"宋寡妇接过话茬儿，女生之间的小心思，她可比庞大海要清楚，所以讲得更细致一些，"听说她俩上初中的时候，大希弟喜欢学校里的一个男孩，还给人写了情书。结果那个男孩喜欢希弟，收到情书还以为是希弟写的，得意得不行，在学校里炫耀了一通，就跑去找希弟了。希弟都不知道这回事，也不喜欢那个男孩，当着他的面那是一通撅。"

庞大海也想起来了这件事，直呼："我知道，我知道！那个男孩就是我亲戚家的孩子，当时因为这件事被嘲笑了好几年呢！"

"那是啊，这一闹全校师生都知道了，那个男孩终于知道自己搞错了对象，就把大希弟给他的情书贴在学校布告栏里了。就这么着，她俩就结下梁子了。"宋寡妇说。

沈辰溪皱着眉头："这全程和赵希弟一点关系都没有啊。"

"谁说不是呢，可十几岁的孩子哪里想得明白。自打那以后，大希弟就把希弟恨上了。”宋寡妇说得平淡，“大希弟的成绩也因为这件事更差了，中考也没考上高中，就去了一所职高念书。你想，希弟去的可是县一中，这一对比，两人差距更大了，那两年大希弟在村里都抬不起头。

“不过后来希弟没考好跑了，村里的风向才变了，大家开始说大希弟这样的女孩才是好姑娘。大希弟职高毕业就去县里上班了，每个月都拿钱回家，后来还在县里谈了个对象，听说是做小生意的，没两年就结婚了，今年头上生了个男孩，最近才回来带孩子的。”宋寡妇絮絮叨叨地说着，“人啊，一个人一个命，一个人一个活法，大希弟这样其实也不赖。”

“什么不赖？你们聊什么呢？”正在三人聊得起劲儿的时候，宋春来推门走了进来，见三人神色各异随口问道。

“没事，聊点村里的事。小沈不是来找女朋友的吗，我们给他提供点线索。”庞大海乐呵呵地给宋春来递了根烟，又给他点上火，然后自己也拿了一根烟点上。

宋春来皱着眉头吸了一口烟：“县里给了回复了，现在已经联系了公路那边，明天就可以来清障，但那段路本身又陡又窄，塌方又比较严重，不知道会不会还有后续的危险，所以清障工作没那么快。”

就在这当口，四人听见院子里有人在喊话，他们侧耳一听，是狗娃的声音。宋春来拉开门，问道：“狗娃，你过来干什么？”

“不……不好啦！”狗娃跑得上气不接下气的，“刚刚狗场那边吵得太凶，就有……有人过去看怎么回事，手电筒照到……那些狗咬的是……”

“是什么？”

“是人手！”

“人手？”宋春来吓了一跳，赶紧跑出警务室，“看真切了吗？是人手在狗嘴里吗？”宋春来想，难不成这第一案发现场是狗场？

真是怕什么来什么，看见人头、人心的时候，他就怕尸体被破坏了增加破案难度。现在好了，一个死人，在一群饿得眼睛发绿的狗中间，会是什么结果？恐怕连骨头渣子都被咬碎了！

“二柱子，二柱子！你人呢？”宋春来吼起来。

“哎哎！来了来了。”

“你刚刚不是去看过狗场了吗？怎么没看见那群狗在啃东西？”宋春来被二柱子的失职气得血冲脑门，他怀疑人头是丁德义的之后，第一时间就派二柱子去查看狗场和丁德义家的情况，结果可好，这么大的事，二柱子居然没有跟自己汇报！

“我就敢在狗场门口看看，没敢进去啊。”二柱子急赤白脸地解释，“黑灯瞎火的，几十只狗在里面鬼喊鬼叫，哪个敢进去？”

宋春来急得直摆手：“行了行了，你赶紧说说到底看到了些什么吧！”

二柱子一脸委屈：“狗场我去了，一个人都没有，电话打了好几个，根本没人接。丁瘸子家我也去了，他没回家，家里除了丁建国，没别人。丁建国说他爸昨天就没回过家。”

“那没办法了，走吧，今天死活都得进狗场了。”宋春来在心里暗骂晦气，既然已经发现人手了，那说什么也得去狗场看看，哪怕就剩一只手也不能放着让狗继续啃，“二柱子，赶紧的，去狗场。”

可不管宋春来怎么叫，二柱子都死活不愿意挪窝。宋春来转回来拽他，二柱子就一个劲儿地往后躲：“宋警官，就不能明天再去吗？白天去好，咱们再多叫点人……”

“屁话，这还能等？明天再去就只剩下狗屎了！”宋春来急得直跺脚，这个二柱子真是靠不住。

“宋警官，你也知道我小时候让狗咬过，就怕狗！”二柱子的声音颤颤巍巍的，面无血色的脸庞已经没了平时在村里横着走的模样，可见对狗的恐惧极深，“狗场里那么多狗，要是刚吃了人，那可不敢进去！”

二柱子的话不无道理，这狗要吃人还看身份吗，别说是个协警，就算是警察也没用！宋春来当然知道这事危险，可是他是警察，肩负责任，跟二柱子不一样。他想了想，又在夹克衫外面多套了一件军大衣，揣上一包手套，然后拎着根防暴警棍走入夜幕。

狗娃一路小跑着跟在宋春来身后，宋春来一开始还没看见，等注意到身边还跟了个半大孩子，吓了一跳：“狗娃你跟着我干什么？快点回家去。”

狗娃满不在乎地摇摇头：“宋警官你是不是要去狗场，我能帮忙。”

“你一个孩子能帮什么忙，听话，赶紧回家。”宋春来下意识不想让狗娃牵涉进来，进狗场已经够危险了，要是还带个孩子，自己取证的同时，不一定护得住他。

“我能让狗听话！”狗娃大声道。

宋春来听说过村里的狗都跟狗娃特别亲近，哪怕路上走的野狗看见狗娃都特别亲热，可那是因为有黑风在，现在黑风没了，他哪能让孩子冒这个险？再说了，这狗场里面的狗跟路上的野狗不一样，野狗虽说是野狗，在村里也是有人喂剩饭剩菜的，不至于饿得眼睛发绿。狗场里面的狗可是每天饿得鬼喊鬼叫，更可怕的是，它们可能刚刚吃了人肉，谁知道现在什么样。无论如何也不能让一个孩子去冒险，这狗娃可是人家家里的独苗，要是出了事，自己怎么跟他家里人交代？

宋春来好不容易把狗娃给劝了回去，听到动静的郑师傅跑了出来，他看见宋春来身上的军大衣就笑了：“宋警官这是上前线啊？”

宋警官一阵苦笑：“差不多，跟狗干仗去！”

“我一块儿去吧。”郑师傅亮了亮手里的杀猪刀。

“我也去，”庞大海听到动静也走了出来，“给我个扳手就成！”

“那敢情好！”宋春来舒了口气，二柱子不去，就他一个人去闯狗场，他自己也觉得有点勉强，此刻，人手多一个是一个。

“要不然我也去吧？”沈辰溪跟了出来，从墙根拿了把大竹扫帚，他好歹练过，能帮上点忙也好。

“行！”宋春来这会儿是来者不拒了，反正今天一定要进狗场闯一闯，尽人事，听天命吧！

缩在一边的二柱子一看，连沈辰溪这个白白净净的后生都敢去，觉得自己脸上实在挂不住，期期艾艾地往前迈了一步：“那……那我也在后面跟着吧……”

一行五人披着夜色出了村委会，刚刚还稍显拥挤的警务室一下子安静下来。宋寡妇看时间已经不早了，这会儿让她一个人回家肯定是不敢，幸亏之前村委会的人给她找了一间值班室。

宋寡妇打算去值班室休息一晚上，可她刚准备出门，就听见外面响起了脚步声。宋寡妇吓得心跳都停止了，屏住呼吸慢慢凑到屋门前，听了半天发现并没有什么声音。

“难道是自己听错了？”

宋寡妇小心翼翼地把门拉开一条缝，赫然发现一个高大的身影正堵在门前！

“嫂子，跟你说个事……”

第七章 > 狗场残肢

GOU CUN

狗场距离村委会不远，出门沿着大路往东一直走就能到。还离得老远，几人就听见了此起彼伏的狗叫声。夜色中，这些凄厉凶恶的狗叫声真是让人感到毛骨悚然。

二柱子哆哆嗦嗦地走在最后："宋警官，等会儿我们到了之后，要怎么弄？"

"怎么弄？"宋春来一怔，掏出手机又给镇里的派出所所长打电话。

电话接通后，一个很不耐烦的声音说道："小宋啊，不是已经跟你说了，公路上协调过了，明天一早就去抢修，你这两天做好现场的保护和记录，维持好村民的秩序……"

"刘所，你听我说，我刚刚得到消息，在狗场里又发现了一部分人体残肢……对，是人手……不知道还有没有别的……我们现在正准备过去看看，"宋春来换了只手拿电话继续说，"我就是想问，刘所您看这个情况，能不能找个法医远程协助一下……”

“咦？这主意能成！我帮你找县里的问问哈！你等我电话！”龙集镇派出所所长姓刘，是转业军人，出了名的急性子，说到这里立马就撂了电话。

宋春来听着电话里“嘟嘟嘟”的声音有点无奈，只能招呼众人先到狗场再说。

宋春来站在最前面看着紧闭的黑色铁栅栏门，如果说整个赵官庄有什么地方是他都不太愿意踏足的，那这个狗场毫无疑问是排第一个的。这个狗场靠近村口，常年又脏又乱，不会停止的狗叫，还有终日弥漫的恶臭，都让人对这里望而却步。

此刻在手电筒淡黄色灯光的照射下，乌黑的铁栅栏上布满红褐色的锈迹与干涸的泥点，让铁门犹如恐怖故事中的存在。但吓人的不是铁门，而是铁门里面。

几十条浑身脏兮兮的狗正在铁门的另一边逡巡，它们的眼睛在手电光的照射下闪着黄褐色的光。它们来回走着，对着宋春来和想要靠近门的身影发出警示的低吼。

宋春来试探性地用警棍推了推那扇铁门，门上的黑锁看着唬人，可真想进去，这锁头并不是什么阻碍，难的是面对里面的这些祖宗。果然，前面的几只狗一看见有人走近立刻就冲了上来，发出“咣当”一声巨响，把几人都吓得后退了一步。

更多的狗听见动静也冲了上来，扒着铁门嚎叫，竭尽全力地想把嘴和爪子从栅栏间隔里挤出来，一时间，宋春来都看不清面前到底有多少只狗。

在冬天的寒夜，透过细长的光柱，宋春来能清楚地看到这些狗嘴里鲜红的牙龈，还有嘴里哈出的热气。

二柱子离得老远就开始双腿打战，说：“宋警官……这么多狗……

怎么弄啊……”

“怕个屁，活人还能让狗吓着？”宋春来嘴上说得硬气，可这心里也是一阵一阵发怵。自己又不是二郎神，对着这么些狗能怎么办？孙猴子七十二变还怕被狗咬呢！

这时候庞大海晃了晃手电，叫道：“宋警官，你看那边！”

宋春来顺着手电光看了过去，一条黑红色的东西横在地上，正是一段人的前臂！

手掌的部分已经被咬得稀烂，小指和无名指都不知所终。

“宋警官，是不是得快点把这个手给弄出来？”郑师傅上前问道。

“是，可是这样太危险了……”宋春来目测了一下与人手的距离，脑子飞快转动，想着怎么能把它弄出来。

郑师傅看了看大概的距离，托着下巴想了想：“我有个法子，不知道成不成。”

“什么法子？”宋春来奇道，难不成郑师傅还会隔空取物？

“我看了一下这个距离，也就两三米远，拿个带钩的东西给它钩出来不就行了。”郑师傅比画了一下动作。

“这大晚上的，上哪儿找那么长的带钩的东西去？”二柱子问了一句。

宋春来一时也没想出来有什么合适的东西，在村里农具不难找，但是要说带着钩子还够长的东西一时还真想不到。镰刀太尖，长度也短；火钳子不用说了，更不方便；耙草的耙子长度倒是合适，可是耙子太宽了，伸不进去。

“我那有个搭猪用的钩杆子，应该差不多能用。”郑师傅比了一下长度，“要行，我回去拿过来试试。”

宋春来一时也没别的办法，就同意了，让二柱子跟着郑师傅一起回去拿工具，他跟沈辰溪、庞大海三人在门口，看看还有没有其他的线索。

也许是看外面的人半天没有动静，刚刚情绪激动的狗群渐渐平复了下来，几只狗在里面开始嬉闹起来，其中一只狗走近那截断臂，低头嗅了嗅，又叼起来甩了两下，然后不知被什么吸引，松开嘴跑了。

宋春来就这么胆战心惊地看着，这段残肢就这么一会儿被这只甩过来，一会儿被那只拖过去，要不就是被两三只狗叼着像是拔河一样抢着玩，这场面跟想象中的地狱没什么差别。

随着狗群的移动，宋春来发现了更多疑似残肢的东西，不过跟这段前臂残肢不同，那些破碎得更厉害，只能勉强分辨出是一些骨头的碎块，根本看不出是什么部位。

正在这时候，一阵喧闹的铃声击碎了夜空，宋春来惊得一哆嗦，从兜里摸出手机一看，是个不认识的号码："喂？"

"宋警官啊，我是县医院的，我姓陈。公安局这边联系我，说你这里发现了尸块是吧？"电话那边的声音温和但是透着疲惫。

宋春来怔了一下，旋即反应过来，这应该就是刘所帮自己联系的法医。县里财政困难，县公安局是没有专门设立法医这个岗位的，尸体的鉴定解剖工作都是由县医院兼顾，挂了一块 ×× 县法医司法鉴定所的牌子，其实就是在县医院后面搞了几间办公室而已。

"陈医生你好啊！"

"现在是什么情况？我听说除了人头和心脏之外，又发现别的尸块了？"

"对，我们发现了一段前臂残肢，应该是左前臂，还有一些其他的部分，不过距离比较远，还不能确定部位……"

电话那边的陈医生说是兼任法医，其实小县城里一年到头用得上法医的机会也没几次，突然听到这样的大案子，他心里还真有点激动："那好！你们赶紧保护好现场，给这些尸块都拍好照，放好标牌，做好记录。我看你们就不要移动尸块了，找人看着点就行，如果明天路能通的话，等我们鉴识的同事过去勘验。要是路通不了，你们再想办法保存尸块，不过一定要注意记录尸块、残肢的原始情况，千万不要造成人为破坏啊……"

宋春来听陈医生讲在兴头上也不好打断，好不容易等他换气的工夫插话道："陈医生，你可能不了解我们现场的情况，我们现在保护现场有点困难……"

"我不是说了吗？拍好照，做好记录，然后回收尸块呀！"陈医生的声音顿时不耐烦起来，这个警察怎么这么不专业?！

"那个……您听我说，这些尸块现在在一个狗场里，这狗场里面的狗都跑出来了，尸块基本上都在狗嘴里走过一圈了……"宋春来可真没说谎，这说话的工夫，"那只手"又经历了好几只狗的接力，现在距离铁门已经不到一米了。

"啊?！"陈医生马上就急了，"那你还等什么呀，赶紧进去把狗赶开保护现场啊，要不然这尸块都被破坏完了，我们……"陈医生想了想，把已经到嘴边的"验个狗屎"几个字咽回了肚子。

"陈医生，"宋春来也不知道该怎么解释，正巧这时候郑师傅和二柱子两人，一人拿着根快两米长的钩杆子，一人拎着个大红色的塑料桶走了过来。

二柱子在郑师傅那里借了橡胶围裙和护袖之后好像变得胆大了不少，他冲着宋春来挥手："宋警官，我们回来了！"

宋春来一看装备来了，也来了底气，对着陈医生说道："那陈医生，我们一定尽快回收尸块。"

“好！”陈医生想了想，“不过按你说的，尸块跟一群狗在一个空间里，那么很有可能尸体的残缺是因为狗的啃食和破坏，那你们回收尸块之后对这些狗也要进行控制和处理，我们到时候可能要对这些狗做一些检验。”

还要控制这些狗？宋春来苦笑着挂了电话，看着走到跟前的郑师傅和二柱子，他问二柱子：“为什么提个桶过来？”

“我想着，咱们把那个手钩出来不得找东西装吗，就跟郑师傅借了个桶，”二柱子以为宋春来是担心证据受到污染，连忙保证道，“放心，这桶是新的，我也洗过好几遍了，干净着呢！”

“恐怕光有个桶还不行，”宋春来叹了口气，“刚刚跟县里的法医通了电话，说是除了要回收尸块，这些可能吃了尸块的狗也要控制起来。”

“那不就是说我们还要进去？”二柱子刚刚壮起的胆量立马就崩塌了，他低头看了看手里的大红桶，早知是这样，刚才就应该把郑师傅家那个卖猪肉的铁皮车推过来，这时候没个王八壳子，谁敢进狗场里面去？

可是事情都到这个份儿上了，再危险再害怕也得上，宋春来回头道：“郑师傅、大海、小沈，你们三个本来就是帮忙的，要是不愿意进去可以不去……”

“宋警官说的什么话，我们几个大男人还怕狗吗？”郑师傅举了举钩杆子。

“郑师傅你是不怕，你手上还有打狗棍呢！”二柱子的声音已经发飘了，几人都被这句话逗乐了。

沈辰溪道：“咱们可以准备点‘弹药’，到时候有助于保持距离。”说着俯身捡了块石头抄在手里。

“对对对！到底是大学生，就是智商高、主意多！”二柱子此时对沈辰溪的态度那是转了一百八十度，忙不迭地拎着塑料桶到处寻摸起石块来。

“弹药”备齐，几人慢慢靠近铁门，狗群也发现了门外人的动静，纷纷低吼着看向门外，手电光扫过去，只见几十双闪着红光的眼睛，呼出的热气连成了一片，看上去就像是一层有形的杀气。

宋春来挥动手中的警棍奋力一击，咔嗒，那锁头依然完好无损，可铁门的挂环被生生砸断了。

宋春来一马当先推开铁门，舞着防暴警棍就往里冲，郑师傅挥着钩杆子，活像个披挂上阵的将军拦住想要冲上来的狗群，庞大海和沈辰溪一左一右，一人拿着刚在门口找的木棍，一人拿着大扫帚，左挥右打，二柱子则是不断地扔出石块，防止有漏网之狗。五人宛如一支小型的军队前后配合杀入敌阵，为了防止门打开之后狗跑了，几人还事先说好了进去之后要把门给带上。

可是他们人实在太少了，不管郑师傅、宋春来多勇猛，沈辰溪和庞大海如何武艺精湛，他们还是很快陷入狗群的包围之中。

狗群之所以比狼群更可怕，是因为狗跟人类相处的时间比狼更多，对人类的世界更加熟悉。假如在野外，郑师傅的钩杆子这么挥舞起来，绝对是没有动物敢上前的，可是这些狗不但敢，而且靠着数量的优势，竟然趁着挥舞间的停顿，咬住那根钩杆子跟郑师傅角力起来。

就在五人被狗群逼得越来越靠拢，二柱子手里的石块已经见底的时候，他们突然听到身后发出了刺耳的吱呀声。

铁门打开了？

可刚刚不是已经关上了吗？

宋春来来不及问二柱子为什么门没有关严，现在最怕的是，门一开，狗叼着人肉跑进村子里可怎么办啊！

宋春来他们眼睁睁地看着铁门应声而开，但奇怪的是，铁门里的狗并没有像预想的那样冲出去，刚才还龇牙狂吠的狗群好像见到了什么恐怖的东西，纷纷低声呜咽着向后退。众人注意到身边有几只狗甚至夹着尾巴一边后退一边留下了一摊水迹。

五人觉得匪夷所思，拿着手电往门口那边照过去，只见黑暗中一只半人高的黑色巨犬，昂首站立在铁门前，身上的毛皮泛着金属般璀璨的光泽，它的身后，大大小小、高高低低的狗就像是军队一样把门口堵得严严实实。

是黑妞！

沈辰溪一眼认出了这只狗，它就是今天下午在山上看见的新狗王，黑风的女儿——黑妞！

沈辰溪根本来不及疑惑黑妞为什么会带着狗群来这里，只见黑妞高昂着头颅，迈着轻快的步伐走进狗场，眼里根本没有这些狗。黑妞不愧是狗王，这短短的几步走出了王者慑伏天下的气势。

黑妞带来的压迫感让本来还在低吼的狗都夹起了尾巴，狗场里的群狗纷纷低下头，有些胆小的直接趴在了地上，表现出讨好的姿态。

这时候还是郑师傅反应快，他把这些狗一只一只关进笼子，宋春来和其他人也反应过来上前帮忙。在狗王黑妞面前，这些狗忽然都没了凶性，臊眉耷眼哆哆嗦嗦地在笼子里挤成一团。

将狗都关起来之后，狗娃突然冲了出来，跑过去抱了抱黑妞。黑妞对着狗娃喷了下鼻子，好像是道别，接着便领着狗群，像得胜的将军一样席卷而去，只留下几人面面相觑。

看着来去匆匆的黑妞，宋春来忍不住赞叹："神，真的太神了！"他突然觉得，自己这两年干的那些鸡毛蒜皮的事，没那么难堪了。

沈辰溪问起狗娃怎么会来，原来狗娃虽然被宋春来打发回家了，可是想着他们要去对付狗场的狗，还是有些不放心，就上山叫了黑妞带着狗群过来“助阵”。

宋春来听完胡噜了一把狗娃的头，还好狗娃机灵，要不今天他们几个指不定多狼狈呢。夜更深了，他拜托庞大海把狗娃平安送回家去。

郑师傅和宋春来把笼舍一一上了锁，然后打开了狗场的灯。

狗场里的这片空地比他们想象的更加可怖，残肢、血迹、污泥，衣服的碎片，还有到处都是的狗屎……宋春来给每人发了一副手套，然后让二柱子和沈辰溪打配合，拎着塑料桶把一切看着像是残肢的东西都装好，自己则开始四处查看起来。

当宋春来看到靠墙角那摊血迹，以及旁边那把歪倒的铁锹时，他下意识认为这里就是第一案发现场了。

“这弧度……这把铁锹应该就是凶器了！”随后过来的郑师傅看着这把铁锹说道，那颗人头颈部的切口是一个不规则的弧形，跟铁锹的弧形锹面正好吻合。

当二柱子拎着小半桶残肢碎块回来的时候，宋春来问他沈辰溪去了哪里。二柱子忍着恶心说道：“大学生没见过这么刺激的场面，正吐着呢。”

宋春来理解地点点头，他瞥了一眼桶里的东西，有点同情起陈医生来。

等照片拍好，确认残肢都装好，准备回去的时候，宋春来在狗场办公室里又找了一把带铁链的挂锁，准备把铁门重新锁上。这时候他突然想到刚刚被自己砸开的挂环。

铁门上的挂环是焊接的，早就被锈蚀透了，所以才被自己一砸就开。可是挂环明明已经破成这样了，为什么还要把锁挂在上面？

而且狗场明明就有专门的铁链挂锁，为什么还拿了另外一把锁来锁挂环？

一开始宋春来并不能百分百确定那颗人头就是丁德义的，即便这些尸块是在丁家的狗场里发现的。如果是丁德义杀人，伪造尸体痕迹，再封闭现场也说得通。可是现在铁门的痕迹已经说明，杀死死者之后锁门离开的人，一定不是狗场的人！

难道死者真的是丁德义？

宋春来心里犯起嘀咕来，三个人昨天一起吃的饭，赵志恒早上掉沟里淹死了，如果死的是丁德义，是不是也太巧了一点？

如果是这样，赵志伟要么有重大的作案嫌疑，要么就会有危险！

宋春来突然一个激灵，赵志伟这会儿可是单独跟宋寡妇在村委会呢！想到这里，他发足狂奔向村委会，把另外几人都吓了一跳，连忙紧赶慢赶地跟在后面。

等他们赶到村委会时，寂静无声的院子里空无一人，宋春来暗道不好，朝着值班室奔了过去，他记得村委会的人安排宋寡妇住在那里。

宋春来这时候也顾不上避嫌了，一把撞开门，打开灯却没见半个人影。

就在宋春来急得原地打转的时候，宋寡妇披着暗红色的羽绒服从一片阴影中走了出来："宋警官？你们回来了？"

"赵志伟呢？"宋春来长出了一口气，立刻问起了赵志伟的行踪。

"他看你们都走了，就回家去了，说有事明天再叫他就行。"宋寡妇看着宋春来一片惨白的脸色，"宋警官，你这是怎么了？你身上这都是什么味道……"

宋春来刚刚在狗场折腾，弄得灰头土脸不说，还沾了一身的狗屎味和血腥味，难怪宋寡妇问他。他也没搭话："你刚刚去哪儿了，也不在屋待着，吓我一跳！”

宋寡妇面皮一红，小声道：“我上厕所去了……”

宋春来这才反应过来，一楼转角那边是村委会的女厕，刚刚自己心里着急，完全没有反应过来。

经过这虚惊一场，宋春来已经筋疲力尽，他让二柱子把塑料桶妥善处理，就打发众人回家，有事明天再说。反正与外界相连的路塌了，宋春来也不怕他们跑了。

宋春来把沈辰溪单独留了下来。他需要一个脑筋清楚的人，帮助自己理一下思路。他愿意把村委会里自己的宿舍让给沈辰溪住。宿舍里有一间小小的淋浴房，在折腾了一天后洗一个热水澡，那可比在狗娃家舒服多了。沈辰溪接受了这个提议。

当热热的水把身上的污渍和臭味彻底洗净，沈辰溪感觉自己终于好受了一些。他出来的时候穿上了自己干净的衣服——庞大海送狗娃回家的时候，顺路把他的行李都拿过来了。

比起沈辰溪，宋春来洗澡就糊弄多了，三两下冲一冲就套着衣服出来了。这乡下地方，天天灰里土里的，他也没个对象，弄得再干净也是浪费。

“小沈，喏，你睡床，电热毯给你烧着呢！”宋春来拍了拍宿舍里的床，然后抱着一床行军被往旁边的沙发上一丢，看意思是打算在沙发上将就一宿了。

沈辰溪也没推辞，顺势把换下来的衣服往旁边的桌上一放就打算睡觉了，今天这一天兵荒马乱的，可得好好休息休息。

“小沈，专门把你留下来，是想问问你对这个案子的看法。”宋春来没打算这么早放过他，顿了一下又继续道，“本来对于尚未侦破的案子是有保密规定的，可是现在镇上的人来不了，办案的就我一个，村里的人呢，多多少少都有嫌疑，所以我就想着，你一个外人，应该能从旁观者的角度看出点什么来，那个什么，旁观者清嘛！”

沈辰溪已经打算倒头睡了，一听宋春来的疑问，又抱着被子坐了起来：“宋警官，现在最关键的就是我们发现的人头究竟是谁的，那两颗人心又分别是谁的，两颗人心、一颗人头，最坏的情况是有三个死者，要先弄清楚这些器官都是属于谁的！”

“对对对！”宋春来听得连连点头，随即往后一捋头发，“我也是这么想的，可是现在这人头面目全非的，不去县里做鉴定，我们根本没办法断定死者的身份啊。”

“既然法医和镇上的支援暂时到不了，我们就用土法子，先理一理思路，看看有没有什么突破。现在没有法医，死亡时间也没法确定……”沈辰溪想了想，“现在村里失踪的人到底有几个？”

“真正失踪找不到人的就只有丁德义一个。”宋春来拿过一个笔记本打开，“赵志国，也就是那个去进货的老二，现在已经找到了，之前联系不上是因为喝醉了没接电话。另外几个不在村里的人都已经联系上了。”

“嗯，也就是说，失踪的是丁德义，结合金牙这个特征，人头很大概率就是丁德义的了。”沈辰溪皱起了眉头，“那么还需要考虑一件事情，丁德义当晚是和赵志恒一起离开了宋寡妇的店，之后丁德义遇害，赵志恒在沟里淹死，这件事是巧合的概率太小了。有没有可能赵志恒的死和丁德义的死一样，并不是意外呢？”

宋春来点点头：“我也是担心这个，所以明天一早我打算再找赵志伟问问情况，今天下午问他的时候没什么结果，明天再上一点强度……小沈，虽然现在还不能百分之百确定，但我觉得八九不离十了，假设这颗人头是丁德义的，照着这个方向想想，看看能有什么突破口。”

“嗯，”沈辰溪低头想了想，“我觉得突破口主要有两点。”

“你说！”宋春来抓了支笔准备记录。

“第一，赵志恒要账的这个时间点是不是有什么特殊的。”见宋春来面露疑惑，沈辰溪换了个说法，“按照饭店老板娘的说法，赵志伟欠赵志恒他们钱不是一天两天了，为什么突然在这时候要账？”

宋春来挠挠头：“快年关了，要账不是很正常吗？”

沈辰溪摇了摇头：“不对，按照老板娘的说法，赵志恒跟丁德义还不一样，在借钱后的很长一段时间里，赵志恒根本就没来要过账，为什么这段时间突然开始要了？而且从要求还钱变成了要求抵押汽修门面，这肯定是发生了什么变故才对。”

沈辰溪突然想起一件事情来：“赵志伟最近是有什么额外收入吗？是不是因为他们家的汽修门面赚了钱，所以赵志恒来要账？”

宋春来一愣，仔细回想了一下，然后摇了摇头：“没有，他儿子那个汽修门面听说是挺赚钱的，但是应该没往家里拿过钱，赵志伟在村里跟村民抱怨过好几次。你为什么这么问？”

沈辰溪掏出自己的手机在宋春来面前晃了晃：“我今天看了他用的那部手机，跟我的一样，是今年的新款，没钱的话怎么会买这么贵的手机？”

这一点他始终想不通，他用的手机是索爱 K750c，在 S 城托关系从 X 市买的，要几千块钱呢，而他从 S 城到赵官庄一路上所见，大众基本上都是用的诺基亚、联想、摩托罗拉这类的手机，加之赵官庄里有手机的人本来就不算多，很难想象赵志伟会花高价买一部这个品牌的手机。

宋春来看了看沈辰溪的手机，记下了手机的品牌和型号：“那第二个突破口呢？”

“第二个就是，为什么他们偏偏选在昨天把黑风杀了？”

宋春来看着沈辰溪，不明白这有什么大不了的：“这有什么为什么？他们打死黑风不就为了吃肉，虽然赵官庄很少有人吃狗肉，但在别的村子，不，就是放眼整个龙集镇，吃狗肉都正常得很。而且黑风不是咬过他们吗。”

“就算对你们来说吃狗肉不奇怪，吃咬人的狗更是正常。”沈辰溪点了点头，“可是为什么非得是昨天呢？按照老板娘的说法，黑风咬他们也不是一天两天了，要下手早就可以下手，为什么一定是昨天呢？”

“也许是个巧合，或者是被咬急了？你不知道，黑风这狗凶得很。”宋春来迟疑了一下。

“巧合？可是他们昨天刚吃了黑风，当晚一个淹死了，一个失踪了，而且失踪的大概率被人砍了头，这要是巧合也太不合常理了吧。”

宋春来没说话，他看着沈辰溪心里有点犯嘀咕，这个小沈是不是有点太认死理了，老揪着黑风有什么用，难道他认为丁德义的死跟黑风有关系？S城来的大学生，不能也相信什么犬神的惩罚吧？

“所以我觉得，他们杀死黑风肯定是有什么特殊的原因，而这个原因直接或者间接地导致了赵志恒和丁德义被杀。”沈辰溪点了点头，“至于赵志伟，就要等宋警官你明天问完之后，才能知道结果了。”

宋春来在笔记本上写完最后几个字，开始呆坐在那里思考。

沈辰溪见宋春来发愣，就重新躺下，他本来打算检查一下手机，却发现手机已经因为没电关机了。他拿出充电器给手机充电，重新开机之后，发现有好几个未接来电提醒，沈辰溪回忆了一下，因为早上突然被带到村委会来，昨晚手机一直开着静音忘记关了，他连忙调出通话记录一看——

苏苏 未接来电（11）

每个电话都响满一分钟，看来自己的手机就是被她打没电的。除了未接来电，他还收到了七八条短信，最后一条是:“沈辰溪，速回电，希迪可能出事了！”

再往前翻也都是差不多的内容，都是苏苏在问自己有没有找到赵希迪。

这些消息看得沈辰溪气不打一处来，是她告诉自己这么个山沟沟里的地址，怎么可能找得到希迪？现在又说希迪出事了？这是拿自己当圣诞节过着玩了吗？

沈辰溪并不想搭理苏苏，刚准备把手机放在一边，电话又亮了起来。他拿起来一看，还是苏苏，犹豫再三还是接通了电话：“喂，干吗？”

“沈辰溪你终于接电话了！你找到希迪了吗？她可能有危险！”电话那边苏苏的声音焦急中还带着一点颤抖。

“她能有什么危险？”沈辰溪现在不相信苏苏的话，听到这话也不着急。

“我下午的时候收到了她的定时邮件，我看邮件里的意思，好像……好像是她准备做什么傻事……”苏苏的声音带着点哭腔，“你一定要尽快找到她！”

沈辰溪很生气，到这个时候苏苏还想着骗自己，她们两个到底要干什么：“苏苏小姐，你要我快点找到赵希迪可就为难我了。你给我一个假地址，让我到哪里去找赵希迪？”

“什么假地址？”苏苏的声音显得很震惊，“我为什么要给你假地址？那千真万确就是希迪的地址啊！”

沈辰溪气得忍不住发笑：“你还骗我？我千里迢迢到了赵官庄，这里根本就没有一个叫赵希迪的人！”

“这不可能，这个地址是我照着她学籍资料抄给你的！”苏苏顿了一下，“你不相信我总要相信学校的资料吧？你要还不相信，我把希迪的身份证号报给你，你在当地查一下。你记一下，3×××××19830815××××。”

沈辰溪一愣，身份证号？

当他把身份证号复述出来的时候，还在发呆的宋春来抬头看着沈辰溪，还没等沈辰溪问他就开口了：“咦，这个身份证号是村里的呢！”

“村里的？你确定吗？”

“啧，你不知道吗？身份证号是有规律的，”宋春来解释道，“开头两位是省代码，3、4位是市代码，5、6位就到区县了。”

“可我见过她的身份证，户籍是学校……”

苏苏急了：“你傻啊，那是希迪上了大学以后新办的身份证，那时候她的户籍已经迁到学校来了。”

宋春来点头：“是的是的，考上大学可不得调档嘛。”

沈辰溪愣在当场，联系到赵志伟的手机，难道赵希迪就是村里的人，她就是赵希弟，真的是这样？

宋春来看着沈辰溪记的那串身份证号摩挲着下巴：“不相信的话，有身份证号，明天让村委查一下就知道了。”

“苏苏，希迪到底怎么了？她的邮件里写了什么？”沈辰溪已经没有一开始的戏谑和冷漠，变得异常焦急。

“那封邮件应该是希迪离开S城之前写好的，”电话那头苏苏的声音闷闷的，“看着好像是遗言……”

“遗言？”沈辰溪吓了一跳，“究竟怎么写的？”

苏苏突然哭了出来，沈辰溪被弄得坐立难安，又不好催促，好不容易才从苏苏断断续续的讲述中明白了信的内容。苏苏说得没错，这确实是一封“绝笔信”。

亲爱的苏苏：

很抱歉在圣诞节给你发这封信，当你收到这封信的时候，如果我没有回来，那我应该就不会回来了。不用找我，把我忘了吧，赵希迪出现在这个世界上本来就是一个错误，把这一切当作一场梦吧。

真的非常感谢命运让我能够碰见你们，这四年我过得很开心……可是一直到现在，我都很不习惯在S城拥有的一切，你和阿姨都对我那么好，学校里的老师和同学也都那么亲切。在这之前，我从来没想过人还可以这么开心，开心到不真实，开心到我在夜里会惊醒以为只是一场梦。我内心深处总觉得自己不配拥有这一切，每次跟你们一起上街的时候，我都觉得这些太美好的东西不属于我……我一直在欺骗自己，骗自己一切都会好的，未来我也能真实地生活在这个世界。但是我错了，我根本走不出来。写这封信的时候，我终于意识到我不属于这里……

谢谢你，苏苏，我的梦醒了，也对不起，欠你的这辈子都没办法还你了。

我的抽屉里有一张银行卡，密码是你的生日，里面是我这几年打工攒的钱，当然这点钱跟你帮过我的相比不值一提，但希望你能收下。还有沈辰溪那边，我实在没勇气告诉他真相，他那么好，他值得一个更好的女孩。

我的事情你千万别告诉他，就让他怪我、怨我、恨我吧。宿舍柜子里有一个纸箱子，里面是沈辰溪这些年送我的东西，要是有机会见到他，替我把东西还给他吧。

再说一次再见，我最好的苏苏，可千万不要哭鼻子哦！

不用找我，不用记得我，赵希迪不属于这里，不属于这个世界。

再见，爱你们

2005 年 12 月，赵希迪

苏苏念完信之后再也忍不住，号啕大哭起来。

沈辰溪有些愣怔，赵希迪落款的那段时间自己正在学校里忙毕业设计的事情，希迪说要准备考研，所以两人很长一段时间没有见面，当时到底发生了什么？信里流露出来的绝望让沈辰溪浑身发冷，自己算什么男朋友，她明明过得这么痛苦自己却什么都不知道！

“这封信是什么时候收到的？”

“今天……今天下午……”苏苏抽噎了两声，突然道，“你要不干脆在当地报警……你一定要找到希迪！”

“报警？”沈辰溪下意识地看了一眼坐在自己斜对面的宋春来，现在道路隔绝，自己报警不就是报给宋春来吗？

“报警？报什么警？”听到“报警”宋春来立刻问道，接连出现的死亡案件已经让他对“报警”二字产生了阴影。

沈辰溪将情况简单和宋春来说了一下。

宋春来听完之后问道：“你们能确定这个赵希迪回村子了吗？”

电话那头的苏苏说：“她人到没到我不清楚，但我见到她的火车票了。”

沈辰溪忽然想到，希迪应该也给他发了邮件，说不定那封邮件里会有线索。他跟苏苏交代了两句就挂断电话，打开移动数据连接，赵官庄的信号不比S城，在村委会宿舍里居然完全无法连接网络信号。

沈辰溪疯了一样，连外套都来不及穿就冲出门，举着手机不停地寻找，但是信号就像是失踪了一样根本找不到。

“为什么没信号？！”沈辰溪明明记得昨天到这里的时候还有信号呢！

宋春来本来在一旁看着沈辰溪打电话，此刻见他疯了一样在院子里乱转，猜到他应该是在找网络信号，说道：“估计是道路坍塌的时候碰到线路了，这会儿村里的网络都不太行。”

“那怎么办，哪里有网？”

“越靠近镇上，应该信号越强！”宋春来想了想，“小沈你去穿上外套，我骑车带你往镇上方向走走，也许能有信号！”

沈辰溪不知道自己是怎么穿上外套的，他只记得自己就这么一手举着手机坐在宋春来的电瓶车后座上，两眼死死盯着手机屏幕上的信号图标。

信号慢慢开始有了踪迹。

跳动，又消失。

跳动，又消失。

就在宋春来的电瓶车快要撞上堵住大路的巨大石块时，沈辰溪手机上的网络信号终于有了反应，邮箱的图标一阵抖动，跳出了一个未读邮件的符号。

沈辰溪双手颤抖着，几乎都快拿不住手机，他点开邮箱，手机屏幕跳出进度条，随着进度条一点点变黑，沈辰溪的心都快跳出胸腔了。

终于，页面跳出来了！邮件主题写的是英文。沈辰溪看着邮件哽住了。

邮箱里确实躺着一封未读邮件，但不是赵希迪发的，而是系统自动发送的圣诞快乐邮件。

看着那封还在跳动的祝福邮件，沈辰溪大笑着，笑得眼泪都快出来了。

真讽刺！

为什么？为什么不是赵希迪？我就不值得你给我发一封邮件吗？不值得你给我一个交代、一个解释吗？

宋春来看着沈辰溪慢慢地蹲在路边满脸痛苦，感觉有点棘手，自己就是个大老粗也不知道怎么安慰人，这种情况自己该怎么办啊！

沈辰溪蹲了一会儿，突然摘下随身背着的双肩包，发疯似的把里面装的一大袋大白兔奶糖掏了出来。赵希迪最喜欢吃大白兔奶糖了，沈辰溪来之前特地买了好大一袋，准备见到希迪之后给她。可现在这袋奶糖就像是一个笑话，嘲讽着他的执着与付出，他用力把奶糖丢在路边，然后抬起脚要把它踢下悬崖。

不知道是天太黑还是沈辰溪过于愤怒，他连着踢了好几下都没能踢中奶糖。

宋春来看不下去，俯身捡起奶糖："我不知道发生了什么，可是不管怎样都别糟践东西啊。你这糖要是不要了，不如拿给狗娃，他爱吃……"

沈辰溪看着宋春来，一肚子的委屈和怒火全撒在宋春来身上："你有病吧，谁要你带我过来了？村里死了两个人，还有那么多尸块，你不管那些管我干什么！"

宋春来怎么说也比沈辰溪大了近十岁，面对他的迁怒宋春来是理解的，不过说到案子的事，宋春来心里咯噔一下。

"你说赵希迪到底回来了没有？如果她回来了，"他看着沈辰溪，咽了口口水，"那……那个，虽然这么说有点过分啊，村子里一共发现了一颗人头、俩心脏，还有一堆尸块……你说里面有没有可能有赵……赵希迪？"

第八章 > 心脏不翼而飞

GOU CUN

宋春来的话就像一柄巨锤，几乎把沈辰溪锤傻了。

“什么？怎么会是……”沈辰溪下意识开始反驳，如果不是还有一点理智，他就破口大骂了。

“也不是不可能啊！”宋春来这会儿算是明白沈辰溪来这里的前因后果了，“你看，我们现在知道你女朋友赵希迪，大概率是赵官庄的赵希弟。那她从S城失踪之后，说是回到了村里，可是村里却没有人见过她，也联系不上，你朋友今天还收到了她之前发的遗书，这种情况下，最坏的可能性也需要考虑……”

“不可能，我不信，赵希迪不可能是赵希弟！”

“是不是这里人，明天查一下户籍就清楚了，我知道这时候说这话不合适。”宋春来抽出一根烟点上，坐在路边上不再说话。

“不，这不可能……”沈辰溪完全不想跟宋春来讨论赵希迪已经不在人世的可能性，即便已经知道她留了遗书，也不相信赵希迪会死。

“可是这样，才能解释你刚才提出的那个问题，”宋春来眨了眨眼睛，“你女朋友用的手机应该跟你一样吧？”

宋春来不是小说里无所不能的侦探，也比不上县里刑警队的老刑警，但是他并不蠢，其实在沈辰溪说到赵志伟手机的时候，他就有点怀疑了。

龙集镇不是S城，这个牌子的手机听都没听说过，怎么可能有的卖，赵志伟一个天天待在村里的人，又怎么可能买这个牌子的手机？而且按照沈辰溪的说法，这手机那么贵，赵志伟怎么买得起？

再联系宋春来下午问过赵志伟，他说这两个月根本就没离开过赵官庄！

这一切都指向一件事，那就是这段时间有外人来过，赵志伟的手机是那个人提供的。现在来看，这个人很可能就是赵希迪。

赵希迪跟赵志伟的关系什么样，村里谁不知道？她怎么可能专门回来把这些东西送给赵志伟？比较合理的解释就是，这些东西都是被迫“送”的，那么这些东西原本的主人赵希迪去了哪里呢？

人明明回来了，却没有人见过，现在又发现了遗书，结果已经不言而喻。

宋春来怜悯地看着脸色惨白的沈辰溪，如果真像自己想的那样，换了自己也接受不了。

宋春来低声道：“今天一直在梳理这些线索，如果那颗人头和狗场里的尸体都是丁德义的，那多出来的那颗心脏到底是谁的，我天天在村里跑，也没见村里来过什么外人。

“赵希迪是什么时候失踪的？你和这女孩到底是怎么回事啊？”

宋春来给沈辰溪发了根烟，沈辰溪不抽，转手打开大白兔奶糖的袋子，吃了一颗。

两人就这么并排坐在了路边，沈辰溪认出这里就是昨天晚上自己过来时，庞大海停车的地方。当时自己没有下车，不知此处原来的样貌，这时候看着山路旁陡峭的崖壁和漆黑的山林，前方的道路被巨石和泥土淹没，上面的山体就像是被破开了一个巨大的伤口，看着触目惊心。

沈辰溪感受着山谷里呼啸席卷的风，看着眼前的黑暗，感觉今天比昨天还要冷，还要黑。

沈辰溪吃到第五颗糖的时候终于开口说："我第一次见她是在新生晚会，她唱了一首英文歌就不见了。后来隔了一阵，我在学校的讲座上又看到了她。她和新生晚会那会儿已经不一样了，那会儿她还是黑直的长发，这次烫了一个大波浪，染了颜色，手上戴着一块粉红色的运动手表。"

宋春来皱了皱眉："这么说，她的穿着和装扮变化很大？"

沈辰溪点点头："在大学里，人的变化当然会很大。我记得，她是和宿舍的同学叽叽喳喳进来的。"

"然后呢？"

"那个讲座很火的，周围都没位子了，我身边有两个给舍友留的位子，她过来问我旁边有没有人，我说没有。我们就这么认识了。"沈辰溪讲述道。

"我不相信我的女朋友就是赵希弟，因为你们口中的赵希弟，家里连高中都不愿意让她上，可是那天希迪身上穿的衣服都不是便宜货。"沈辰溪捏着手里的糖纸，"单那块运动手表就得几千块。她的运动鞋、运动服，背的书包、用的笔，根本不是赵志伟能够供得起的。"

宋春来看着沈辰溪，有了不好的预感："小沈啊，我说这话你可能不爱听啊，就咱们县是有姑娘一屁股债出去了，回来的时候给家里买车买房开店的，也不是稀罕事，你知道吗？”乡下地方的小姑娘，去了大城市里，什么也不会却赚了大钱回来的，宋春来见得多了。

沈辰溪摇头。

“那有没有这种可能，就是……她不止你一个男朋友？”宋春来斟酌了一下言辞，没有说出他认为可能性最大的理由。

宋春来以为沈辰溪会跳起来揍自己，结果他只是又默默吃了一颗大白兔奶糖：“不会的。”

宋春来悄悄叹了口气，没有继续这个话题：“那她是什么时候失踪的？”

沈辰溪说：“苏苏说她是 15 号离开的。”

“那你是什么时候发现的。”

“22 号，那天她应该去图书馆复习的。我这段时间在忙毕业论文的事情，一直没顾得上联系她，那天导师忽然说要出差，我才有空，就想去接她吃饭，给她一个惊喜，结果没有等到她。”

“那你怎么会来这儿呢？”

“我去她宿舍楼下找她，结果苏苏，就是今天给我打电话的女孩，让我不要再纠缠了，然后她给了我这个地址。”

沈辰溪说得很简单，其实那天他在宿舍楼下和苏苏大吵了一架，苏苏骂他是骗子、渣男，说希迪伤透了心，根本不想见他。

“唉……咱们也别瞎想，明天问问赵志伟就好了。”宋春来拍了拍沈辰溪的肩膀，“先回去吧。”

沈辰溪茫然地跟着上了电瓶车，心中像是放幻灯片一样不断播放着希迪跟自己在一起时的画面。

希迪究竟怎么了？

赵志伟真是她的爸爸吗？

这怎么可能?

宋春来的宿舍比狗娃家要暖和不少，狗娃家的房子实在是太空旷了，没什么人气的房间就显得更加冰冷。

明明是温暖的房间，宋春来和沈辰溪却都睡不着。宋春来闭着眼睛在脑中整理着思路。从现在的线索来看，赵志伟的嫌疑无疑是最大的，他欠丁德义钱，是具备作案动机的，而且那天他从宋寡妇的店里离开之后，就没有人能够证明他的行踪了，作案时间上也十分充裕。

可如果赵志伟是凶手的话，就有几个问题说不通。一是按照宋寡妇的说法，昨天在饭店一直逼着他还钱的是赵志恒，丁德义跟他一样是被催债的，如果赵志伟真的是因为经济纠纷杀人的话，为什么要杀没催债的丁德义?

当然赵志恒也有可能不是意外淹死的，而是被赵志伟推进水沟溺死的，可这样一来，赵志伟对丁德义的手法这么残忍就说不通了。催债的还能有个全尸，没催债的反而又是砍头又是挖心的，这怎么看都不合常理。

而且要是一般的经济纠纷杀人，分尸抛尸这些都能理解，但把人心供在祠堂算怎么回事?

还有就是，另外那颗人心，假如真的是失踪的赵希迪的，赵志伟又为什么要杀自己的女儿?就因为她几年没回来了?

“还是得好好查一下赵志伟家的情况啊。”宋春来还有一个想法，不过不好跟沈辰溪说。如果那颗人心不是赵希迪的，那是谁的呢?赵希迪到底有没有回来呢?假如她真的回来了，为什么一直不露面呢?宋春来心里的嫌疑人中多了一个没有露面的赵希迪。

宋春来叹了口气，看了看在床上沉默的沈辰溪。他从回来之后就一直保持着那个姿势，只有手机发出的微光证明他还醒着。

沈辰溪睡不着。他翻来覆去地看和希迪的短信记录，沈辰溪原来以为他们和其他的情侣没有什么不同，如今回忆起来，他发现他俩竟然从来没有吵过架。赵希迪有着超乎年龄的成熟和懂事，她永远都那么温柔恬静，脸上永远都带着笑。

她从来不要求过情人节、圣诞节还有七夕，甚至连生日也不愿意过，仔细想一想，赵希迪似乎从来没主动要过任何东西，也从来没有要求自己送过什么东西，哪怕只是一杯奶茶、一个玩偶。

她跟自己在一起，一直是安安静静的，一起上课下课，吃饭、复习、泡图书馆。现在回想起来，她就像是个无欲无求的精灵。

沈辰溪翻看着短信，脑子里嗡嗡的，一会儿觉得希迪可能已经做了傻事，难过得不行；一会儿觉得她遭遇了不测，被人挖心；一会儿又觉得这一切都是苏苏和她骗自己的把戏，毕竟那封邮件他也没见到。

“宋警官？”

沈辰溪终于开口的时候把宋春来吓了一跳：“怎么了？”

“宋警官，你说犬神奶奶真的灵吗？”沈辰溪声音闷闷的，“她说希迪就在赵官庄，还说我差点儿就找到她了。”

“嗯……她还说了什么？”宋春来虽然是个唯物主义者，但这几年在赵官庄也确实见识到了一些科学无法解释的事情，比如犬神奶奶。

“她说希迪隐藏在迷雾中，不驱散迷雾是找不到她的。”

“睡吧，现在想什么都没用，”宋春来没有接茬儿，“等路通了，来了法医就能知道了。”

沈辰溪怎么可能睡得着，不管他相不相信，宋春来的推理是合理的，赵志伟的手机来源不清，从赵希迪身上得来的概率最高。

尽管越想越有道理，可是沈辰溪却不想相信，这说不通。苏苏读给自己听的那封信，从内容来看，赵希迪好像是想要轻生的。

既然都已经不想活了，为什么还要费尽周折回到这里呢？

就为了把手机送给她爸？就为了买酒送给她爸？

买酒？

不对！

沈辰溪突然坐了起来，如果赵希迪就是赵希弟，那赵希迪上学的钱不可能是赵志伟出的，那她的钱是哪里来的？她吃的穿的用的又是哪里来的？

虽然赵希迪每年都有奖学金，可就算再加上勤工俭学也不足以支撑这一切，她又怎么会有钱买一瓶几千块钱的“蓝方”？

沈辰溪没有管现在是几点，也不管在学校的苏苏是不是已经熄灯睡觉了，疯了一样拨通了苏苏的电话。

苏苏很快就接了电话，她还没有睡。

面对沈辰溪的疑问，苏苏沉默了一会儿，然后沈辰溪听见她起身走动的声音。宿舍已经熄了灯，苏苏从宿舍出来转去了走廊尽头的水房。

“我已经报警了。”苏苏站定之后说的第一句话很简单。

沈辰溪一愣：“可就算你报警了也没用，这里的路因为塌方堵上了，明天才能开始清障，外面的警察根本过不来。”

“你真的在赵官庄？”苏苏很惊讶，“我还以为你不会去……”

沈辰溪低声道：“这很奇怪吗？我想找她当面问清楚。”

苏苏没有多说，停了一会儿问道：“这个赵官庄究竟是个什么样的地方？”

“地狱，”沈辰溪想了想，“不，这是一个比地狱更可怕的地方。”

电话里苏苏的声音一下子闷了起来，好像在哭，又好像在压抑着什么情绪。过了好一会儿，苏苏终于冷静下来，但声音中好像带着些异样的情绪："大一报到，是我爸妈一起开车送我来学校的。我记得我爸帮我拉着箱子，双肩包是我妈拿着，我身上就只有一个小包而已。那天学校里人那么多，到处都是来报到的学生，以及负责接待新生的志愿者，我报完到，我爸妈就领着我去找宿舍。

"去宿舍的路上，我看见一个人，穿着一身已经洗掉颜色的衣服。她瘦瘦小小的，虚弱得好像风一吹就会摔倒。"苏苏说着。

沈辰溪觉得自己的心脏都快从喉咙里跳出来了，这是他认识的希迪吗?!

"我当时还以为她是学校里的清洁阿姨之类的人，因为她身上连行李都没有，就只有一个很简单的牛仔包。"苏苏吸了口气，继续讲道，"直到我找到宿舍，我爸妈在帮我整理床铺的时候，她也出现在宿舍里，我才知道她是我的同学。

"她当时多瘦啊，整个人都那么虚弱，说话的时候手都在那里发抖。"苏苏的声音也抖了起来，"她身上除了那个破破烂烂的牛仔包，就只有学校发的被子、洗漱用品这些东西。当时还有一个老师送她过来。

"我妈看她那个样子觉得很奇怪，就趁打水的工夫问了那个老师，才知道她高考成绩很好，但是家里不让她上学，后来还是在学校的帮助下开了身份证明，这才有机会拿着录取通知书来学校的。他们老家那边还专门给开了证明文件之类的。"

听到这里，沈辰溪第一次实实在在地确认，他找对地方了！赵希弟就是赵希迪，她就是自己的希迪！他来这里的第一天就找对了，那个畜生赵志伟就是希迪的爸爸！他的希迪曾经吃过这么多苦，他作为男朋友居然一点都不知道！

“我妈当时就很心疼，跟她聊了两句，知道她叫赵希迪。你知道吗？我跟希迪的生日是同一天，我爸妈都觉得这是缘分，又觉得希迪很可怜，让我们好好相处，在一个宿舍那就等于是一家人，一家人就要互相帮助。”苏苏的声音越来越低，“希迪当时交完学费就只有两百块钱了，她连换洗的衣服都没有。”

沈辰溪终于明白了，希迪在学校里用的东西、穿的那些衣服、高档文具其实都是苏苏的。他听人说起过，苏苏家里是开公司的，以苏苏的家境，一点衣服、学习用品实在是算不了什么。苏苏爸妈的“互相帮助”，是资助希迪的体面说辞。

虽然家境天差地远，可是两个一样大的小姑娘，身材相仿，都是从外地来到S城上学，很快便成了好朋友。开始赵希迪很不习惯接受苏苏的东西，不过苏苏一家很坚持。

“那时候，我妈还跟希迪开玩笑，明明衣服都一样，可她穿就是比我穿要好看。我妈说希迪长得好，怎么穿都好看，后来经常把家里不太穿的衣服寄过来给她，说这些衣服放着也是放着，给希迪穿总比放着落灰强。”

这也就解释了为什么希迪会有那么多名牌的东西，她确实出身贫寒，但她有个特别特别好的闺密。

沈辰溪忍不住说：“苏苏，谢谢你这么照顾希迪。”

“轮不着你谢，”苏苏话锋一转，“告诉你，我可烦你了。你出现以后，我又高兴又生气。”

“啊？你气什么？”沈辰溪不明白苏苏有什么不高兴的，他知道苏苏那时候也是有男朋友的。

“希迪谈恋爱我当然高兴了，但你送她手机、MP3、耳机什么的，都要把我比下去了。”苏苏好像想起了什么，“那时候，希迪可傻了，人又单纯，也没谈过恋爱，你稍微对她好一点点，她就开心得和什么似的，我担心她被你骗了！所以，希迪一说和你分手，我都快气炸了！还以为出了什么事……

“……对不起啊，沈同学，我不知道里面有这么多事。”

听着苏苏真诚的道歉，沈辰溪扯了扯嘴角：“不，是我要谢谢你，如果没有你劈头盖脸这顿骂，我也不会一气之下来到赵官庄。”

两人沉默了一会儿，苏苏好像鼓起勇气似的问道：“所以，你那边是什么情况？有什么消息吗？”

“没有什么消息。”沈辰溪的情绪非常低落，他还不想把这儿发生的事情告诉苏苏，怕她担心。

苏苏反而劝慰道：“没有消息就是最好的消息，对不对？”

听着苏苏的安慰，想到赵官庄发现的无名人头、两颗不明来历的心脏，还有宋春来的怀疑，沈辰溪眼眶一热，声音都有些哽咽了：“你知道希迪为什么忽然要回来吗？她走之前和你说什么了吗？”

“没有，她什么都没说。”苏苏在电话那头也哭了，她轻轻说，“我觉得希迪还活着，她这么好的人，老天爷不会就这么让她走的！”

两人都沉默了下来，就在沈辰溪打算结束通话的时候，苏苏突然“啊”了一声。

“我想起来了，这不是希迪第一次回去了。之前希迪请过一次假，说是回家参加一个亲人的葬礼。好像是两个多月以前，那次回来之后，希迪的情绪就一直很不好。你说会不会跟这个有关系？”

虽然肚子里还有无数的问题，但沈辰溪也知道这些问题的答案并不在苏苏那里。赵希迪的真相，在赵官庄。

挂断电话以后，沈辰溪心里依旧乱糟糟的，这个小小的宿舍比狗娃家暖和，更比狗娃家热闹。宋春来睡着以后爆发出来的能量让人惊讶，沈辰溪觉得昨天庞大海那辆快散架的车的抖动声都比不上宋春来一半的动静。

如果只是单纯的声音大也罢了，宋春来的呼噜声就像是电锯锯木头似的，还能转调飙高音，就在高亢嘹亮的那一瞬间会突然停下，半晌的沉寂之后继续锯木头。

沈辰溪的心跳被这时高时低的“雷鸣声”弄得忽上忽下的，好几次没动静，沈辰溪都担心宋春来是不是把自己憋死了。在声音和心理的双重折磨下，沈辰溪好不容易培养的那一点睡意消散得无影无踪，无可奈何之下，他起身抓过自己的包，翻出 MP3，塞上耳机听歌。

恩雅空灵的声音终于暂时把沈辰溪从那令人崩溃的呼噜声中解救了出来。

May it be an evening star

祈愿有那么一颗暮星

Shines down upon you

以星光指引前行的你

May it be when darkness falls

于黑夜降临时祈愿

Your heart will be true

你的心会将真相带给你

星光指引，赵官庄的星星倒是异常的明亮，在山路上的时候，沈辰溪甚至能看见一道由无数星星构成的璀璨星带，那是银河。银河横跨天际，璀璨的光辉似乎真的在指引着自己方向，那心会将真相带给我吗?

沈辰溪没头没脑地想着，他像是陷入了一团巨大的黑暗，没有光亮，只有歌声在指引他前行，在歌声里，似乎还有声声犬吠。

是天亮了吗？狗都醒了吗？

沈辰溪奋力地前行着，但是眼前一片黑暗，周围黏稠得化不开的黑雾纠缠着他，不管他怎么跑，都无法摆脱这无边的黑暗。就在沈辰溪觉得自己快被黑暗吞噬的时候，他突然听见了歌声，还有汪汪的狗叫声。

眼前的世界随着一声大过一声、一声紧似一声的狗叫变得忽明忽暗，他隐约看见前面好像有一条路，他甩开黑暗的黏滞，一点一点往前走着，眼前那一点微光的尽头好似有一个人。

一个小小的身影。

是希迪？

是希迪！

沈辰溪用尽力气往前追赶着，但是不管怎么用力追，那个身影都离自己越来越远。慢慢地，他已经看不见身影究竟在哪里了。

就在沮丧得想要放弃的时候，沈辰溪抬头发现那个身影距离自己不过几步远。他也不知道哪里来的劲头，奋力冲上去一把抓住那个身影的手——希迪，不要离开我！你的事情我已经知道了，我们可以一起面对的不是吗？

沈辰溪说着，祈求着，大声呼喊着，那个身影就像没有听见一样毫无反应。

这时，那个身影突然回头，沈辰溪刚要说话，却发现那不是希迪，而是犬神奶奶那张充满褶皱的脸。犬神奶奶阴恻恻地笑着，向自己露出黄黄的不甚整齐的牙齿。

“怨憎会，爱别离。犬神一定会降下惩罚的！是的，我知道，我知道……我都知道了……”

“是的，对对对，昨天已经控制了……好的，我知道，我知道，明白！”宋春来的声音和梦中的声音渐渐重合在一起。

一大早，宋春来就被电话吵起来："好的好的，刘所您放心，保证完成任务！"

宋春来挂了电话之后有点蒙。电话是刘所亲自打来的，说县里对这个案子很重视，刑警队那边已经派人来了，公路那边也已经协调好了，正在想办法清障，应该很快就能打通道路了。

在这期间，宋春来的任务是保护现场，收集一手证据，避免相关信息被破坏。这其中最重要的一条就是，狗身上的信息。

按照陈医生昨天的说法，那些吃了尸体的狗都是重要的证据，它们肚子里的尸体组织都是要进行化验的，这就意味着宋春来需要在这些狗彻底消化人肉之前把它们杀掉。

不过今天刘所的口径发生了变化，根据法医鉴定中心的意见，狗是不用杀了，但这些狗拉的屎他得收集起来，留着回头化验用，另外还需要宋春来想办法把这些狗的每一颗牙齿用棉签擦拭一遍，并且保存好，因为有可能藏着人体组织的信息。

这些狗屎、口腔提取物经过详细的检测，再配合残肢上的血肉组织检测结果，就能知道狗吃尸块的时间，从而推出死者的大概死亡时间。毒物检测可以判断死者的死因是否为中毒、中什么毒，接着调查毒药获取渠道……

这一切都是后续判断尸体身份、死因等的基础。

除此之外，宋春来还要做好分内的工作。

一个民警的分内工作很简单，就是拉好警戒线，维持好秩序，稳定群众情绪。

最后就等路通了。

术业有专攻，宋春来在村里就是再全能，也不是真正的刑侦出身，随身连配枪都没有，面对这么穷凶极恶的凶犯，万一侦查过程中打草惊蛇，不管是凶手逃逸还是暴起伤人都是大麻烦。

宋春来当然不敢违抗刘所的意思，不过从内心来说，他对刘所的安排实在谈不上心服口服。

但不乐意归不乐意，宋春来还是叫上二柱子，跑去拉警戒线了。狗场就不用说了，宋春来决定让二柱子在发现人头的路口那里看着，防止野狗过来捣乱。

至于祠堂，宋春来知道自己一个人是解决不了的，又叫了两个村干部，方便做村民的思想工作。好在昨天的两颗人心给村里人带来了不小的冲击，所以对于宋春来“亵渎先祖”的行为，大家并没有什么过激的反应。

还有一件事情，虽然目前来看，赵志恒的死跟斩首分尸的案件没什么关系，但是两人毕竟是同时离开、在同一天内死亡的，也不能排除赵志恒他杀的可能，所以刑警队那边也要求宋春来“保护”赵志恒的尸体，最好能在法医到达之前保持原貌。

走到老支书家门口的时候，宋春来忍不住在心里骂娘，他该怎么开口呢？老支书晚年丧子就已经够惨了，现在还要跟他说，您儿子先别急着下葬，等法医解剖完您再拿回去吗？这也太不是东西了。

可是没办法，再难开口也得说。

好在老支书倒是没有多说什么，只是指了指停在堂屋里的那具水晶玻璃棺材，然后就颤颤巍巍地回自己房间了。

冯桂香倒是一副不依不饶的样子：“哪有这样子的，我们家志恒给淹死了，跟那个天煞的分尸案有什么关系？难得有个全尸还得叫你们给拆零碎了？我不同意！不管怎么说，两天之后，我们家志恒都得入土为安。谁要是不让，我跟他没完！”

宋春来被冯桂香吵得脑仁嗡嗡的，他上完香又转了几圈，没发现什么异常，顿时放心不少。他心想，赵志恒两天后下葬的话，留给他的时间就不多了。

赵官庄的葬礼有些特别之处。相传当初赵光义的两只神犬被杀之后，过了三天，赵光义的军队才回来埋葬神犬，所以村里的人死后，一般都是停灵三天才下葬。现在道路不通，法医和刑警队不知道什么时候才能来，这又是拖时间，又要动遗体的，人家家里人不乐意也正常。

宋春来看着冯桂香一副泼妇的模样实在是无可奈何，这种情况下，自己也没什么办法。不过照他来看，冯桂香想要两天后下葬是不大可能的。

赵官庄因为地处偏僻，村里还是土葬居多，家里老人一般都是在五十岁以后开始准备寿材，做好后就放在阁楼之类的地方，之后每年都拿出来上一遍漆。

可赵志恒还不到岁数，是不可能有自己的寿材的。别说村里没寿材铺子，就算是临时找人做，两天的时间连木工都不够，更别说还要上漆、阴干了。

老支书是党员，早就跟大家伙说过，自己死了之后要火化，也不可能有寿材。要是想临时收别人的寿材，出多少钱，别人都不一定愿意卖。

宋春来看着冯桂香，心里不无恶意地想，两天之后要是没有寿材，我看你怎么下葬。他知道跟冯桂香没什么好说的，正准备走的时候，发现犬神奶奶背着个布包进了院子。冯桂香也不管宋春来还在，喜不自胜地迎了上去。

“犬神奶奶，怎么这么早就来了？”冯桂香伸手准备把犬神奶奶手上的包接过来，“应该是弟子去接您的……”

“不早不早，应该的！”犬神奶奶颤颤巍巍地往里走着，拒绝了冯桂香的帮助，“走得太早了，不该啊……”

犬神奶奶一边说着一边进了堂屋，拿出背包，把包里的东西在堂屋的八仙桌上一一摆开，除了常规的烛台、蜡烛、香炉、线香外，最显眼的是一排木头做的小兵器，两尺不到，脏兮兮的，一看就是有年头的老物件了。犬神奶奶把东西一件件放好，然后从中抄起一根雕着狗头的木棍，在房间里念念有词地晃悠起来。

冯桂香见犬神奶奶已经开始作法，就去外面的厨房准备中午的饭菜，堂屋里只留下了宋春来和晃晃悠悠的犬神奶奶。

宋春来到赵官庄有四年多了，还是头一回这么近距离地看犬神奶奶作法。

村里有人死了是要请犬神护佑才能下葬的，这是赵官庄的习俗，即便是村里专门开了家殡葬香烛小店，也没有改变村里人请犬神奶奶的这个习惯。

宋春来看了两眼就对这种诡异的舞蹈没了兴趣。对他来说，这东西跟一般的跳大神没什么区别，还不如外面那些和尚道士念经来得严肃。

不过宋春来看着那些法器上狰狞可怖的图案，突然好奇起来：“那个，犬神奶奶，不好意思打扰您一下……”

犬神奶奶被打断了很不开心，拿着那根狗头木棍对着宋春来的头敲了一下。宋春来吓了一跳，好在犬神奶奶用的力气不大，除了稍微有点疼，倒也没什么。

“你怎么敢打断犬神的祭祀！”犬神奶奶认真地看着宋春来，一脸的怒气。

“那个，您别生气，我就是想问一下犬神传说里面，有没有针对人头或者心脏的说法？”宋春来想了想，昨天村里的案子实在是太蹊跷了，特别是专门砍人头、剜心供奉这种事，让人不免怀疑这些行为跟犬神庙之间的关系，“有没有什么情况是需要人头，或者人心的？”

“你是问昨天丁德义的事吧？当年的犬神……白犬神被赵光义砍掉了头，黑狗神被挖出了心。得罪了犬神的人，都要得到惩罚，还白犬神的头，还黑狗神的心。”犬神奶奶混浊的双眼直勾勾地看着宋春来。

“这是惩罚！丁德义打杀犬神的化身，这是惩罚！”犬神奶奶阴恻恻地说，“在他们彻底得到惩罚之前，犬神的怒火是不会平息的。”说完她又继续跳起来，嘴里念念有词，绕着赵志恒的水晶玻璃棺材转起圈来。

宋春来被犬神奶奶的话弄得浑身都是鸡皮疙瘩，按照犬神奶奶的意思，砍头和挖心都是为了平息犬神的怒火。可问题是，真的有人会为了平息犬神的怒火去杀人吗？宋春来不相信。

要说村里最信奉犬神的，就是犬神奶奶，可要她去杀人，未免太强人所难了。而且要真是因为犬神的事情杀人，那犬神奶奶还能来给赵志恒做法事？杀黑风可就有赵志恒一份！

这当口，冯桂香端着一碗水走了进来，看见宋春来还在，顿时不乐意了：“宋春来，你还在这里干什么？怎么还不该干吗干吗去。人都死了，还不给他一个太平？反正不管你怎么说，我肯定不同意你们搞什么解剖……”她一边说一边往外面推宋春来。

宋春来刚才找犬神奶奶说话，正好站在水晶玻璃棺材旁边，冯桂香这么一赶人，他也懒得跟她掰扯，下意识地就往后退了两步，结果一不小心踢到了什么东西。暗道一声不好，他已经知道自己踢到的是什么了。

这个水晶玻璃棺材是村里的殡葬香烛店提供的，其实就是一个带玻璃盖子的空调柜子，因为盖子透明方便瞻仰遗容，所以下葬前都会先放在水晶玻璃棺材里过渡一下。不过这个棺材比较小，不像老式的棺材那么高大，所以放在家里的时候下面要用条凳或者板凳架起来放着。

而刚刚宋春来踢到的，就是水晶玻璃棺材下面的条凳。

他这一踢，那张条凳一下就歪了，水晶玻璃棺材也因此斜了过来。

冯桂香一看这个情况正要开口骂人，瞥见本来应该锁住的棺材盖子居然滑开了，嘴张开着却没了声音。盖子打开之后，本来被一圈假花围住的赵志恒失去了固定，他的头骨碌碌地从棺材里滚了出来。

宋春来和冯桂香被这场景吓得呆住了，昨天早上发现的赵志恒的尸体明明是完整的，怎么在棺材里放了一天一宿，头就突然掉下来了？

在冯桂香的尖叫声中，宋春来反应过来，赶紧上前检查赵志恒的尸体。赵志恒胸前原本盖着的假花和彩绸也偏向一边，一个黑乎乎、血淋淋的洞赫然在目。

赵志恒的心脏不见了。

相比较宋春来，沈辰溪的任务就简单多了。

他一大早被宋春来吵醒，洗漱后直接去了狗娃家找狗娃爷爷，希迪的新消息也带来了一些新的问题。

按照苏苏的说法，希迪是在回来参加葬礼后情绪开始不对劲的。那么玄机很有可能就在葬礼上，是遇见了什么人，还是碰上了什么事？那个葬礼又是谁的？

“爷爷，想跟您打听个事，最近几个月希弟家里有没有谁过世了啊？”

“谁？”狗娃爷爷没听清楚。

“我说！希弟家里最近有没有人过世了？”沈辰溪加大了音量。

“你说志伟家的希弟呀？”狗娃爷爷愣了一会儿，然后摇了摇头，“志伟家嫡亲的长辈都不在村里啦！”

“那希迪……希弟她最近两个月回来过吗？”

“没有！没回来过！”

虽然狗娃爷爷奶奶都给出了否定的答案，可是沈辰溪没有气馁。赵官庄村子不大，但赵志伟家离狗娃家还是有点距离的，如果她偷偷回来，完全能做到不让他们发现。其实想要确定希迪回来与否，最简单直接的办法就是去问赵志伟，但是不知道为什么，沈辰溪不想去问赵志伟。

虽然这个男人是希迪的父亲，虽然前天晚上自己好像得罪了他，可沈辰溪还是从心里厌恶他，本能地感觉赵志伟不一定会说实话。

沈辰溪在村里边走边想办法的时候，正巧看见庞大海开着他那辆像兔子一样蹦着走的小巴垂头丧气地回来了。

“大海师傅，路还没通呢？”

“没有，”庞大海叹了口气，“公路上说是来了清障车，可是那块崖壁不太稳定，听说又塌了一块，清障车都差点儿给埋了，也不知道什么时候才能通路。”

“大海师傅，有个事想问您一下，”沈辰溪顿了一下，“最近一段时间，村里有没有办过葬礼？特别是希弟的亲戚……”

庞大海想了想：“这两个月没听说村里谁没了啊，怎么了？你女朋友回来是参加葬礼的？”

“那会不会是在镇上或者县里的亲戚，”沈辰溪继续问道，“比如说她妈妈那边的亲戚。”

庞大海摆摆手：“赵志伟嫡亲的亲戚就一个叔叔，早八百年就不在县里了，听说是去外省了，他们家的那个老屋就是这个叔叔的。至于希弟她妈那边就更不可能了。”

“嗯？”沈辰溪一愣，“为什么？”

“她妈一个外地嫁过来的精神病，哪来的什么亲戚？再说了，早几个月她妈就上县里去瞧病了，那阵子也不在村里……”

“这样啊……”沈辰溪有点失望，难道这个消息也是假的？不知道怎么的，他脑中突然出现了昨天下午见过的那个刘希弟。直觉告诉他，这个对希迪充满敌意的女孩，应该了解一些不一样的信息。

沈辰溪打算去找刘希弟了解一下情况，他循着记忆按昨天狗娃爷爷带他走的路线，沿着河走进一条拐弯的巷子。沈辰溪怕自己找错，决定还是沿着大路走，他记得刘希弟家就在赵志伟家后面两排。

就在他快走到赵志伟家的时候，沈辰溪远远看见有两个人站在路边正在争吵着什么。村里的人沈辰溪能认出来的不多，但是那个高瘦的身影沈辰溪绝不会认错。

那是赵志伟，赵希迪的父亲。

第九章 > 被掩埋的笑声

GOU CUN

“建国，你爸那个钱我早就还给他了，不信你问他去呀！”赵志伟此刻全没了前天晚上那种沉郁、颓废的神态，只见他红光满面地站在自家门前，原本微微驼着的后背挺直得像是要向后仰倒一样。

丁建国急得两只手不停地比画着：“赵叔……我爸说……说你没还钱呢。”

“那你让他来找我要啊！”赵志伟大声道。赵志伟其实长得挺周正的，配上他的身高，看上去很是唬人。

丁建国被赵志伟的声音吓得退后了两步，当时就红了眼睛：“我爸不在家……人家说我爸可能没了……”

赵志伟哼了一声：“你爸没了关我什么事？那钱我早八辈子就还给他了，你又没欠条，空口白牙过来要钱，我凭什么给你？”

“欠……欠……欠条在我爸身上，我爸带出去了……”丁建国急得结巴起来，“我爸说……说了，赵叔……你……你没还过钱……”

“我说还了，你说没还，两头都没证据怎么办？”赵志伟一摊手，一副无赖到底的模样，“我也不是不讲道理，这笔账的事你又不晓得，要不然你叫你爸过来要，要不就拿欠条来，否则免谈！”

赵志伟说着就把丁建国往外推：“走走走，别老像只呆鸡一样杵在这里，没欠条没证据要什么账？”

“赵叔！你……你不讲道理，你赖账……”丁建国被赵志伟推得连连后退，梗着脖子道，“你这样……犬神是不会饶了你的，你要得到惩罚！”

“狗屁！什么年代了还信这个，真是个痴呆！犬神那么神，你叫他来咬死我啊！黑风不也一打就死了！”赵志伟一脸的狰狞，用力一推，把丁建国直接推倒在地，“拿不出欠条就滚蛋！别在老子门口胡咧咧，再吵吵我把你狗腿敲断！”

丁建国显然被赵志伟这认钱不认人的样子吓住了，连滚带爬地就跑开了。

沈辰溪远远地看着这一切，实在是没办法想象，这样一个厚颜无耻的人居然是希迪的爸爸。在沈辰溪看来，赵志伟可以没钱，可以窝囊，但是像这样欠钱的时候卑躬屈膝，一发现对方死了就趾高气扬，赖账不说，还欺负到智力残障的小辈身上，简直就是人渣！

此刻的赵志伟，正一边哈哈大笑一边骂着已经跑远的丁建国。

沈辰溪看着这一切，突然觉得很恶心，这种生理上的厌恶让他完全不想再看见赵志伟。他偏过头加快了步伐，打算趁赵志伟没发现自己先离开。

就在沈辰溪一只脚踏进巷子的瞬间，一只大手攀住了沈辰溪的肩膀：“别急着走啊！

“小沈对吧？”抓住沈辰溪的人自然是赵志伟，“我听宋寡妇说了，你是来找我们家希弟的吧？你找我女儿，不来我家问我，在村子里瞎转悠有什么用？”赵志伟在地上吐了一口浓痰。

沈辰溪忍着恶心回头看着赵志伟：“你知道希迪在哪里？”

“那当然了，我是她爸爸，我不知道谁知道？”赵志伟笑了笑。

“她在哪里？”沈辰溪问。

“别急嘛，我听宋寡妇说，你跟我女儿在谈朋友？”赵志伟说这话的时候，眼睛都在放着光，“那你也算我们家半个姑爷了。希弟就没跟你说，姑爷头一回上门要带见面礼吗？这样，我也不跟你多要，你拿个十万块钱出来，我就把女儿嫁给你当老婆！”

沈辰溪看着赵志伟的模样半天说不出话来，这个人怎么可能是希迪的爸爸呢？

“小沈啊，我女儿养这么大不容易，你随便甜言蜜语两句就想给我拐走，那可没门儿！”赵志伟冷哼了两声，“别说你们在谈朋友，就是你跟希弟睡了，有了娃了，没我点头也不行！”

沈辰溪看着赵志伟那张浓眉大眼的脸，努力压抑着心中想要揍他一顿的冲动。他实在没办法相信眼前这个卑劣的男人真的是希迪的爸爸。今天一大早宋春来就去办事了，也没来得及帮他查身份户籍，现在正好确认一下赵希迪是不是就是赵希弟。

“你说知道希迪在哪里，我凭什么相信你不是在骗我？”沈辰溪问赵志伟，“你有什么证据吗？”

“我自己的女儿要什么证据？这村里谁不知道希弟是我女儿。”赵志伟大声叫嚷着。

“你这样说有什么用，有没有照片，或者什么别的证据？”沈辰溪才不相信像赵志伟这样的人会给赵希迪拍照片留在家里。

赵志伟支吾了一会儿，果然恼羞成怒：“我说她是就是，哪有随便乱认女儿的？”

“你要真是她爸爸，那你知不知道几个月前她回来参加葬礼的事？当时是谁死了？”

赵志伟一愣，冷眼看着沈辰溪：“你小子少给我套话！想知道这些事情，拿钱来！”

“你不能证明你是希迪的爸爸，也不能证明希迪在哪里，我凭什么给你钱？”

“放屁！”赵志伟骂道。

“你！”沈辰溪满腔的怒火终于压制不住了，“你还有一点人性吗？你把你女儿当什么了？”

“你爱给不给，反正你要不拿十万块钱，就别想见到希弟！没有钱，我就是把女儿掐死，也不叫你们见面！”

沈辰溪一把就拍掉了赵志伟搭在自己肩膀上的手，没想到赵志伟怪叫起来：“反了天了，姑爷敢打老丈人啦！你要是不给够钱，我叫你一辈子都见不到希弟！”

沈辰溪看着赵志伟的嘴脸，怒从心头起，恶向胆边生，一个直拳就照着赵志伟的胸口打了过去！

“哎哟！杀人啦！姑爷打死老丈人啦！

“疼死我啦！”

沈辰溪很郁闷。他刚才打赵志伟那一下，主要是气赵志伟用自己亲生女儿的生命威胁别人，根本没用多大力气，可赵志伟一个一米八多的男人居然就这么顺势倒在地上，一手抱住他的腿，一边大呼小叫地赖在地上撒泼，嘴里不停地喊着“姑爷打老丈人”“杀人抢亲”之类的混话，弄得沈辰溪一点脾气都没有。

这会儿沈辰溪甚至觉得，相比赵志恒那种嚣张外露的坏，赵志伟这种无赖行径更让人腻歪恶心。

赵志伟扯着嗓子大呼小叫的目的很快就达到了，没一会儿工夫，就有七八个村民听到动静围了过来。一见叫喊的是赵志伟，大家倒也不急着上前劝解，反而一个年纪大点的村民揶揄道："志伟，你不是说你们家希弟早就死在外面了吗，现在怎么冒了个姑爷出来啊？"

"哪个说她死了？我那是气她不回来！"赵志伟脸色一变，"别说她没死，就算是真死了，那也是我赵志伟的女儿。这个小伙子是希弟的对象，不就是我姑爷吗？你们说说，天底下哪里有姑爷打老丈人的道理？"

村民们虽然看不上赵志伟这种没什么本事的懒汉，可是对姑爷不能打老丈人这个道理还是认可的，当下就对着沈辰溪指指点点起来。

沈辰溪气得牙根痒痒，只想离开这个是非之地，无奈右腿被赵志伟牢牢抓住，根本挪不开。

正没办法脱身时，突然一个女声喝道："人家家里的事情，外人有什么好讲的？散了散了都散了！"

熟悉的声音让沈辰溪一愣，转头就看见宋寡妇一扭一扭地走了过来，一边走一边三五句话把众人劝回家。等走到跟前，宋寡妇一手叉腰一手指着赵志伟："赵志伟，你看看你像个什么样子！"

赵志伟看见宋寡妇之后讪讪地松开手："宋嫂子啊，我这不是在跟姑爷闹着玩呢吗？"

沈辰溪哼了一声，他可不觉得他是这个人的"姑爷"，就算他真的跟希迪结婚了，他也不愿意承认这个人是自己的岳父。更不要说沈辰溪从心里就不相信这个人是希迪的父亲。

宋寡妇拎着赵志伟的耳朵把他拉起来，赵志伟就这么乐呵呵地跟着起来，揉了揉耳朵："宋嫂子今天开张吗？我可馋酒馋菜了。"

宋寡妇拍了他一下："村里出了这么大的事情还想着喝酒？村委不是说了吗，最近两天不让乱跑。你也快点回去吧，老在外面晃荡当心出事！"

宋寡妇说完转身看着沈辰溪："小沈，你别往心里去，老赵这个人不坏的，就是嘴臭……"

"我就是……"沈辰溪看着眼前这个觍着脸、毫无自尊的人，又生气又恶心，"我就是想不通，怎么会有这样的爸爸！你知道刚刚他跟我说什么吗？他说他知道希迪在哪里，但是如果我不给钱，就不告诉我希迪在哪里。他把自己的女儿当什么了，当成筹码还是什么东西？"

宋寡妇回头瞪了一眼赵志伟，然后转头看着沈辰溪："你别听他胡说八道，他喝酒喝坏脑子了。他这个人就这样，嘴上没个把门的，天天跑火车，就想从你这边讹点喝酒的钱，你别搭理他就行了。"赵志伟看今天酒喝不上了，悻悻地回了家。

"喝多了？"沈辰溪看赵志伟这副模样，可不像是喝多了的样子，"哦，是吗，我看他这样子可不像。而且我看没准就是他把希迪藏起来了，所以才没人见过她吧。"

"你也别猜了，"宋寡妇解释道，"他就是随口乱说的，这赵官庄才多大地方，他要是真把希弟藏起来了，能藏到哪里去？就他家这两间房，怎么藏？这街里街坊的，离得这么近，还有赵志恒他们没事就来串门，要藏人，能听不见动静？"

宋寡妇的意思沈辰溪听得很明白，在这村子里想藏一个大活人不被任何人发现基本不可能，所以赵志伟刚才应该是胡说的。

可是沈辰溪觉得赵志伟刚才说得言之凿凿，并不像是信口胡说的样子。而且他心里还有一种担心，这么小的村子想要藏一个活人确实不容易，那要是死人呢？沈辰溪想起昨天夜里宋春来说的话，昨天那颗多出来的人心，难道真的是希迪的？一想到这种可能，他的心都快碎了。

他想来想去，目前有可能知道希迪在哪里的就只有赵志伟了。如果他真的囚禁了希迪，那一定会送饭送水，只要自己跟着他，就一定会有收获。想完，沈辰溪决定去找赵志伟道歉，只有这样才能保护希迪，不让希迪受苦。

“小沈你干吗去？”宋寡妇见沈辰溪径直往赵志伟家走吓了一跳，生怕这个年轻人要做什么傻事。

“放心吧，老板娘，我不会对他做什么的。”沈辰溪没有跟宋寡妇多说什么，而是轻轻敲开赵志伟家的大门。

“赵叔叔，赵叔叔，不好意思能跟您聊聊吗？”

“我跟你有什么好聊的啊？”赵志伟阴阳怪气地在门后面叫道，“你刚才不是不相信我吗？我跟你说，你永远也别想再看我女儿一眼！”

沈辰溪急忙道：“我可以给你钱！你不是要钱吗？——你要多少，我可以给你！”

“钱？你有多少钱啊？”赵志伟拉开一条门缝看着沈辰溪，“我可跟你说，少于十万块钱，你想都别想！”

沈辰溪想了想，从包里掏出一张银行卡来：“我身边现在没有那么多，这张卡上有五万块钱，等回头路通了，我就去镇上把钱取出来，不够的再说。”这张卡里放了他这些年的压岁钱，还有一些平时陪着希迪打工赚的钱，算是他的私房钱。

赵志伟看着这张银行卡两眼放光，嘴上却拉长了声音：“才五万块钱，那够干什么的？我可跟你说，刚刚跟你讲的十万块钱那只是彩礼，你真要把我女儿娶走，这么点钱可不行，得……得五十万！”说到五十万的时候，赵志伟的声音都有些发颤。他算是看出来了，这个小伙子家里有钱得很，明明听宋寡妇说他只是个学生，却能一下子掏出一张有五万块钱的卡，这么点钱怎么能把自己打发了呢，不跟他多要点，还当自己没见过钱呢！

沈辰溪隔着铁门都能感受到赵志伟的贪婪和无耻，他强忍着恶心："赵叔叔，你一下要这么多钱我一个人做不了主，得跟我爸妈商量一下……"

"那你赶紧打电话商量，你要是商量不出来，我就把女儿嫁别人了。我家女儿长得俊，可不愁没人要！"

"好，我马上回去打电话。"沈辰溪说着用力跺着脚转到了一边的巷子里，静静地蹲在一边，等赵志伟出门。如果希迪真的在赵志伟手里，他就只能等赵志伟出门的时候悄悄跟着了。

宋春来这边因为赵志恒的尸首分离，心脏不翼而飞已经乱作一团，一边赶紧打电话叫二柱子带相机过来，一边火急火燎地给刘所打电话，这种情况太邪门了！他一个没有刑侦经验的村警，身边也没个帮手，面对这种案子真是完全抓瞎。

镇上和县公安局知道情况后急得不行，接二连三出现这样的非正常死亡事件就已经是重大案件了，现在还有分尸和侮辱尸体的情节发生，怎么看都透着古怪，这种案子要是处理不好会出大乱子的。可现在路还没通，县里的支援没法赶到，除了让宋春来注意村民安全，保护好现场之外，真的没有别的办法了。

保护现场说起来简单，可实际处理起来真有些分身乏术。赵志恒这边的情况要取证拍照，村民的情绪要安抚，狗场那边还有百十只狗的狗屎要去处理，单凭一个人根本就搞不定。

宋春来开始是打算让二柱子去捡狗屎的，可是想想昨天晚上二柱子在狗场的那个尿样，宋春来知道这件事情是指望不上他了，思来想去只能让他老老实实待在赵志恒家，别让任何人动了赵志恒的尸体，等自己捡完狗屎回来再说。

二柱子跟赵志恒是发小，本来看见自己哥们儿莫名其妙死了就难受得不行，这会儿一听说赵志恒脑袋被砍、心脏被掏，更是怒不可遏，一直骂骂咧咧地在院子里面走来走去，看谁都不像好人。

按理说，出了这样的事情，赵志恒的葬礼无论如何都办不下去了，可是不知怎么回事，冯桂香还是不依不饶的，非让犬神奶奶继续给赵志恒作法安灵。

吹拉弹唱的乐队到了门口，一听说死者被砍头挖心，警察也来了，就打算回去了，这买卖他们可不敢接。乐队的人刚转身离开，就硬生生被冯桂香拉了回来，她愣是加了一倍的报酬，让他们继续吹吹打打。吹是照吹，可是乐队的人说什么也不敢靠近堂屋，就连往棺材那边看一眼都不敢。

在这种情况下，犬神奶奶还是尽职尽责地在堂屋里唱着念着，屋外的冯桂香换了一身黑色的羽绒服，就那么跪在院子里，一个劲儿对着堂屋里赵志恒的棺材磕头。面前的火盆像被埋在纸钱里，那火苗子蹿了半米多高，看着就像是一只头戴双角的怪物，放肆地跳跃着，恶狠狠地看着赵志恒家里的闹剧。

二柱子看着这一切似是心有所感，他对这些神神鬼鬼的东西一直很相信，这两三天下来，更让他觉得一切都是犬神在复仇！

这场法事，诡异而漫长，晚上没休息好、强打精神的二柱子看到后面有点昏昏欲睡，突然，犬神奶奶以头抢地，整个人半趴在地上哭喊起来，那声音简直就像是厉鬼的呼号。一声声撕裂耳膜的尖叫，撕扯心肺的哭号，和着丧葬乐队的节奏，仿佛能穿透十八层地狱。

二柱子被吓了一跳，瞥到本来趴在地上呼天抢地的犬神奶奶没了动静，他的心又一紧：犬神奶奶年纪不小了，该不会这么一折腾，给折腾死了吧?

就在二柱子迟疑的时候，犬神奶奶突然抽搐起来，众人都被这突如其来的动静吓住了，还在吹吹打打的乐队一时间没了声音，所有人都愣愣地看着犬神奶奶，看她不断抽搐着。过了一会儿，犬神奶奶以一种诡异的方式坐了起来，双腿蹲坐，两只手臂撑在地上，看上去就像是狗一样坐着，她冰冷的眼神扫视着众人，嘴里还不停地发出像狗一样的低吼声。

村里人都知道，犬神奶奶这个架势，是犬神上身的样子，而现在犬神奶奶这种阴森恐怖的表情，无疑说明犬神现在很生气。

众人都吓傻了，冯桂香更是整个人都趴在了地上，不住地流泪磕头："犬神饶命……犬神恕罪……是弟子有罪，是弟子犯了错，请犬神菩萨饶命啊……"

"犬神很生气，这些罪人触怒了犬神，犬神要向他们降下惩罚！"犬神奶奶此时发出的声音，简直不像是人的声音，那种粗粝感让人听着都想替她咳嗽两声，"这是触怒犬神的惩罚！只要是得罪了犬神，都要得到惩罚！没人躲得过！那些杀了犬神化身的，触犯犬神神威的人，都不得好死！

"他们的头要供在白犬山，他们的心要埋在黑狗山，否则犬神就会继续降下灾祸！降下灾祸！"犬神奶奶说到这里的时候，整个人开始像筛糠一样颤抖起来，"整个赵官庄都会受惩罚……是惩罚……是惩罚啊！"

说完这些，犬神奶奶就像触了电一样，抽搐了一下昏倒在地，堂屋里的烛火被寒风吹得摇曳起来。二柱子吓得连滚带爬地离开了这里。

宋春来带着一身臭气从狗场回来时，发现赵志恒家里寂静得不正常，他以为又出了什么变故，赶紧跑去查看。

就在宋春来快要进门的时候，突然看见南墙头上有一个人影翻了出来。那个影子一闪而过，往宋春来这边转了一下，然后迅速往反方向跑开了。

宋春来注意到那个人影手上好像拿着什么东西,他也来不及多想，拔腿就追了上去，一边跑一边大声喊着："站住！警察！快站住！"

但是前面的那个人影就像是鬼魅一样，在山间田野里跑得飞快，宋春来这几年在田间追狗抓羊练出来的速度居然追不上。不过他并不打算放弃，他看得出来，那个人影是个女人，个子比自己矮不少，她速度虽然快，可要论耐力，肯定比不过自己。

没想到那个人影发现宋春来一直跟在她后面，突然把手里的东西朝着宋春来扔了过来。

宋春来正跑着，就看见一个黑乎乎的东西朝着自己的面门飞了过来，他下意识用警棍对着那东西砸了下去，就在砸下去的一瞬间，宋春来认出来了，这东西正是赵志恒的人头！

他暗道不好，镇里和县局让自己保护现场，保护尸体，自己该不会一棍子把赵志恒的人头给砸坏了吧？就这么一愣神的工夫，等他再抬头看，刚刚那个人影已经消失不见了。

宋春来看着面前嶙峋的群山，心知再追也没意义了。最近发生了太多事，他都习惯随身配着手套了。他戴好手套，俯身捡起人头，打算先回赵志恒家看看究竟是什么情况。好在刚刚他那一下打在人头的前额部分，没有造成太大的破坏。宋春来再次给刘所打去电话，告知人头被窃的情况，又问到支援何时能赶到。刘所只回了句"尽快"，便让宋春来去检查现场，看看尸体是否还少了别的部位。

宋春来再次回到赵志恒家的时候，一进门就看见冯桂香正在疯狂地对着堂屋磕头，磕得满脸是血："我错了我错了，杀你不是我的主意，不是我的主意啊！”

“都是他……都是他！不怪我啊……”冯桂香此刻已经神志不清了，正不断朝着堂屋里赵志恒的棺材磕头。到了后面，她说话的声音越来越小，就只有咚咚的磕头声还在有节奏地响着。

宋春来因为这几句话激动不已，葬礼现场家属喊什么的都有，磕头磕晕过去的也常见，可是刚刚冯桂香喊的那句话可太不寻常了！

杀你不是我的主意？

赵志恒不是意外死亡，是他杀？

宋春来三步并作两步冲到冯桂香面前：“冯桂香，你刚才说什么？赵志恒到底是怎么死的？”

冯桂香被宋春来的声音吓了一跳，抬头一看，就看见一双空洞无神的眼睛死死盯着自己。

那双眼睛的主人，正是宋春来拿在手里的赵志恒的人头。

冯桂香看着这双眼睛，整个人不可抑制地哆嗦着：“不是我……不是我杀的，我就是提了一嘴，不是我，害死你的不是我……”说着，她的声音越来越小，然后晕了过去。

沈辰溪在巷子的转角处已经蹲了很长时间，天色已经暗了下来，他揉了揉已经冻得发麻的腿，有点怀疑自己是不是白等了这么长时间。

赵志伟自从进了自家院子就再也没有出来过，而沈辰溪在这个小巷子的角落里窝着，没有阳光的照拂，山村里的寒气已经快把他吞没了，要不是身上的羽绒服质量够好，恐怕人已经冻僵了。

沈辰溪稍稍活动了一下僵硬的腿脚，按亮手机看了一眼时间，已经下午五点多了，这个时间村民一般不太出门了，加上这两天出了这么多事，现在的街面上更是连个鬼影都没有。

难道自己想错了？沈辰溪又在脑子里过了一遍，赵志伟下午跟自己说的那些话，明明透露出他知道希迪在哪里的信息。不出意外，赵希迪就是被赵志伟关在什么地方了。如果不是藏在家里，应该就是村里的某个地方。如果藏在外面，不管是藏在哪里，赵志伟肯定要给希迪送饭送水，不然这么长时间人早就没了。

这也能解释，为什么前天赵志恒让赵志伟看着自己和狗娃的时候，他提前离开了。昨天在村委会的时候也是一样，自己和宋春来他们从狗场回来时，他也已经自行离开了。

沈辰溪捏紧了拳头，一天只送一次饭就算了，赵志伟就算再王八蛋也不至于一次都不去吧？

不知道又等了多久，就在沈辰溪整个人冷得已经麻木的时候，他突然听到铁门响动的声音，顿时觉得全身的感官都被激活了，他屏住呼吸向前移动了一步，以便看清赵家大门的位置。

铁门的门闩有节制地扭动着，发出轻微的吱呀声，咔嗒一声，铁门上的门环晃了两下，一个人影从门里闪了出来。人影回身给门环挂上锁，然后俯身提上东西，左右看了看，这才往祠堂的方向走去。

此刻沈辰溪的心跳像是擂鼓一样，这个人影毫无疑问就是赵志伟。借着月光，沈辰溪能看出他手上提的东西，一手是一大瓶矿泉水，另外一只手上是一个塑料袋，鼓鼓囊囊的看不清里面是什么。他看赵志伟距离自己快十米左右的时候，蹑手蹑脚地跟了上去。

月光下的赵官庄看上去分外诡异，高大的赵氏祠堂默默矗立，飞檐在夜色中像怪物伸出的触角一样狰狞，祠堂中微微跳动的灯光让这里看上去更加可怖。

“希迪被关在祠堂里？”沈辰溪有点难以置信，不是说每天都会有人到祠堂上香添油和上供吗？

果然，赵志伟在路过祠堂的时候没有停步，而是径直走了过去。

沈辰溪看着赵志伟的路线有点疑惑，如果不是祠堂会是哪里呢？根据沈辰溪的判断，赵志伟藏人的地方平时人不会太多，不然不可能藏这么久都没被人发现；同时这个地方不会离自己家太远，要不然出什么事情他很难控制……

沈辰溪小心地保持着自己跟赵志伟之间的距离，看着他走到一座二层小楼门口，一个转身，消失不见了。沈辰溪大吃一惊，那间小楼，正是宋寡妇的赵庄饭店。

赵志伟为什么会去赵庄饭店？难道希迪在饭店里？这怎么可能？

沈辰溪赶紧快走了两步，走到赵志伟消失的地方，这才发现，赵庄饭店旁边还有一条不到一米宽的小路，平时被木栅栏和植物挡住，看着不太起眼，小路前方传来的沙沙声也证明了赵志伟走的就是这条路。

他有点犹豫，这样窄的一条路实在不适合跟踪，但是如果不跟过去，错过了今天，就不知道什么时候才能找到希迪了。沈辰溪的犹豫只有一瞬间，毕竟找到希迪才是最重要的。

小路很窄，沈辰溪一开始还小心翼翼地生怕被赵志伟发现，但他很快发现，赵志伟的脚步越来越快，而且周围的风声也很好地掩盖了两人的脚步声。沈辰溪就这么跟着赵志伟在漆黑的巷子中穿行，这边拐个弯，那边绕一下，没几下沈辰溪就已经搞不清方向了，只是感觉距离主街越来越远。

在绕过最后一个路口后，沈辰溪发现赵志伟又一次失去了踪迹，面前只剩下一个十米见方的池塘，池塘周围有一圈高墙建筑，在月光下仿佛一幅隽永的画卷。

沈辰溪好奇地打量着四周，这片池塘周围的景致，比村里主街道两侧的风貌要好很多，却没有任何开发的痕迹，周边连一点灯光都没有，似乎没有什么人气。沈辰溪四下巡视的时候，发现池塘对面的一棵大树下，好像有一个人影正在鬼鬼祟祟地做着什么。

是赵志伟！沈辰溪认定就是他！

沈辰溪很想追上去，可是池塘四周没有遮挡，这时候追上去要是把赵志伟吓到了，他找不到希迪不说，希迪今天的口粮说不定也没了。好在距离不算太远，在这个地方能大概看见赵志伟的举动。

赵志伟提着东西，轻车熟路地走到了大树旁边的一幢房子前，摸索了片刻，闪身走了进去。

沈辰溪见状赶紧跟了上去，走到近前才发现，相比其他的房子，赵志伟进去的那幢房子，整体都用木板和绿色的布幔围挡围着。沈辰溪借着月光仔细观察了一下，这些围挡应该有些年月了，木板早已破旧不堪，很多地方都朽坏了，布幔更是如此，靠近地面的部分支离破碎，被风吹起时就像是鬼怪的衣袂。

沈辰溪很快就发现了赵志伟进去的入口，那是一个仅能容一人通过的破洞，这里的木板比别处的腐朽得更厉害，而且相比较别的地方，这个破洞里面也没有墙或是其他的遮挡物。

他低头看了看里面，入眼的依然是一片漆黑，根本看不清楚里面究竟有什么。沈辰溪并没有时间过多犹豫，他深吸了一口气低头钻了进去。

这幢房子虽然外面看着破败，进来之后却别有洞天，四面高大的房屋勾勒出一个开阔的天井，虽然现在长满了杂草，地上还堆积着很多木板和碎砖石板之类的东西，但仍然能看出这里以前是一处非常豪阔的院落，看规模应该是地主或者乡绅的宅邸。

沈辰溪下意识用手机的光线照了照四周，里面的建筑看上去有些年头了，柱子上斑驳的木雕也说明了它的年代。最令人称奇的还是这些木雕的内容。

沈辰溪这两天在赵官庄行走的时候也留意过，村里房屋的木雕保留了宋辽时期的一些装饰元素，很有特色。可是这处房子里面的装饰跟外面的完全不同。相比外面常见的吉祥云纹、福寿图案，这里的木雕砖雕几乎只有一种元素，那就是狗。

不管是牛腿、椽子、挂落、梁柱、柱础，还是门窗上的木雕、墙体上的砖雕，地上露出来的花砖，无一例外都是狗的图案，就着月光，沈辰溪甚至能看见屋顶上的脊饰也是两只狗的形态。在他的印象里，没有什么地方会如此密集地使用同一种元素作为建筑装饰，就算故宫里，也不可能全都是龙凤！

在这月光和夜色的交织中，触目皆是形态诡异的狗，使得这处院落像是带有特殊寓意的宫殿。沈辰溪突然反应过来，自己不是过来参观景点的，赵志伟呢？希迪呢？

这个院子就这么大，赵志伟显然不在里面，这时，沈辰溪突然听到院落深处传来一阵窸窸窣窣的声音，隐约还有人说话的声音。

沈辰溪蹑手蹑脚地往里面走着，这是一间高大的房间，应该是以前的客厅，可惜长年没人居住保养，原本宽敞的厅堂已变得破烂不堪，甚至能从屋里看见天上的星月。

穿过客厅，后面是一座小一些的院落。正对客厅的那间老屋的屋脊已经塌了一半，现在只有两侧的高墙耸立着，坍圮的屋架裸露着，就像是一只只剩骨骼的巨兽。沈辰溪躲在客厅的阴影里向外看去，一个黑影正在院子里做着什么。

那个黑影毫无疑问就是赵志伟。

只见他拨开地上的几块木板和杂草，露出一块光滑平整的石板，借着月亮的反光，沈辰溪意识到这块石板一定经常被移动和清理。

赵志伟把手里的东西放在旁边，然后双手抵住那块石板，用力地向旁边推开，在一阵刺耳的摩擦声之后，一只手突然从下面伸了出来。

月光下那手显得苍白无比，甚至有些透明。

赵志伟并没有在意那只手，而是从旁边拿过塑料袋和矿泉水，在洞口晃了晃：“要不要水和吃的？”

那只手瞬间用力向上挥舞着，像是要抓住什么，但不知被什么遮挡住了，每当那只手要抓住赵志伟脖颈的时候又功亏一篑。

赵志伟不屑地笑了，喘着粗气对着黢黑的洞口道：“瞎闹什么闹？把自己弄伤了，老子才不会管你！”

见那只手还在徒劳地挥舞着，赵志伟嘿嘿笑了一声：“你可以啊，出去几年不是说去上学了吗，怎么在外面都会找男人了？”

那只手的动作停滞了。

“小伙子还挺痴情的，都追到村里来了。”赵志伟咳嗽了一声，“我看他挺有钱的嘛，你之前带回来的酒也是用他的钱买的？”

听见这些，那只手缓缓地缩了回去。

赵志伟并不在意，从塑料袋里拿出一个馒头在洞口晃了晃：“咱们父女一场，要不是你一直闹着要跑，我也不想这样。爸也知道，你从小心气儿高，要你嫁给丁瘸子家的傻子当媳妇委屈你了，可爸不也是被逼得没法子了嘛。女人早晚都得嫁人，嫁谁不是嫁啊，丁瘸子的儿子是傻，不过家里条件不差，你嫁过去也有好日子过，爸还能害你不成？”

洞口静悄悄的。

“这都不说了，现在丁瘸子和三驼子都死了，我欠的账没了，爸也用不着逼你了。”赵志伟嘿嘿笑着，“你想跟那个小沈回S城，我也随便你。

“不过你是我女儿，他要娶你，没有彩礼可不行。我也不多要，五十万，只要他拿出来，我立马八抬大轿送你跟他走！你爸这么多年过得难啊！你妈一直有病，继祖还小，家里欠着外债，把你拉扯大也不容易，现在你谈朋友了，我找他要这点钱不过分吧？

“等会儿你给他写封信，跟他说让他拿钱，他一给钱，我就放你出来！你要是答应呢，我立马就把东西给你放下去！”

…………

“希弟啊，你硬挺着不说话有什么用呢？”

等了半天，洞口还是没有动静，赵志伟也不着急，他坐在洞口的外沿上，随手捡了根木棍敲了敲，发出当当的金属声，显然洞口有一层铁栏杆挡着。

“你不出声，咱们就这么耗着。”赵志伟拿着木棍在铁栏杆上来回滑动着，“你要是不答应呢，我说什么也不会放你出来的。”

“他们两个……怎么死的？”下面的人终于说话了，虽然离得很远，但是沈辰溪听到这个声音的时候，感觉自己的心抖了一下。这个声音疲惫而沙哑，因为是从洞口中传来的，听起来闷闷的，仿佛带着一股来自地底的寒气。

“三驼子喝酒喝多了掉沟里淹死了，丁瘸子叫狗给吃了……你管他们怎么死的干吗，反正他们死了，也没人再跟我要账，你也不用嫁给丁建国那个傻子，不是挺好吗？”

这时候下面的那个人不知为什么突然笑了起来，一开始声音很小，后来笑声越来越大，笑到最后像是哭一般，在这冬夜之中活像女鬼的哭泣。

“你笑什么……对了，你弟弟在镇上那个汽修门面弄得挺好的，我上回听他说咱们镇上的车还是太少了，要是能去S城开个汽修店肯定能更赚钱。”赵志伟像是突然想起了什么一样，“你对象不是S

城本地人吗，你再跟他说说，让他想想办法在S城给你弟弟觅个门面去。”

沈辰溪在旁边听得一阵气结，这到底是什么人啊，就算是异想天开，也不能这么离谱啊。

洞口里又没有了回音，赵志伟叫了几声见还是没有回应，渐渐失去了耐性：“我跟你说，你不要觉得不讲话我就没办法。你不答应我就别想出来，你就在这里饿着吧。我告诉你，这地方除了我，根本没人来，我不放你出来，你在这里饿死了都没人知道！”

赵志伟依然没等来回应，他突然站起身：“你就是存心不让你爸和你弟弟过上好日子是不是？你怎么这么没良心啊！

“你就是个喂不熟的白眼狼，养了你这么多年，你一声不吭跑了，这几年家里你帮过一点忙没有？你弟弟开门面起早贪黑的，你关心过没有？你爸我天天跟孙子似的，被人堵着门逼债，你有吱过声吗？你妈上县里治病，你都没说回来看一眼！你就没人性！

“现在好了，在外面认识个小白脸，你就一心想着跟人家过好日子了？没良心的东西！”赵志伟一边说一边来回走着，喘着粗气不断用木棍敲铁栏杆，“再说我跟他要什么了？他娶你不应该给彩礼吗？我们县里彩礼还要十万八万呢，他们S城人那么有钱，我有多要吗？你到时候去S城过好日子了，帮衬帮衬你弟弟有什么不对？”

在沉默了一段时间之后，赵志伟眼看没有结果，怒不可遏地用木棍到处敲打起来：“好，你不让自己老子好过，你也别想好！你不是在意那个小白脸吗？正好这两天他也走不掉，到时候我把他弄过来跟你关在一起，叫你们做一对亡命鸳鸯！”

听到这话，洞下的人像是受到了什么刺激一样，奋力摇动着铁栏杆发出哐当哐当的声音。赵希迪嘴里发出嗬嗬的声音，赵志伟见女儿有了反应，以为她要求饶，就弯腰凑过去想听听她要说什么。

赵志伟刚刚凑过去，那双手突然暴起，一把抓住赵志伟的衣领，用力地把赵志伟往下拽。这可把赵志伟吓了一跳，他一边想要掰开那双手，一边用手里的木棍胡乱打着。因为铁栏杆的关系，木棍根本打不到对方，只是在铁栏杆上打出刺耳的哐当声。

赵志伟毕竟是一个壮年男子，没一会儿的工夫已经摆脱那双手的禁锢。他脱困之后恼羞成怒，把那根木棍对准栏杆的缝隙捅了进去，不断地在里面挥打着，一边打一边骂道："妈的，你个白眼狼，跟你妈一样没良心！老子供你吃供你穿，把你养这么大，你还想害我？老子今天就打死你！你别以为我不敢，你知道丁瘸子和三驼子是怎么死的吗？反正已经死了两个了，我也不在乎再多一个两个的！"

什么叫他们两个是怎么死的，难道他们真的是赵志伟杀的？沈辰溪眼看着赵志伟像是发疯一样用木棍往洞里面捅着，终于忍耐不住，大叫着冲了出来："住手！"

赵志伟被吓了一跳，当他认出面前的人是沈辰溪后，狞笑着骂道："好啊，居然跟过来了？还真是有情有义啊！怎么？来英雄救美的？我叫你救，你倒是救给我看啊！"说着愈加用力地挥舞着木棍。

沈辰溪大喊一声冲了上去，赵志伟连忙把木棍拔出来。沈辰溪的身手他可是见识过的，那天在饭店里面自己跟三驼子、丁瘸子三个打一个都没占到什么便宜，今天下午他推自己那两下也证明了，两人真动起手来，自己是占不到便宜的。

赵志伟拿着木棍就对沈辰溪挥了过去，沈辰溪虽然因为赵志伟刚刚的言论气急，但还是分得清轻重缓急的。他并不想跟赵志伟有过多的纠缠，现在最关键的还是救出希迪，至于这个人渣，最终还是要交给警察的。

当下沈辰溪对赵志伟疯狂的攻击还是以躲避为主，并伺机靠近洞口。可赵志伟不傻，很快就发现了沈辰溪的意图，死死守在洞口周围，只要沈辰溪一靠近就是一顿乱棍。

沈辰溪虽然年轻力壮，但这院子里面实在是太过杂乱，到处都是残砖碎瓦，躲避的时候一不小心就会被绊倒，几次不留神都被赵志伟的棍子打到。

别看赵志伟平时是个酗酒成性、又㞞又无赖的懒汉，可是这打起人来还真不含糊。沈辰溪被打了几下之后，心头火起，心知要是不把赵志伟控制住，自己根本不可能救出希迪。

赵志伟目露凶光地盯着沈辰溪，沈辰溪心一横冲了上去，赵志伟挥棍就打，却没想到沈辰溪硬生生扛了一棍，一把抱住了他，把他推倒在地，慌乱之中赵志伟手里的棍子掉了。他手忙脚乱地爬起身来，开始到处寻找自己的“武器”，却看见刚刚的木棍已经被沈辰溪踩在脚下。赵志伟四下一看，就看见身后坍圮的房梁上面有一根斜支出来的木棍，他来不及多想，一把抓住那根棍子就用力拽了下来。

黑暗中，赵志伟没有注意到这根所谓的“木棍”其实是坍塌的房梁中的一根椽子，他用力拉拽着那根木椽，原本倾斜的老屋屋架也随着他的拉拽发出刺耳的声音。

就在赵志伟满心得意地感觉手中的木棍终于有了松脱迹象的时候，沈辰溪惊恐地发现，那犹如巨兽骨架的老屋竟然就这么缓缓地朝着洞口这边倒下来了！

“快让开！屋子要倒了！”沈辰希大喊着，但是赵志伟就像是傻了一样，看着老屋一点点朝着他压过来，既没有跑，也没有动。

只听见“轰隆”一声巨响，尘土飞扬，赵志伟和关着赵希迪的洞口，全都消失了，原本倾斜的老屋屋架已经彻底变成一片瓦砾，所有的一切都被瓦砾掩埋。

沈辰溪从来没想过自己竟然会遇到这样的事情。像这样的情况，赵志伟活下来的可能性太小了。至于希迪，她被关在地下，上面还有铁栏杆挡着，没准受不了什么伤害，可是如果一直被这样埋着，早晚也会因为缺少氧气、水源和食物，被困死在里面。

沈辰溪凭着刚刚的印象，拼命地翻着面前的瓦砾堆，但他搬了一会儿就意识到，这样巨大的屋架夹杂着墙砖屋瓦，根本就不是他一个人挖得开的。

得去叫人！

叫人来救希迪！

第十章 > 地窖藏凶

GOU CUN

沈辰溪冲到村委会宿舍的时候，并没有找到宋春来。他又跑去厕所找，也没人。警务室，村委会其他房间，宋春来都不在。手机没信号，他心急如焚。

沈辰溪遍寻不着的宋春来，此刻还在赵志恒家里。

当冯桂香看到宋春来手里赵志恒的人头，直接就晕厥了，晕厥前还说了了不得的话，这一下把宋春来弄得手忙脚乱。

按理说，这种情况下应该把冯桂香弄到房间里躺好，等她醒过来。可是宋春来不能这么做，赵志恒的无头尸体这会儿还直挺挺地躺在棺材里，整个堂屋就像炼狱一样，进去要是破坏了现场怎么办？宋春来只得先把赵志恒的人头放在棺材旁，观察了一下尸体，确认再无其他部位被窃，他又把冯桂香拖到旁边给乐队搭的棚子下面。

做完这一切，宋春来片刻不停地给二柱子打电话。前两次还有通话铃声，打到第三次的时候，二柱子的手机直接关机了。宋春来跳着脚骂道:“孬种二柱子,一点都指望不上,关键时候这么点胆子!”

“小宋，怎么啦，怎么这么大火气？”老支书从外面转了回来，他发现家里静悄悄的，“玉娥走了？乐队呢？”

犬神奶奶的闺名叫玉娥，不过全村只有老支书会这么叫，其他人都尊称她“犬神奶奶”。老支书下午躲出去了，一方面是不想面对自己死去的儿子，另外他是老党员，信了一辈子的唯物主义，不想看见跳大神这种迷信行为。

宋春来张了张嘴，不知道该怎么回答。

老支书没戴眼镜,眼神不怎么好,但多少能看个大概:“桂香呢?真不像话，怎么也不出来招呼一下……我去给你倒杯水。”

老人说着就打算去堂屋给宋春来倒水，宋春来连忙拦住老支书：“老支书……我不喝水！”

赵志恒的尸体他还没拼到一起呢！老支书这身体看到这样的场景，一下撑不住了怎么办？

老支书被拦得一愣：“小宋，你这是干吗？”

“我不喝水，您，您也别进去，里面乱得很。”

老支书用拐杖敲了敲地面：“小宋，你说的什么话？桂香天天在家收拾，能乱到哪里去？”

宋春来也知道自己的话苍白无力，没办法的情况下他只能信口胡诌起来：“那个……犬神奶奶说……三子需要安静才能……成佛……”

老支书听到这些是真的生气了，大声道：“小宋，你也是党员，怎么能相信这些东西！快点让开！”

就在两人说话的时候，一脸血的冯桂香从棚子里出来了，几步冲到跟前，砰一下跪倒在老支书面前：“爸，是我对不起赵家，这惩罚应该惩罚到我身上！”

老支书看着满脸是血的冯桂香有点不明白，他下意识地朝门里看去。

赵志恒的无头尸体就那么出现在眼前，老支书张大了嘴巴，先是往里踏了一步，然后又退后了一步，一口气没倒过来，捂着胸口跌倒在地。

宋春来见状赶紧上前扶住老支书，一边帮他顺气一边对着冯桂香喝道："你！你这是干吗！"

冯桂香看着老支书的样子，露出一副手足无措的表情，一边上来帮忙，一边支支吾吾地说："我……我不是故意的……我就是……我……这个家我最对不起的就是爸……"

"你是对不起他，老爷子对你这么好，你就这样吓他，你是人吗？"宋春来觉得现在只要有点火星自己就能原地爆炸了，他大吼，"还傻站在这里干什么，速效救心丸在哪里？"

冯桂香也不说话，就抱着老支书在那里嗷嗷哭。

宋春来翻了翻老支书的衣服口袋，找到速效救心丸给人喂了两粒，想打 120，一想路塌了也送不到医院，赶紧又给村卫生所打电话。

"小周，你抓紧来老支书家一下……对，老支书刚昏过去了……对，我给他吃了速效救心丸……好，我正在帮他，你快点来……等下，谁在你那里？"宋春来突然在电话里听到了一个熟悉的声音，"二柱子？你在卫生所干什么？我让你干什么来着，快给我滚过来！"

卫生员小周讪笑着遮住电话听筒："宋警官叫你快点过去呢……"

"我才不过去……"二柱子坐在卫生所的凳子上，惊恐地看着小周，"你不知道，那边闹鬼，犬神奶奶才超度了一半就出事了！这会儿老支书又晕了，肯定是还没完呢！"

小周听完又拿起电话："……那个宋警官，你看看老支书还有呼吸吗？没气了就心肺复苏……对对对，您懂的，我来也就是做心肺复苏。”说完就把电话挂了。

其实这时候宋春来已经在给老支书做心肺复苏了，冯桂香蹲在旁边拿着电话，宋春来一边有节奏地用着力，一边听着听筒里的声音，二柱子的声音实在是大了一些，气得他恨不能冲去卫生所把二柱子打一顿。

但现在把老支书救醒才是最重要的。宋春来又是吹又是按，还数着数，在十二月天里出了一头一身的汗。终于，老支书长长吐出一口气，算是缓了过来。

宋春来赶紧和冯桂香一起把老支书抬到床上躺下，然后对她说：“你去把脸上的血擦擦，别一会儿老支书醒了又吓到他！”

冯桂香收拾了一下回来，看到老支书双目紧闭，但呼吸基本恢复正常了，又忍不住哭起来。

宋春来看着泣不成声的冯桂香咳嗽了一声，老支书可以不问，但是他不能不问：“冯桂香，赵志恒究竟是怎么死的？”

冯桂香愣愣地看着宋春来，然后又看了看老支书，低声道：“其实我跟他早就不睡在一起了。”

宋春来怎么也没想到冯桂香的自白是从这句话开始的。

冯桂香不是本村人，是隔壁冯家圩子武装部长的女儿。她爸爸是老支书以前的战友，她跟赵志恒是提前定好的娃娃亲。两人刚结婚的时候也是柔情蜜意过的，那时候冯桂香还不像现在这么虎背熊腰，反而高挑修长，是十里八乡都知道的标致媳妇。

赵志恒那时候二十出头，高中毕业回来之后就在村里的化工厂上班。他为人聪明，加上老支书的关系，没几年就成了厂里的骨干，冯桂香也进了化工厂，做了会计。

后来厂里改制，村民入股，赵志恒成了厂长，冯桂香自然而然地成了执掌财政大权的人。本来一直到这里两人相处得都算和睦，可是后来不知道因为什么，赵志恒突然就对冯桂香疏远了起来。

“你知道为什么吗？”冯桂香冷不丁地问宋春来。

宋春来一愣，摇摇头。

“他不行，”冯桂香的眼睛看向远方，“他那儿不行，一肚子死籽儿。”

“村里不是都说是你……你的问题吗？”小村子从来没什么秘密，冯桂香和赵志恒的事，连宋春来都知道一些。

“男人要面子嘛。”冯桂香眼神黯然。

早几年刚结婚的时候，赵志恒忙工作没想着要孩子，后来老支书退休了，就想着赶紧抱个孙子，成天在赵志恒面前念叨。本来赵志恒还有个大哥，但是他大哥当兵的时候执行任务牺牲了，连婚都没结，家里就只剩这么根独苗，老赵家传宗接代的任务就落在他一个人头上了。

但两人努力了很多年，一直没有动静，县里、市里、省城都去过，B市S城的大医院，看这个出名的医院都去瞧过，可医院的检查都是一样的结果，赵志恒的精子存活率不到1%，几乎一辈子都不可能有孩子。

宋春来皱着眉头听着这些，他本意不是听这些家长里短的隐私，但听到冯桂香讲这些，他有些不忍地看了看老支书和冯桂香：“医院里不是能做试管婴儿吗，你们没去试试？”

“试了，”冯桂香惨笑了一声，“可哪有那么容易？他一泡里就没几个活籽儿，又是筛查，又是吃药，钱花了不少，最后也没怀上。那时候试了好几次，药吃多了还给我弄成现在这样了。”

宋春来没结婚，并不知道做试管婴儿女人要遭多大的罪。

男人奇怪得很，那方面一旦不行了，脾气就一天比一天坏。再加上赵志恒成天喝酒，在家里对冯桂香非打即骂，好几次闹得冯桂香都要跟他离婚了。赵志恒因为这事没少被老支书骂，一开始老支书并不知道赵志恒的病情，还指望着小两口和和美美地给他生个大胖孙子，但是时间长了，就算赵志恒不好意思说，老支书也看出了点苗头。

“后来这个畜生想出了个主意，”冯桂香狠狠地看向灵堂，“你知道他想的什么主意吗？”

“什么主意？”

“他让我借种。”

“借种？”宋春来眼珠子都快瞪出来了,“找谁借啊？借谁的啊？这种事还能借？”

“是啊,这种事还能借吗？”两行眼泪从冯桂香的眼眶里掉出来，“他要我找他爸借种！”

“你说什么！”此时没有任何言语能表达宋春来内心的惊诧，“那，那借成了吗？”

“借成了我不就有娃了嘛。”冯桂香脸上露出了难以掩饰的厌恶，“这事弄得整个家都鸡犬不宁的。那时候，我婆婆还活着呢，也不知道三子是怎么说的，我婆婆居然同意了他的主意，跟他一块儿来做我的工作。吓，你懂吧？两个人一起，天天在我旁边念叨。”

“老支书能同意？”宋春来下意识看了一眼呼吸逐渐平稳的老支书。

“爸怎么能同意？”冯桂香看了看老支书，掖了掖盖在老支书身上的毯子，“爸知道这事之后，把我婆婆狠狠骂了一顿，把三子打得两三天都没敢回来。我本来以为这事就算过去了，但是我想简单了。

“从那天开始，我婆婆和三子就对我横挑鼻子竖挑眼的。爸在家的时候还好，后来有一段时间，爸去市里帮我大姑带外孙，他们两个就变本加厉地欺负我。每天不是打就是骂，好像赵家断子绝孙都是因为我，是我断了他们家的香火。”冯桂香说到这时，声音平静得好像这些事情不是发生在自己身上，“后来还是爸有一次国庆节回来看见了才知道，爸当时就跟我说，让我回娘家，不能过就离婚，他不怪我。”

“然后呢？你没回去？”

“我回去了，住了两个月。”冯桂香的声音里透露着深深的绝望，“可是回家又能怎么样呢？你知道吗，我原来的房间都没了，腾出来给我侄子住了。

“我爹妈那时候天天就忙着给我大哥还有小弟带娃，哪有空照顾我一个外人。再说了，嫁出去的女儿，给人赶回来还要离婚是什么光荣的事？我妈生怕我回来的事情叫村里人知道，就把我关在家里，每天都跟我说，叫我早点回家认错，好好过日子。”冯桂香抹了一下眼睛，“我嫂子还有弟妹表面上跟我客客气气的，可是私底下呢，都觉得我回来是要跟我哥还有小弟争家产，天天背地里嚼舌根子，说我下不出崽，是块孬田，可这能怪我吗……

“家里待着也没好脸色，我也待不下去了，”冯桂香呼了一口气，“加上我当时管着厂里的账，还得回去上班，所以熬了两个月，就硬着头皮回来了。”

这之后，赵志恒也索性放开了，整夜整夜地喝酒不回家，在外面嫖女人、花钱，厂里的事也不像以前那么上心了。原来效益还可以的化工厂，没几年就变得半死不活的。

“那这些跟赵志恒的死有什么关系？”宋春来忍不住打断了冯桂香的回忆，就算是生不出孩子，婚姻不幸福，离婚不就行了？跟赵志恒的死有什么关系呢？

“但是我还是想有一个孩子啊。”冯桂香愣愣地看着前面，“厂里有个技术员，叫小秦，是镇上来的，比我小几岁，大专生，离过婚。那时候我已经好几年没跟三子同房了，后来稀里糊涂地就跟他好了。”

冯桂香说到这个人的时候，话音里带了一点生气：“本来三子跟我也就是在爸面前还装个样子，平时都是各过各的。可不知怎的，我找男人的事情叫他知道了，他一开始跟我吵，还跟我打了一架，但是后来也认了。”

“那是什么时候的事情？”宋春来忍不住问道。

“五六年前，好像是1998年底的时候。”冯桂香想了想。

宋春来倒吸了一口凉气，他听二柱子说起过，赵志恒虽然平时有点任性，但是为人还行。但是1998年、1999年那会儿突然跟变了个人似的，越来越横行无忌，最后成了赵官庄的一大祸害。他继续问道：“后来呢？”

“后来……就这么过呗。”冯桂香笑了一下，笑得比哭还难看，说着低头摸着肚子，“然后我怀孕了。”

“怀孕了？”宋春来一愣，刚才已经说了她跟赵志恒怀不上，那冯桂香是跟……

“我想跟他离婚，跟小秦好好过。可是三子听说之后就疯了，在家里拼命地打我，还找人去打小秦。”冯桂香的眼泪又流了下来，“小秦的一条腿被他打坏了，我肚子里的孩子也被他打掉了。他当时还威胁我，说别想跟他离婚，再提这个事，他就把我扔到狗场里喂狗。”

听到“喂狗”这两个字，宋春来眉毛忍不住跳了一下：“然后呢？”

“他怎么能那么狠毒？”冯桂香的声音逐渐冷硬起来，“从那时候开始，我就想着怎么能彻底离开他，本来没那么想他死，直到两个月前……”

“两个月前怎么了？”

“我又怀孕了，”冯桂香脸上洋溢出别样的温柔，“你说说，我都四十多了，居然又有了，小秦被我耽误了这么多年，他也想要这个孩子。

“小秦当时就说干脆想办法把三子弄死，装成意外，还能分点钱。我一开始没同意，一日夫妻百日恩，我跟他好歹是两口子，下不去手。”冯桂香抹了一把脸。

“但是那两个月，三子不知道怎么了，在家里变本加厉地打我，有一次在院里直接拿铁锹追着我打，把我头都给打破了。”冯桂香说着把头皮上那一块还没好透的伤疤指给宋春来看，“从那天开始，小秦再说要弄死三子的时候，我就没再反对了。

“不过要弄死一个人也没那么容易，我一开始也没指望小秦真下手。三子天天跟赵志伟还有丁瘸子在一起，想下手也没那么容易。”冯桂香叹了口气，“可是最近一周多，三子每次跟赵志伟他们喝完酒就特别能睡，怎么叫都不醒，好几次直接就睡地上了。”

“小秦觉得是个机会……就动手了，那天三子喝完酒就在厂门口躺着，小秦就把三子推到沟里去了。”

“造孽啊……造孽啊……”老支书不知什么时候醒了，默默地听完这一切，嘴唇颤抖着，“为什么要这样……他这么喝下去，早晚是个死……”

冯桂香眼睛红红地看着老支书：“爸，是我对不起三子。”

宋春来挠头：“不是，他死都死了，你这么折腾尸体干吗？”

“这个真不是我！”冯桂香跪着朝老支书膝行了两步，“爸，真不是我！不是我啊！”

…………

听见沈辰溪的叫喊时，宋春来正在向刘所汇报情况："对，冯桂香是这么说的……对，她是死者的老婆……对，第一个死者，谋杀……是，刘所，我不是不愿意啊，但是现在道路不通，村里就我一个警察，保护现场都忙不过来，您现在要我控制冯桂香……实在是……"

就在宋春来抱着手机求援的时候，一个黑影冲过来撞在了半开着的大铁门上，发出"哐"一声巨响。

"救命！救命！"

宋春来下意识捂住电话，看着灰头土脸的沈辰溪，心中生出一股不祥的预感。他已经看出来了，沈辰溪压根不是什么"文曲星"，就是个扫把星！每次看见这小子准没好事，他几乎脱口而出："怎么啦？又有谁死了？"

"宋警官……"沈辰溪跑得上气不接下气，"救命！那边……房子塌了！"

"什么房子？！"宋春来吓得嗷一嗓子叫了出来，但是他立刻反应过来了，"你是说祠堂后面的老屋？"

沈辰溪摇头："我不知道是不是，但那片房子全塌了，赵志伟和希迪，都在下面……我一个人根本……根本没办法！"

宋春来这时候也顾不上别的了，三两步冲上去："你先别急，慢慢说，到底怎么回事？"

"宋春来！你那边又怎么了？"电话里传来刘所的声音，"是又发生了什么意外吗？"

"你是说你们那里又埋住两个人？"在宋春来简要报告了情况后，刘所那边只是沉默了片刻，随后斩钉截铁地说道，"你给我等着，最迟明天上午，支援一定到！"

宋春来吓了一跳，刘所这样的语气让他脊背有点发凉：“您不是说清障还需要……”

“你不用管！爬也会有支援爬进来的！”

宋春来一听这话，眼泪都快下来了：“……行行行，爷爷，刘所，您就是我亲爷爷！”

有了刘所的保证，宋春来一下就有了主心骨，急急忙忙开始叫人。

第一个叫的当然是二柱子，他毕竟是名正言顺的协警，可是二柱子一听赵家老屋塌了，二话不说就把电话挂了。宋春来再打电话过去的时候，二柱子不停地说着这是犬神的惩罚，然后就再也不愿意接听宋春来的电话了。

宋春来没办法，只好叫上郑师傅和庞大海，火急火燎地往老屋赶，途中正好遇上听到巨响出来查看的宋寡妇，就这么着一群人乌泱泱朝着赵家老屋赶了过去。

沈辰溪在路上简单把情况说了说，给庞大海气得指天骂娘：“这个挨千刀的赵志伟，女儿这么有出息，他还想干什么！T大啊！全县一年能有几个！”

宋寡妇悠悠地说：“也就是你这么想，赵志伟总觉得是希弟妨了他儿子，妨了他们全家，怎么会盼她有出息。她越有出息，赵志伟越有气。不过，希弟不是没考好吗？”

“不是。”沈辰溪当时听到宋寡妇他们说起这事的时候就觉得很奇怪，他记得六月底可以查成绩，“希迪当年没考上这件事情应该是假的。”

“为什么这么说？”宋春来有点不明白，“难不成还有人明明考好了，非要说自己没考好？”

“确实很难相信，但事实可能就是如此。”沈辰溪看着他们，

“你们确定当时县里是六月底来的电话？”

“嗯……”宋寡妇被问得一愣，她又想了想，“没错，来电话那天老支书正好过生日，大家都聚在我店里一起喝酒。老支书的生日就是五月初六，端午节后第二天，我们还说，这日子好，阳历6月26号，特别顺。”

庞大海也点头附和。

沈辰溪却摇了摇头：“如果真是这个时间，那县里根本就不可能知道希弟有没有考上。”

“为什么？”宋寡妇和庞大海面面相觑。

沈辰溪跟赵希弟同一年高考，对报考流程还有印象：“6月26号的时候，希迪都还没有填报志愿，怎么可能知道有没有考上？”

“有这样的事？”宋寡妇一怔，“那这是怎么回事？”

庞大海说：“这么说起来好像还真是，我听车站检票口的大姐说过，他儿子今年成绩出来之后不大理想，就报了个二本……那这么说，那时候希弟最多知道自己的成绩，根本不知道能不能有学上？”

“我能猜到，希弟骗村里人说她没考好，是为了不让赵志伟拦着她继续上学，”宋寡妇想了想，“可是县里的电话是怎么回事？那天确实是县里打来的电话啊……”

赵官庄村子不大，短暂的路程不足以让他们探寻到当年的真相。

当几人七拐八绕，终于来到老屋跟前，看着眼前的一片废墟时，宋春来有些焦急：“咱先别说高考的事情了，先赶紧想办法把人救出来！”

庞大海见过几次塌方清理工作，他一看这情况就不停地咂牙花：“这不行，就我们几个人肯定不行，这要是瞎弄，到时候塌得更厉害！”

众人一愣：“那你说怎么办？就这么看着？”

“可惜赵老二不在，他是专门干工程的，不过现在不在……”

庞大海想了想，“得把狗娃爷爷叫起来！”

“哎，我这就去叫！”狗娃不知道从哪里蹿了出来，吓了众人一大跳。

大家正打算说狗娃几句，这孩子一溜烟跑没影了。

宋春来急得不行：“庞大海，这都是力气活，你叫他来能干吗，他都七十多了，回头再出点什么事，谁负责啊！”

庞大海被宋春来说得直挠头：“不是让他来搬，狗娃爷爷原来是干木匠活的，这种老房子村里就数他最懂了，犬神庙不就是他带头修好的？有他帮忙指挥，才好下手弄，要不然咱们一通乱弄，原来没塌的地方也弄塌了，再出什么二次伤害就麻烦了，二次伤害你懂不懂？”

听庞大海这么一说，沈辰溪忽然清醒过来，T 大建筑专业很强，自己虽然是学城市设计的，可是建筑知识也知道一些。这种砖木结构塌了之后，下面还会有很多空腔，如果清理的时候不注意方法，破坏了下面结构的平衡，可能对压在下面的人造成更大的伤害。

狗娃爷爷来得很快，他耳朵虽然不好使，但是腿脚利落得很，几乎没耽搁什么工夫就跑来了。宋春来特意看了看四周，还好狗娃没跟过来，不然这大半夜的，又是老人又是小孩，一个看不住再次发生什么意外，他可受不了。

看着坍塌的房屋，狗娃爷爷先是问了一下情况，然后仔仔细细地拿着手电筒在这片废墟的周围来回转了半天，又拿了根木棍在地上画了一会儿，这才一拍大腿站了起来，指着前面的一块地方：“宋警官，你们先清理这一块……”

“这里？”宋春来看了看狗娃爷爷指的区域，又看着沈辰溪，“你不是说他们两个是在那边吗？”

狗娃爷爷还没有回答，沈辰溪已经开始动手搬了起来。其实现场最着急的就是他了，但他知道狗娃爷爷的方案是正确的，所以他一边搬一边用尽可能平静的语气解释着："埋住的地方有好几处梁柱相互连接的部位，现在都被压住了不知道里面的情况，直接清理很容易垮塌，所以要先把旁边的操作面清理出来，这样也容易看到里面的结构。"

"这么好的做工，这么好的料，真是可惜了！"众人开始清理之后，狗娃爷爷也没闲着，一并帮忙清理起来，当他从废墟中拖出一根带雕花的木构件的时候，忍不住叹了口气，"唉，这老屋有几百年了，当年要不是志伟和三子他们找人乱拆，这老屋好好修一修，再使个一百年都没问题。"

沈辰溪这才把这间老屋和宋寡妇说的赵志伟他们乱拆砸伤人的老屋联系在一起。确实，这间老屋里面所有的雕花都很精美，虽然只用狗来装饰这一点有点诡异，可同样说明了它的独特性。

因为有了狗娃爷爷的指挥，一群人的清理工作还算顺利，外围的残砖碎瓦很快就被搬得差不多了。剩下的就是两处如同巨兽骸骨般的屋架，横七竖八的梁、柱、木椽穿插交错，哪怕只是稍微碰一碰，整个屋架都会尖叫着摇晃起来，然后抖落一地尘土。

宋春来挥了挥手，说实话，清理到现在，他已经有点绝望了，看这片废墟的情况，就算是孙悟空压下面也变成猴子饼了。不过他并不打算放弃，不仅仅是因为沈辰溪和其他人都还在努力，他的职业道德也不允许自己这么做。哪怕只有百分之一的可能性，也必须付出百分之百的努力。

好不容易把表层的那些木构件挪开，接下来的清理工作变得越发困难，狗娃爷爷经常要拿着手电再三确认，才能确定究竟要搬哪一块木头，清理的速度肉眼可见地慢了下来，间隔的时间也变得越来越长。到了后面，每一根木材的重量变得越来越大，当他们搬到那些主要的梁架时，往往需要几个人同时用力才能够搬动。

但是在下一根木材被搬开之后，狗娃爷爷停了下来，现在他们面临一个难题。

这里的屋架结构非常脆弱，庞大的屋架被一段倒下的柱子支撑着，两端形成了微妙的平衡，不管先动哪一边，都有可能导致另外一边坍塌。最要命的是，这一区域的木架结构非常复杂，根本没办法仔细观察下面的情况。

“小沈，你能不能确定他们人究竟是在哪一边？”狗娃爷爷也很纠结，他能判断怎么减小伤害，但是如果连人的位置都不能确定，那所有的判断都是在赌博，万一赌错了，将会葬送下面两个人生还的希望。

沈辰溪睁大眼睛看着下面，他的脑子很乱，一切发生得太快了，他又在村里七弯八绕地找人求救，这已经扰乱了他的方向感。老屋倒塌之后更是把所有的参照物都破坏了，沈辰溪也不能确定赵希迪和赵志伟的位置。

他的内心正在不断地纠结，时间一分一秒地流逝着，沈辰溪知道拖的时间越久，下面的人就越危险，但是这样两难的问题让他根本无从下手。

就在这时，外面传来了一阵狗叫。

正在众人愣神的时候，狗娃身后跟着一条巨大的黑狗，威风凛凛地出现在小路口。

狗娃叉腰喘气，得意地大叫：“大哥哥，爷爷，你们看！我把黑妞叫过来帮忙了！”

宋春来一看见黑妞立刻反应过来，对啊，有狗不就能确定人究竟在哪里了吗？

在听完宋春来提出的要求后，狗娃拍着胸脯保证，黑妞作为狗王，肯定能完成这个任务。

众人就这么屏息凝神地看着黑妞，只见它先是围着废墟缓缓地踱了两圈，然后开始低头在地上嗅起来，它一边嗅着，一边缓缓前进，逐渐缩小着搜寻范围，终于，它站在一块废墟的前面，回头坚定地叫了两声。

“嗷呜，嗷呜。”

大家都是心中一喜，但是宋春来还是有点不放心，不过他看了看时间，不能再拖下去了！现在只能试一试了。

众人又开始了动作，随着狗娃爷爷的指挥，几根用来支撑的梁柱被搬走之后，原本摇摇欲坠的屋架朝着另外一边塌了下去，这一侧的空间终于被打开了！当最大的主梁被移开后，清理工作变得顺利起来。突然正在后面清理的宋寡妇惊呼一声。

“这里有人！”

所有人赶忙围了过去，只见那片废墟的缝隙下，露出一只黑灰色的手。

“是赵志伟！快，快把上面的东西都移开！”

大家七手八脚地移开上面的砖石木块。在掀开压在赵志伟头上的木梁后，没有人说话，宋春来一把遮住了狗娃的眼睛。

不需要上前查看了，赵志伟的头被砸成了一个平面。红红白白的东西混杂着灰尘，在这坍塌的废墟中格外显眼。沈辰溪发现那根木梁上雕刻着一只张牙舞爪的狗，狗嘴里叼着一颗人头，雕花的木色被血染成了乌黑。

这个形象，像是不远处警觉地望着他们的黑妞。

赵志伟死了。

赵志伟的死亡让大家陷入沉默，这已经是赵官庄短短几天内死的第三个人了。

木梁上那只被血染黑的狗更是让大家背脊发凉，就连宋春来都忍不住有些怀疑，这一切太过巧合了。

不过大家并没有因此停下来。在将赵志伟的尸体用一扇门板搬到一边后，所有人继续清理剩下的断壁残垣。

赵希迪还在下面！

每个人都已筋疲力尽，就连以强壮著称的郑师傅都有点站不住了，宋春来更是搬木头搬得手指都麻木了。

可是沈辰溪就像疯了一样，完全不管不顾地在那里搬着。一开始他还是把那些梁柱搬开，到后面已经连腰都很难直起来了，只能在原地用力把木头往一边推，用脚蹬，用身体拱……宋春来看着他满脸狰狞地在那里用力，心里不禁有些担忧，这小子别最后弄得脱力了，伤到自己！

就在所有人都快到极限的时候，沈辰溪奋力推开一根横梁，一个洞口露了出来。

这个洞口是长方形的，大概一米长、八十厘米宽，周围用青石围了一圈围栏，大概比地面高了十厘米。

"希迪就在这里面！"当沈辰溪终于看见洞口的时候，他觉得自己的腿都站不住了，"希……希迪……你在下面吗？"沈辰溪的声音有些发颤，他觉得自己全身的毛孔都在用力听着，生怕错过一点声音，也无比期待着里面有回答的声音。

但是除了自己的呼吸和心跳声，什么都没有。

沈辰溪又叫了几声，他觉得此刻自己的心比冬夜更加寒凉。刚刚还冲在最前面的他，此刻甚至没有勇气靠近青石围栏，他害怕自己看到里面的景象，害怕看到横尸一具。

“这铁栏杆挡住了洞口，得先弄开。”宋春来用力拽了一下铁栏杆，但是经历了梁柱撞击的铁栏杆已经严重变形，根本弄不开。

当清晨的第一缕阳光破开山村的晨雾时，沈辰溪似乎被明亮的阳光赋予了勇气，他走到洞口前面，大声喊着：“希迪！你在里面吗？我是沈辰溪！我来了！”

“你能听见吗？”

下面厚厚的灰尘中似乎有什么东西动了一下。沈辰溪看到了蜷缩在角落里的赵希迪。

她一动不动地坐在地上，身上覆盖着一层厚厚的沙土，披散的头发遮盖了她的脸。

“希迪……你怎么样了？”

赵希迪木然地站起来，往前走了两步便停了下来，沈辰溪注意到她的脚上有一根铁链。

宋春来看到这一幕，怒火一下就冲上了头顶，把自己女儿关在地窖还不够，还要在脚上套上铁链，这还有人性吗？

宋春来叫道：“郑师傅，你那边有锤子吗？撬棍也行！”

“锤子？”郑师傅看着宋春来大口喘气道，“没有！宋警官，你到底以为我是干什么的？”

狗娃爷爷插口道：“我倒是有，要不然我回去拿？”

“别麻烦了！你们往后退几步！”宋春来一把拽开沈辰溪，又冲着地窖喊，“希迪姑娘，你让一下。”

宋春来这会儿已经红了眼，好不容易已经看见人了，哪里等得及这来来回回拿工具的时间？他大喊一声，抬起右脚对着那个铁栏杆就踹了下去。他想着那铁栏杆年份不短又变形了，踹折了就能直接弄开。

沈辰溪等人也有样学样一起用力踹起铁栏杆。

但铁栏杆看着又破又烂，偏偏结实得很，他们用尽全力踹了几下，除了掉下一堆铁屑砖粉，并没有起到什么作用。

眼看着地窖里的赵希迪又倒在地上，沈辰溪撕心裂肺地叫起来："希迪！希迪！"

他这一喊，宋春来更着急了，只见他大吼一声拨开众人，助跑了几步高高跳起，用身体下落的力量重重砸在铁栏杆上！

"哗拉"一声巨响，栏杆终于被破开了！

但宋春来的整条右腿都陷进铁栏杆的缝隙里，断裂的铁条划烂了棉裤，在宋春来腿上划出一条一尺来长的大口子，血流如注。宋春来这会儿也顾不上疼，想把腿拔出来给沈辰溪他们让路救人，但他稍稍一动就疼得不行。

狗娃爷爷打着手电仔细看了看，说："小宋，你这不行，腿被扎穿了，得把铁条锯下来，不然腿就不能要了。"

沈辰溪急道："那您回去拿锯子？"

狗娃爷爷摇头："这得使液压钳，锯子一锯，铁条会跟着晃，小宋得活活疼死。"

众人面面相觑，陷入了沉默。现在宋春来的腿卡在唯一的入口处，下面的赵希迪已经彻底没了声息，旁边地上还躺着赵志伟的尸体。

第十一章 > 我是凶手

G O U　C U N

这时，电话忽然响起来。

宋春来被吓了一跳，他一手抱着伤腿，另一只手摸出手机按了接听键。

“宋春来，救援工作怎么样了？”刘所的声音像往常一样，隔着电话都有极强的穿透力。

宋春来一听刘所的声音，下意识一个激灵：“嘶……刘所……被埋住的两个人一个已经确定死亡，另外一个还活着，但是被困在地下，我们准备去找破拆工具……”

“不用了，你们现在在哪里？我带着工具和人过来找你！”

“啊？”刘所的话让宋春来愣住了，他不可思议地问道，“刘所……您……您在哪儿？”

“别废话！我们在赵庄饭店的位置，你们在哪里？”

“刘所！爷爷！您是我亲爷爷！”宋春来激动得眼泪都流出来

了，支援真的来了！宋春来说话时，腿上又是一阵钻心的疼痛，额头上的汗珠滚滚而下。

“你怎么了？出什么事了？你现在在什么位置？”刘所听出宋春来的语气不对。

“我没事……我们都在村里的老屋这边！”

“知道了！我们来清障！”刘所的口气依旧那么冲，脾气依旧那么暴，可此时传到宋春来耳朵里简直是仙乐。

在宋春来说明了位置后，一会儿工夫就传来了一阵铿锵的脚步声。宋春来对警靴踩出来的声音实在是太熟悉了，他激动得声音都喊破了：“在这里！在这里！”

脚步声乘着冬日初升的橘红光芒，在身后一片断壁残垣中，显得格外有力。一双沾满泥土的黑皮鞋首先出现在宋春来的视野里，紧接着，两双，三双……十几个身穿警服的身影出现在晨光中，阳光仿佛给他们镀了一层金边，让他们浑身都绽放着光芒。

宋春来看了看来人，除了刘所之外，他只认识镇上的指导员和一个民警，其他人都是生面孔。这些人身上都是大包小包的装备，浑身脏兮兮的，黑色的警服早就变成了灰色，看起来颇为狼狈。刘所和指导员以往是最注重警容的，现在却跟泥猴子一样。

到此时，宋春来才相信支援真的来了，他扯着嗓子喊：“刘所！指导员！怎么过来的？路通了？”

“通个屁，都是爬过来的！”刘所下意识整理了一下帽子。

他践行了昨天的承诺，亲自带着支援，爬过了坍塌路段，徒步走进了赵官庄。他一眼就看到了宋春来的古怪模样：“你这怎么弄的？快快快！上家伙！”

“咱们所里哪里来的这么多人？”宋春来疼得龇牙咧嘴的，看着周围的人小声问道。龙集镇派出所拢共也就十来个人，不可能全都派到赵官庄来。

“屁！怎么可能都是所里的？”刘所让了一步，“这位是县公安局刑警队的马队，这些都是刑警队的同志。”

“马队好……哎哟！”宋春来一听是刑警队来了，一个激灵，对着马队就想敬礼，结果腿上的剧痛让他的腰又弓了下去。

刘所骂道：“你别乱动，受伤了还不消停！”

在这些人中间，宋春来注意到两个熟悉的面孔：冯桂香，还有化工厂的技术员秦奋。

“冯桂香？你们两个是怎么回事？”

旁边看着他们的一个刑警哼了一声：“这就是你昨天跟刘所说的那个冯桂香啊？我们刚翻过坍塌的路段，就看见这两个人正打算往外翻，结果他们一看见我们就往回跑，我们也没多想，就把他们一起带上了。”

冯桂香面如死灰地低着头。昨天宋春来被沈辰溪叫走之后，冯桂香赶紧联系了秦奋。

当得知宋春来已经知道他们杀害赵志恒的真相后，秦奋整个人都慌了。他一个劲儿地要冯桂香跟他走。

“出村的路塌了，我们怎么出去？我们能去哪里呢？”冯桂香并不想走，她看着老支书的房间亮着一盏灯。

“去哪里都好！你现在怀着孩子，怎么能因为那个畜生再受苦？”秦奋显得很激动，“现在路没通正好，咱们连夜翻出去，等到了镇里就坐车去外省，咱们好好过日子！”

“可是这样，咱们一辈子都得躲躲藏藏。”冯桂香摇摇头，“小秦，算了吧，警察都知道了，我们跑不掉的！”

“不试试看怎么知道？”秦奋抱住冯桂香，“桂香，你就跟我走吧！”

当冯桂香和秦奋正在院子里纠结的时候，冯桂香突然看见老支书房间的窗户拉开了。老支书靠在窗前，枯瘦的身影显得那么单薄，冯桂香看见他轻轻地朝自己挥了挥手。

那意思仿佛在说：走吧，走吧，别留在这里啦！

冯桂香的眼泪瞬间就止不住了，秦奋也看见了老支书的动作，他扑通一声朝着老支书跪下，“咚咚咚”磕了三个响头，然后拉着一步三回头的冯桂香逃进了黑夜之中。

但是当他们快要翻过挡在面前的障碍时，迎面而来的警察让他们绝望了。

此刻的冯桂香和秦奋耷拉着头，逃跑已然成了奢望，两人只得束手就擒。

连夜徒步赶来的支援也累得不行了，但是刘所他们并没有休息，他们拿出随身的破拆工具，没几下就破坏了那扇变形的铁栏杆，先是把宋春来架到一边休息，其余人下去砸开了赵希迪脚上的铁链，七手八脚地把连站都站不稳的赵希迪救了上来。

沈辰溪冲上去，小心翼翼地将赵希迪抱在怀里，拨开她脸上乱七八糟的头发。赵希迪的脸露了出来，满是血迹和脏污。她瘦了好多，抱在怀里都感受不到重量，轻得像一阵风，但这就是他的希迪，是他苦苦寻找、跋涉千里一直想要找的赵希迪！

他强压下想要死死搂住她的冲动，眼中的热泪一滴滴落在她的脸上，喃喃说着：“没事了，没事了，我来了。希迪，我来了。”

冬日的晨光明亮而刺眼，在地下待了很久的赵希迪，此刻根本没办法睁开眼睛，她身上脏得不成样子，皮肤因为缺水而皱缩起来，原本就消瘦的她现在瘦得几乎只剩下皮包骨头。

赵希迪虚弱的目光扫视着众人，似乎在辨认着什么。

坐在旁边包扎止血的宋春来以为赵希迪是在找自己的父亲，安慰道："那个，你爸运气不好，横梁正好打在头上，死了。"

赵希迪听到这个消息之后愣了一下，身体轻微地抖动了一下。

宋寡妇轻轻摸着她粗糙而消瘦的手："可怜哪……"

"那……"赵希迪嘶哑着嗓子艰难地说，"那赵志恒和丁德义，他们呢？"

众人面面相觑，都有些困惑，她刚被救出来，问赵志伟倒是正常的，但为什么又问这俩和她八竿子打不着的人？

"这俩也死了，"一直沉默的马队忽然接话，装作不经意地问，"这个结果是你想要的吗？"

沈辰溪本来全身心的精神都注意着赵希迪，听到马队的问话一下子警醒过来。他叔叔给他讲警队故事的时候说过，这种问话方式是他们常用的手段，他瞪视着马队："您什么意思？"

马队看上去四十来岁，长了一张非常典型的"公安脸"，方面阔嘴，两条浓黑的眉毛像是西瓜刀一样，下颌有一层短短的胡楂，一双眼睛不大，但目光凶悍而警觉，仿佛能看透人心一般。

沈辰溪这么一问，马队也没有多说什么，只是深深地看了一眼赵希迪。

这时，赵希迪在沈辰溪怀里颤抖着，想笑但是又笑不出声音，只能发出类似喘息的声音。她想哭，却因为极度缺水流不出眼泪。

她喉底发出含混嘶哑的杂音，最后这些杂音终于汇聚成一句完整的话："都死了，都死了，好啊，太好了！"

她挣开沈辰溪踉跄了几步，嘴唇因为开裂而流血，头上也被砸破了，满脸血污，浑身恶臭，仿佛从地狱爬出来索命的女鬼。她狠厉的目光扫过众人，一字一顿地说："我报仇了，我报仇了！哈哈哈……”

此时不知哪里传来一声唢呐叫魂似的声音，众人向那声音处望去，犬神奶奶悄无声息地来了。只见她站在废墟的最高处，穿着一身大红色的法衣，脸涂得雪白，只有嘴唇和眼睛抹成了鲜红色，她丢下手中的唢呐，又从包里掏出一个五色铃鼓边跳边唱，尖厉沙哑的戏腔直冲云霄：

“星稀月暗夜深沉，烈烈风吹孤魂怨！神犬百战万里清，仰天一哮敌胆战！

“拒剑戟，避刀枪，护佑官家万军前……

“可怜那，白犬无首再难鸣，黑犬无心不能战！忠贞一片血流尽，佑得大宋全军还……

“可恨那，糊涂的官家疑心重，迁怒忠心两神犬……

“官家自知心有愧，归来加封两神犬！骸骨早已无踪影，空留黑狗白犬山！

“神犬忠心遭冤杀，岂能不报此仇眦？那太宗，豢养神犬整九年，神犬还报十八载，报应偿尽那一夜！

“霞光初现旭日升，长驱云雾现苍天，神犬显影东京城，踏碎官家如意冠，直落地府十八层！这便是，善恶报应终有果，管你是君还是臣！

“善恶到头终有报，犬神啸天！震！九！重——”

黑妞和着犬神奶奶的唱词，仰着脖子悲戚长嚎，仿佛在告慰惨死的父亲黑风——杀死你的凶手，通通都得到了报应！

赵希迪也在犬神奶奶的唱词中，软软地倒了下去。

“还愣着干什么？”刘所大喊着，“快送到卫生所去！”

刘所和马队的到来改变了之前赵官庄一系列案件的侦办策略，

他们在村委会设立了临时指挥部，除了马队坐镇指挥外，其余的包括刘所在内，加上宋春来一共十二个人，分成了三组，针对赵志恒和赵志伟死亡、丁德义失踪以及无名人头的调查同步展开。

本来宋春来作为驻村民警应该是办案的主力人员，但他被铁栏杆伤得不轻。卫生所的小周说他没伤着骨头，但也要两三天不能下地、不能沾水。他现在刚缝好针，打完破伤风，在病房里挂消炎药。

赵官庄的卫生所很小，只有一间病房、两张病床，宋春来在靠门的位置，窗边最靠里的床位上躺着赵希迪。沈辰溪自从找到了赵希迪就寸步不离地守着她，也跟着她来到了卫生所，他找了一把椅子，就这么守在床边。

卫生员小周的水平有限，平时给村民开点感冒药、打点滴还行，难度再高他就无能为力了。好在赵希迪看上去虽然几乎没有人形，但本身没有受什么外伤，除了因为营养不良造成的虚弱，再进一步的检查就需要去县医院了。现在小周能做的就是给赵希迪输点葡萄糖，让她静卧休息。

马队他们在临时指挥部整理完现有信息，发现案情上的许多细节需要和宋春来核实，于是他们来到了卫生所。

马队刚走进病房，沈辰溪立刻站起来将他拦住。马队看着面前这个两眼发红的小伙子，随口打了个招呼："小伙子不错，小赵怎么样了？"

"现在不方便，希迪挂了水刚睡下，周医生说要好好休息。"沈辰溪直接挡在马队面前。

沈辰溪个头有一米八几，比马队还要高一些，像一座屏障就这么硬挡着马队，一脸警惕地看着面前的两人。

"不方便？"马队一愣，他就是随口打个招呼，这小伙子怎么这么警觉？多年的办案经验告诉他，赵希迪和沈辰溪肯定跟这个案子有密不可分的关系。马队面上笑呵呵的，言语上却开始刺激沈辰溪，“我们就是关心一下，了解一下案情，有些事情还是需要她来说明白的嘛。”

“了解案情？恐怕是想套话吧？”沈辰溪看着面前的两个人，早上希迪的惨状极大地刺激了他，曾经那个明媚纯净的女孩竟然被折磨成了这副样子！如果不是赵志伟已经死了，沈辰溪都恨不得把他千刀万剐了。

沈辰溪从那一刻开始，就暗暗决定不管付出什么代价都要保护好希迪。

听沈辰溪说话的声音越来越高，躺在门边的宋春来刚想开口解释两句，就被马队一个眼刀生生挡了回去。

“小伙子，你别激动，我主要是想问问小赵，不是问你，”马队笑呵呵地看着沈辰溪，“再说了，死者里不是还有她爸爸嘛。”

“别和我打官腔，我不吃这套！”马队对希迪的“兴趣”让沈辰溪非常警觉，他上前一步，几乎是贴到马队脸上，倨傲道，“希迪一直被关在地窖里，今天早上才被放出来，跟村里的案子没有关系。就算你是警察，也不能因为毫无根据的怀疑就审讯合法公民！”

“小沈！人家马队是来找我的。”宋春来实在憋不住插嘴道，他跟沈辰溪相处了两天，知道这个小伙子有点轴脾气，但马队跟自己不一样，小沈要是把他惹毛了可没什么好处。

马队见状也打哈哈道：“是啊，我们是专门来找小宋问问情况的。”

“马队，小沈这次是专门来找他女朋友的，人年轻，你别往心里去。”宋春来看马队的脸色很凝重，以为是沈辰溪惹他不高兴了，赔笑解释着。

“啊？没事没事，不至于。”马队摆摆手，虽然沈辰溪当面驳斥了他，但从情感上他还是蛮欣赏这个小伙子的。

沈辰溪一听马队不是来找希迪的，立刻转脸走回床前，继续痴痴地看着他失而复得的希迪。这个病房实在太小，呼吸的声音稍微大点都听得清清楚楚，何况对面三个大老爷们聊天？他看了一眼还在熟睡的希迪，皱了皱眉，一言不发地把床铺间的帘子拉了起来，这才回身坐下。

虽然拉上了帘子，可沈辰溪还是偷偷支一只耳朵听着旁边的动静。他隐约感觉到，村里的案子跟希迪有着千丝万缕的联系，而且他觉得，刚刚和马队的那番对话里，马队不仅对希迪，甚至对自己都是有怀疑的。不管怎样，他都要留个心眼。

刘所和马队看沈辰溪拉上帘子，对视了一眼，默默搬了两张凳子挨着宋春来床边坐下，刘所压着声音道：“咱们都小点声，不要打扰人家休息……”

刘所是炮兵退役，即使是压着嗓子，声音也奇大无比。

“刘所啊，你少说话，我来主讲吧，”马队招手让大家都坐近一些，尽量压低声音，“小宋，我跟你说一下现在案子的进展……”

几个案子里面只有赵志伟的案情最简单，现场情况结合沈辰溪的证词都能证实，赵志伟的死确实是意外，不过马队还是想等赵希迪醒了之后做一次笔录，对照一下。

路上的无名人头，经过鉴识人员初步勘验，又结合了丁建国——丁德义的儿子提供的丁德义生前的照片，还有村民的证词，基本确定人头属于丁德义。狗场的残肢和人体组织因为没办法进行基因比对，所以还不能确定是否和人头同属丁德义，不过考虑到发现地是狗场，且在狗场发现了用来砍人头的铁锹，可以推测狗场的残肢大概率也属于丁德义。

为了保险起见，马队还是要求提取样本，等道路彻底通了，拿着这些尸块做基因比对，以便最终确定死者身份。

赵志恒的案子，虽然他的尸体遭到了严重的人为破坏，人头被砍下，心脏被剜出，但是经过初步尸检，法医根据气管和肺泡内的积水看，可以确定他是死于溺水造成的窒息。

而根据冯桂香的证词，赵志恒是醉酒后被她的情夫、化工厂技术员秦奋推进了水沟，并且为了防止赵志恒挣扎，秦奋当时用木棍把他按在了水沟里，这一信息也与赵志恒身上验出的瘀青相吻合。

根据秦奋和冯桂香的现场指认，鉴识人员在水沟边缘提取到了几枚清晰的鞋印，其中两枚与秦奋宿舍里的运动鞋相吻合，另外两枚经过比对属于冯桂香。经过审讯，冯桂香承认了秦奋谋杀赵志恒时她也在现场。

赵志恒被谋杀一案本来到这里也就清楚了，可是冯桂香和秦奋对破坏赵志恒尸体一事矢口否认。

“小宋，赵志恒和丁德义的两个案子都出现了砍头和挖心的特征，再加上把人心供在祠堂这种充满宗教意味的行为，我觉得破坏赵志恒尸体的人应该和砍下丁德义头的人，是同一人。”马队摸了摸自己的胡楂，每当他要思考案情的时候都喜欢这样，胡楂粗粝的手感能帮助他理清思路，“赵志恒尸体被发现的时候是完整的，按照冯桂香和老支书他们的证词，当天上午殡葬店的人就过来装敛了尸体。”

“对，我们跟殡葬店的老板求证过，当天他们收殓的时候，尸体是完整的，当时水晶玻璃棺材的锁扣也是固定好的。”这个案子是刘所负责的，他刚进警队的时候也是干刑侦的，这么多年对刑侦工作倒也没生疏，短时间里已经把案情相关的人员询问一遍了。

“也就是说，砍头、挖心的时间是在前天上午到昨天上午之间？”

马队皱了皱眉。

“确实是在这段时间。”宋春来插嘴道，“按照冯桂香的描述，这段时间内，她除了前天上午九点左右出了一次门，基本上都在家，而且赵志恒的父亲老支书也是在家的，晚上院门又上了锁，所以不太可能有外人过来作案。”

“前天冯桂香去哪里了？干吗去了？大概去了多长时间？”马队又搓起胡子来。

“她先是去了同村的宋寡妇家，然后拉着宋寡妇一块儿去了村委会，中间大概两个小时吧。”宋春来回忆起那个时间发生的事，“那天冯桂香拉着宋寡妇来村委会吵过架，当时闹得很凶，全村都过来看热闹了。后来还是老支书过来才劝开的，然后大家就散了。”

“老支书也不在家？”

“对，不过，我问过冯桂香，她说散了之后，就自己回家了。”

马队搓胡子的手一顿：“也就是，从 24 号十一点左右一直到昨天上午，赵志恒家都是有人的，那砍头和挖心的作案时间其实只有他们外出的那段时间！”

“是的。昨天上午，也就是 25 号，为了给赵志恒办丧事，冯桂香请犬神奶奶去作法，当时我就在现场。后来棺材被碰倒了，大家这才发现赵志恒尸首分离，心脏也不见了……”

“有怀疑的对象吗？”马队问道。

“暂时还没有。”宋春来想了想，“犬神奶奶？”

马队有点没反应过来：“谁？”

“犬神奶奶，就是今天早上在废墟上唱戏的那个老太太。我也说不清，就是昨天在老支书家的时候，我问过犬神奶奶犬神传说里关于人头、心脏的说法，犬神奶奶说，得罪犬神就会得到这样的惩罚，就是会被砍头、剜心！还提了一句‘丁德义打杀犬神的化身，这是报应’什么的。我当时就觉得有点奇怪，后来就发现赵志恒的尸体出事儿了，那时现场很乱，我也没来得及细想。现在回想，总觉得不太对劲儿。”

“嘶……”马队倒吸了一口凉气，“等会儿，不是都说她已经一百多岁了吗？”

“这……也不好说，犬神奶奶的身体一直不错，平时神神道道的，看着是有点邪乎。”宋春来说起这事也有点拿不准，“如果按犬神奶奶的说法去判断，破坏赵志恒尸体、砍丁德义头的人很有可能就是她，不过……”

“不过什么？”

“犬神奶奶一直住在犬神庙，从犬神庙下来到赵志恒家也好，到狗场也好，肯定得经过村委会，还有村里的主路，但我在村里问了一圈，没人在那段时间看到过犬神奶奶。”宋春来对这一点是百思不得其解，犬神奶奶身体再好腿脚再利索，也不能隐身吧，一个大活人在村里溜溜达达的愣是没人看见？

就在这时候，病房那边传来了一阵女人的哭声。

马队和刘所对视了一眼，赵希迪醒了！

马队略一思索，立刻招呼上刘所让他赶紧一起走，又对宋春来比了个噤声的手势，同时让他躺下装睡，他和刘所则悄无声息地离开病房，躲在了病房门外边。他们要好好听一下这两人到底会说什么。

赵希迪醒过来的时候，沈辰溪正好在旁边给她倒水。小周跟他说过赵希迪不知道在地窖里待了多久，有些缺水，醒了之后应该会感觉很渴。所以沈辰溪一直在她床头备着一杯温热的盐水。

赵希迪做了一个非常嘈杂而混乱的梦，梦里的场景不断变换着，洗不完的衣服，够不着的灶台，插不完的秧苗，妈妈的哭泣，赵志伟酒醉的谩骂与狞笑，就像是梦魇一般一直围绕着她，缠得她喘不过气来。

紧接着丁德义家的傻儿子丁建国憨笑着朝自己慢慢走过来，他穿着蹩脚的黑西装，胸前还别了一枚鲜红的胸花，赵希迪想要尖叫，却觉得整个人都沉在无边的水底。她不断向下坠着，不管怎么跑、怎么挣扎，也抓不到任何可以帮助她的东西。

突然一只温暖的手抓住了她，轻轻地拉住她，把她拉出了水面。赵希迪看见一张温柔的笑脸，可是仅仅一瞬间，这张笑脸就变成一张冷冰冰的照片。赵希迪大声地哭着，可是根本发不出任何声音，那照片里面的人也听不见她的哭喊，看不见她的眼泪。赵希迪觉得自己就像一个幽灵，到处游荡着，没有一个地方真正属于自己。她不断地飘着，终于周围的声音都消失了，所有的光芒也都消失了，只剩下头顶上的一方天光。

一个声音像是耳语一样低声说着："犬神选了你，我会帮你的……"

轰的一声巨响，那一片仅剩的天光也消失了。

"啊！"赵希迪惊醒过来，她大口大口地喘着气，一眼就看到了守在身边的沈辰溪，她的眼泪再也止不住，无声地呢喃着，"沈辰溪……沈辰溪……"自己还是在做梦吧？沈辰溪来找自己了，他身上好亮，亮得刺眼。赵希迪轻轻地朝着沈辰溪伸出手，想要抓住沈辰溪的衣角，抓住那刺眼的光亮。

沈辰溪见她醒了，连忙回身握住她的手，坐在她身边，揽住背把她扶起来一些，将一直温着的盐水送到她嘴边。

赵希迪像婴儿一样，一边喝着水一边呆呆地看着沈辰溪，干裂的嘴唇被水滋润出了些许暖色。她一口气喝了大半杯水，意识总算是清醒过来。沈辰溪身上的体温、他的鼻息、他的心跳都准确无误地告诉她，这不是梦。

她忽然想到了什么一样，费力地扭头看向沈辰溪："丁德义、赵志恒、赵志伟都死了是吗？"

"是的，都死了。"

赵希迪咬着嘴唇，眼圈一下就红了，她定定地看着沈辰溪："沈辰溪，我……"她看着沈辰希温柔的目光，半天说不出话来。

"没事，没事的，已经没事了。"沈辰溪帮她理了理头发，轻轻拍着她的后背，安慰道，"对不起，我不知道你背负了这么多，但我们不是说好了什么都一起面对吗，你怎么这样一声不吭就走了？"

赵希迪忍不住抱住沈辰溪号啕大哭起来。

沈辰溪继续安慰着赵希迪："以后不要这样了，还有你骗我的事情，你以后再这样，我可就不原谅你了……"他一边说着，一边很想装出生气的样子，逗希迪一笑，但是看着面前不断颤抖哭泣着的她，沈辰溪的声音也渐渐哽咽起来。两个人就这么静静地坐在床边，互相抱着流眼泪。

两人哭累了还保持着这个姿势，安静了一会儿，沈辰溪觉得怀里原本柔若无骨的女孩，突然变得坚硬起来。

赵希迪刚刚醒过来，力气也没有恢复多少，可是沈辰溪明显感觉到她对自己的抗拒在一点点增强。他惊讶地看着赵希迪，却看见她红着眼睛缓缓别过脸去。

"谢谢你救了我。你回去吧，沈辰溪，我们已经没有关系了。"

沈辰溪简直不敢相信自己的耳朵，他怔怔地看着赵希迪，想要看清赵希迪此刻的表情，但赵希迪根本不愿意看他，只是用平静的语气说："之前没有亲口跟你说，现在正好有机会……我们分手吧。"

笑容凝固在沈辰溪脸上，他不敢置信地问："什么？"

"分手，我说得还不够清楚吗？沈辰溪，我们结束了。"

一句句分手，像是一记记重锤砸在沈辰溪的心头，他不知所措地退后了两步，跌坐在后面的椅子上。数日来的辛苦，噩梦般的经历，一夜的辛劳，换来了“分手”二字，这让沈辰溪紧绷的神经终于断裂了。

他喘着粗气，胸口剧烈地起伏着，他想要大声质问赵希迪为什么，他想要痛骂她凭什么，他想要回手抽自己几个大耳刮子，想现在立刻掉头离开，但是他只是愣在了那里，张了张嘴，半晌才问了一句：“为什么？”

“没有为什么，我们不合适。”赵希迪的声音冷得像是结了冰，“我们不是一个世界的人，从前不是，现在不是，以后更加不是，非要在一起，只会越来越痛苦。谢谢你曾经……”

“你骗人！你刚刚明明还在我怀里，还在叫我的名字……”沈辰溪大声喊了出来，他无力地在原地挣扎着，看着希迪雕塑般冷酷的侧脸，他突然压低了声音，“是不是跟你说的复仇有关系？”

赵希迪浑身一震，但依然没有回头：“不是，我们不合适，你走吧。”

“不，不对。”沈辰溪捕捉到了希迪的那一点点颤抖，他立刻反应过来，也更加坚信自己的判断。他不是傻子，希迪在听说丁德义他们三人死亡之后的反应太奇怪了。她几次三番的询问，还有早上那几句“报仇了”的哭喊，都说明她与这三人的死亡有着某种联系。

沈辰溪想不通，希迪明明被关在地窖里，怎么会跟三人的死亡有关呢？他也不明白希迪为什么要“复仇”。但是有一点沈辰溪十分清楚，那就是他要保护希迪，即便马队对希迪产生了怀疑也是一样。

在沈辰溪看来，那三个人的死都是咎由自取，罪有应得，就算希迪真的跟他们的死有什么关系，自己也会站在她那边：“如果你是担心那三个人的死，其实没关系的，警察已经查出来了，你爸爸是意外死亡的，杀丁德义和赵志恒的也另有其人……”

“这些跟你没关系。”赵希迪的话就像锥子一样扎在沈辰溪身上，“你快走吧，我不想看见你。”

“我知道你担心什么，是不是那个刑警？”沈辰溪下意识撩开帘子看了看，马队和刘所已经不在了，宋春来睡得很沉。

沈辰溪跟马队只见过两面，但是他知道，马队毫无疑问是个非常厉害的刑警，他虽然刚刚拦住了马队，但不可能永远拦住他，沈辰溪悄声说：“希迪，你别担心，他们现在没有任何证据，你什么都不要跟他们说，等到路通了，我家有熟悉的律师，我们……”

“别自作多情了，好吗？我跟你没有任何关系。”赵希迪还是没有回头。

“我们怎么会没关系，希迪，你看着我！我不管你怎么样，我不管你身上到底发生了什么，我都不在乎！我们不是说好毕业就结婚吗？我不想等了，我们离开这里，回去就结婚！然后……”

“你滚啊！”赵希迪突然大声喊了起来，“沈辰溪，你滚啊，我不要看到你！滚出去！”

病房里突然闹出这么大的动静，让在隔壁屋吃饭的小周赶忙跑了过来，到门口正巧看见马队和刘所蹲墙边扒着门框偷听。

小周吓了一跳，刚想跟他俩打招呼，就看见马队做了一个噤声的动作，然后拉着刘所往后退了退，确保即便门开了沈辰溪也看不见他们，这才挥了挥手，示意小周别管他们赶紧进去。

小周进去后病房里的情况也没有改善，赵希迪的声音尖锐而愤怒，沈辰溪似乎在说什么，但是此刻马队他们离得远了，听不清具体的内容。

赵希迪和沈辰溪刚一吵起来，宋春来就想起来劝架，但他接了马队的死命令，硬是一动都不敢动，这会儿见小周进来了，他一骨碌坐起来：“你快去劝劝那小两口，小赵啊，你刚醒，可不能这么哭啊，别一会儿又晕了！”

小周一边劝一边把沈辰溪往外推：“哎呀，小赵这刚刚起来，精神有点不稳定是很正常的，你在这里容易刺激到她，让她一个人冷静冷静，晚点就好了。”

“可……”

“别可是了，”小周一边说一边塞了个饭盒在沈辰溪怀里，“你趁这个工夫先去宋寡妇那边打份饭回来吧，没准人家小姑娘吃了饭心情就好了呢！快去吧！”

沈辰溪走后，小周又劝了几句就打算继续吃饭去，刚走出病房门就被躲在隔壁屋的马队一把揪住。

小周吓了一跳：“你们干吗啊？怎么还在这里呢？”

马队朝里面努了努嘴：“里面怎么样了？”

“人醒了，不知道怎么回事，说着说着就吵起来了。”小周摇了摇头。

“小赵状态怎么样？能正常对话吗？”马队对小两口吵架并不关心。

小周点点头：“小赵没什么大问题，就是被关得久了身体比较虚弱，现在休息了半天，又吊了葡萄糖应该好一些了，再养养就没事了。”

马队点点头，笑着朝卫生所的院门使了个眼色：“等会儿那个小伙子回来，能麻烦你把他拖住吗？”

小周一下就明白了马队的意思：“您是要单独……哦哦哦，行，没问题，保证完成任务！”说着他一脸严肃地左右观察了一下，然后几步跑到院门口，朝着马队比了一个“OK”的手势，闪身消失在门后。

马队看着这一幕有点发愣，又赶紧回神带着刘所进了病房。

赵希迪正低头坐在床上，一听见门响赶紧抹了抹眼睛，大声道：“沈辰溪你是没听懂吗，我不要看见你！你快滚！”说着，她从床头拿了一个枕头扔了过去。

马队没料到还有这么一出，一不留神就被砸了个正着。卫生所的枕头扎实得很，这一下砸在脸上，疼得马队龇牙咧嘴的。

宋春来见她这阵势吓了一跳：“你干什么呀！小赵你现在这个身体情况，可不能这么由着性子撒气！”

赵希迪这时也看清了对面的人并不是沈辰溪，惊讶地问：“你们是谁？”

马队从兜里掏出警官证递了过去：“赵希迪，我是县刑警队的马队，有些事要跟你核实一下。”

这会儿宋春来水挂完了，坐在小周之前给他找好的轮椅上，三人一起来到赵希迪面前。几人刚准备问话，赵希迪就直接开口道：“我知道。我等你们很久了，我自首，那三个人是我杀的。”

第十二章 > 第二份证词

宋春来直接被赵希迪这句话弄蒙了，她说什么？三个人都是她杀的？这小姑娘是不是在地窖里被关傻了？怎么说起胡话来了？

马队则深深地看了赵希迪一眼，走到床边把枕头放下，然后坐在椅子上："你说是你杀了丁德义、赵志恒和赵志伟他们三人？"

"是。"

"那你的动机和计划是什么呢？"马队看着赵希迪通红的眼睛，拿出笔记本，一副要记录的样子。

宋春来忍不住了，怎么马队也跟着疯起来了？他看着赵希迪说："你说是你杀的我们就信？这不是拿我们当傻子涮呢吗！再说了，你知道他们三个是怎么死的吗？"

马队隐蔽地踢了一下轮椅，迅速在本子上写了"闭嘴"两个大字，把本子和笔拍在宋春来胸前。

宋春来身上的止疼药劲儿已经过了，马队这一脚不猛但也疼得他龇牙咧嘴的，他吸着气接过本子一看，脸瞬间涨得通红，连忙闭嘴老老实实做记录。

“你们不相信吧？”赵希迪没有看到两个人的小动作，眼神空洞扭头看向窗外，“我一直被关在地窖里，看起来没办法杀人，但确实是我做的……

“你们想过没有，丁德义、赵志恒为什么那么容易醉死过去？赵志伟怎么就这么容易被压死了？”赵希迪转过头，没有躲避马队的目光，“赵志恒、丁德义还有赵志伟都喜欢喝酒，喝完酒就会去嫖，但他们那儿不行。几年前，赵志伟在老房子里找到一本秘方，里面有个壮阳的方子，他按照这个方子试着做药，吃了之后估计是有效果，特别高兴，后来还拿去给赵志恒和丁德义吃。

“从那之后，他们就一直吃那个药。三个人成天就知道喝酒，喝了酒就吃那个药去找女人。不过那个药不能放太久，三五天就没效果了，所以每回都是隔一段时间现做现吃。”赵希迪突然寒声道，“我这次回来就是想利用这一点杀了他们。赵志伟刚开始做那个药的时候，我给他帮过忙，知道他都在哪里做药，做好的药又放在哪里。那天回来的时候，我偷偷把安眠药放进了那些刚做好的药里。

“我本来想着，赵志伟不是要把我嫁给丁建国嘛，到婚礼的时候是要吃流水席的，还有那种表演，赵志伟他们肯定要吃药助兴，等他们吃了我加料的药，睡死过去的时候，我就趁机一刀一个，把他们都杀了！可是没想到，我刚换完药，就被他关地窖里了。不过也没什么区别，反正他们吃了药，最后都会因为这个死掉。”

“就算你放了安眠药给他们吃，他们也不是因为这个……”宋春来没憋住，又开了口，另外半句直接被马队瞪了回去。

马队冷不丁地问：“你被关在地窖里的事，除了你爸以外，还有谁知道吗？”

“犬神奶奶知道，黑风也知道……”赵希迪的声音依旧没有什么波动。

马队眉头紧皱：“黑风是谁？”

赵官庄村子不大，现在在村里生活的也就不到两百人。马队早上在村委会已经把村民的资料看了个大概，可没听说有一个叫黑风的人，这个黑风是什么人？会不会是本案的关键人物呢？

宋春来干咳了一声，刚想开口解释，就又被马队一个眼神瞪了回去。

“黑风……黑风是狗娃家养的看门狗。”说起黑风，赵希迪原本凝结着寒霜的脸上露出了些许温柔的神色，“赵志伟把我关起来的头一天，黑风就发现我了，是黑风领着犬神奶奶找到我的。”

马队注意到，赵希迪提到赵志伟的时候都是直呼其名，从来没有说过“爸爸”“父亲”之类的称呼，不过他现在不打算打断赵希迪的讲述，他在心里给赵志伟的名字画了个圈，然后问道：“犬神奶奶发现你了，怎么不放你出来呢？”

“她……她精神有点不正常，总觉得我是下一任犬神的使者，要我继承她的衣钵。”赵希迪说到这里叹了口气，无奈道，“犬神奶奶是好人，就是太迷信了，她觉得我出现在那个地窖里是犬神的神启……

“黑风之前还会叼东西丢进来给我吃，没事还会过来陪着我，不过这两天就没见它来了，或许又被借走看鱼塘去了吧。黑风可厉害了，村里人都说黑风就是村里的狗王！”

宋春来听到这里皱起了眉，这个赵希迪是怎么回事？对黑风、对犬神奶奶都有感情，怎么对小沈这么绝情？这些天他在与沈辰溪的相处中，能感觉到小沈对赵希迪的一片真心。

这会儿也不管马队是不是要他闭嘴，他得替小沈好好说说她：

“不是，你是不是疯了？好好地想着杀人干吗？放着名牌大学不念，这么好的对象你也不要，这不是已经苦尽甘来、鲤鱼跃龙门了嘛，以后大好的前途等着你呢，你这是干什么？”

“我有什么前途？我配有什么前途？我是畜生的毒种！我不配上这么好的大学，配不上苏苏对我的好，更配不上沈辰溪！……反正我已经为李妈妈报仇了，我也活够了。”赵希迪的眼眶一下红了，泪流满面地看着马队和宋春来，“我是杀人犯，你们把我抓走，关起来！枪毙！随便你们，反正我这样的毒种留在世上也是祸害。”

马队和宋春来都被赵希迪的疯狂吓住了，刚刚这个小姑娘还好好的，怎么说着说着就闹起来了。马队敏锐地抓住了赵希迪言语中的信息——毒种？为李妈妈报仇？

赵志伟重男轻女，欠钱不还，甚至为了还债要把女儿嫁给傻子抵债，女儿不愿意还要监禁她，确实不是什么好人！可是这么多年刑警干下来，他总觉得，如果赵希迪是这一系列死亡的始作俑者，那还缺少一个更强有力的关键性动机，再结合李妈妈这个未知人物，难不成赵志伟他们身上还有什么别的隐情？

正在三人看着越哭越厉害的赵希迪手足无措的时候，沈辰溪突然推开门冲了进来，他一看这情况，三两步上前隔在马队和赵希迪之间，张开双手护住赵希迪，对着马队他们喊道：“你们干什么！你们还有没有人性，她刚醒你们就质问她，出去，都给我出去！”

赵希迪一看沈辰溪冲进来，一边哭一边捶打沈辰溪，手上的点滴针都移位了，她尖叫着：“你给我滚！滚！我们分手了，没有关系了，你滚！”

小周在沈辰溪进来的时候紧随其后，他面红耳赤地看着马队，指指沈辰溪摇了摇头，他刚刚确实是按照计划想要拖住沈辰溪的，可病房里这么大的动静，他哪里拦得住。

就在病房里已经乱成一锅粥的时候，宋寡妇提着饭盒及时出现，她一看这阵仗，立刻将几个人全都推了出去。

马队腿脚灵活，立刻就走了，宋春来坐着轮椅卡在中间，嚷嚷道："还没问完呢！"

宋寡妇转着宋春来的轮椅，直接把他推出了病房："问问问，希弟这样能问出什么呀，你们先出去。小沈，你也出去，有我在这里呢，你放心。"

四个男人都出去之后，病房安静了下来。宋寡妇把饭盒放在床头，熟练地帮赵希迪起针。她刚结婚没几天的时候，她男人在工地受了伤，在家里躺着的那段时间，吊针什么的都是宋寡妇帮忙扎的。

赵希迪慢慢冷静下来，沉默地坐在病床上。宋寡妇心疼地摸了摸赵希迪有些发青的手，叹了口气，回身打开饭盒，将饭菜一样样摆出来，有汤、有菜，热气腾腾的。

"你这孩子呀，脾气犟得很，有什么话都闷在肚子里。"宋寡妇端起碗来，舀了一勺汤送到赵希迪面前，"喏，先喝口鱼汤，尝尝姨的手艺合不合你的胃口。"

赵希迪看着面前的饭菜，眼泪扑簌簌滚落下来，连视线都模糊了。这些饭菜都是自己最爱吃的，宋寡妇不可能知道，肯定是沈辰溪给自己点的。

宋寡妇看着赵希迪又叹了口气，汤匙在碗边轻轻刮了一下："再怎么样，身子也是自己的，别跟自己过不去。这鱼汤可是我现做的，凉了就腥了，尝尝。"

沈辰溪在外面扒着门玻璃，看见赵希迪低头喝了一口鱼汤，这才松了一口气，回头对着旁边的马队还有宋春来怒目而视。

宋春来因为坐在轮椅上够不着门玻璃，昂着脖子问："马队，里边什么情况？”

马队瞪了他一眼，抬腿又踢了轮椅一脚：“瞎问什么，赶紧走！”

“走？咱们不是还要问宋寡妇吗？”宋春来把着轮椅的轮子原地转了个圈，很有苦中作乐的意思。

“不急，”马队在脑子里过了一遍赵希迪说的内容，“还有几件事要确认一下。”

刘所从刚才起就一直默默做着记录，他点了点头，附和道：“马队，我觉得这个小姑娘说的问题挺多的，而且她说的跟咱们调查出来的结果都对不上，连死因都说不清楚……”

“应该说，她的说法能解释一部分现在调查的疑点，”马队沉吟道，“不过，这几个案子背后还有更多的疑点，怕是案中有案啊。”

“你是说……？”

“赵希迪说的这个李妈妈是谁？”

“没听说过，村里好像没谁是姓李的。”宋春来在脑中过了一下，赵官庄姓赵的占绝大多数，外姓人不多。

马队点点头：“看来得扩大调查范围了。那个黑风呢，就是她说的那只狗，现在是什么情况？”马队是老刑警，不会放过任何一个疑点。

“那狗被赵志伟、赵志恒、丁德义他们杀了，还被带到宋寡妇的饭店做成狗肉火锅了……”

“又是宋寡妇……”马队在笔记本上记了几笔，“宋寡妇，犬神奶奶，这两个人得重点问问。”

宋春来突然身体前倾，拍了拍沈辰溪：“小沈，你行啊，还真让你说着了！”

沈辰溪正因为马队他们询问赵希迪生气呢，宋春来没头没脑地这么一下，把他弄得有点蒙。

宋春来见周围的人都是一副莫名其妙的样子，连忙说："就前天晚上在宿舍，小沈跟我说，村里这些事有可能跟黑风的死有关系，还说赵志恒为什么非要这个时间点杀黑风，肯定是有隐情的！"

沈辰溪一愣，当时他好像是说过这些，点头应了一声。

"小伙子头脑很清楚啊！"这个回答让马队来了兴趣，饶有兴致地问道，"说说，你还看出什么门道了？"

沈辰溪仍扒着门玻璃往病房里看，见赵希迪已经吃下一小碗饭，情绪也稳定下来，这才回忆道："当时我觉得案子有两个突破点，一个是黑风的死很蹊跷，之前宋寡妇就说了，黑风咬他们三人不是一两天了，为什么隔这么久他们要突然杀了黑风。"

"另外一点呢？"马队脸上有了点笑意，这小伙子有点意思！

"还有就是宋寡妇说，那天晚上赵志恒突然开始跟丁德义和赵志伟要账，这一点很反常。"沈辰溪既然开口了，也就不打算藏着掖着，"那时候赵志伟还活着，还可以问他们三人究竟发生了什么。但是现在这三个人都死了，也不知道赵志恒突然要账的原因了。不过，我觉得宋寡妇或许知道一些，还有就是你们刚才提到的犬神奶奶。犬神的惩罚……反正我是不信什么怪力乱神的传说，所有的事情肯定都是人为的。"

"说得不错！"马队对着沈辰溪竖起大拇指，"小宋，要说脑子清楚，你可不如他！"

宋春来脸涨得通红，讪笑道："那是，人家可是T大的高才生，跟我这老粗比哪能一样！"

沈辰溪看着宋春来有点无语，宋春来为人是不错，但作为警察，办案是真的不太行。自己分析的那些都是最简单的东西，可是宋春来办案的时候就跟没头苍蝇一样。不过他想想也就释然了，宋春来毕竟不是专业的刑侦警察，在办案方面也没有经验。

但对面这个马队就不一样了，刚刚他们讨论案情的时候他也都听见了，马队的思路非常清楚，才来一个上午，几个案子就已经调查得条理清晰，每个案子的症结难点也一一整理了出来。

这让沈辰溪在面对马队的时候，心中更多的是戒备。马队对希迪的“兴趣”让他非常不舒服。不管怎么说，他都不能让这个马队有机会接触希迪。

这时候，病房里传出一阵响动，原来是宋寡妇收了餐具出来，沈辰溪马上就想进去看看希迪的情况。

“小沈，你现在先别进去。”宋寡妇直接把他拦在门口，见沈辰溪不解，她回头带上了门，小声劝说道，“这希弟打小就轴，现在她刚被救出来，她爸又是在她眼前没的，正是钻牛角尖的时候，让她自己先冷静冷静，你说呢？”

沈辰溪一边听宋寡妇的劝慰一边从门玻璃望着希迪，看她正静静地躺在床上，他想起希迪刚刚激动的样子，觉得宋寡妇说得没错，确实要等希迪冷静下来，他们才可能好好聊一聊。可是如果自己不守在希迪身边，马队他们再过来怎么办？

马队趁沈辰溪愣神的当口和宋寡妇拉上了家常，见她的应答和反应都非常正常，决定先把宋寡妇放一放。

宋春来可能不明白，但沈辰溪看得清楚，刚刚马队已经用询问技巧对宋寡妇做了一番盘问。不得不说，这个马队很厉害，他更不能放任马队接触希迪了！

马队当然不知道沈辰溪心里的小九九，三人正在讨论怎么去问犬神奶奶的事。

“犬神奶奶这个事，咱们还是得谨慎一点，毕竟是高龄老人……”

刘所翻出从村委会调出来的犬神奶奶的档案，不禁犯了难。

高龄老人涉案属于特殊情况。一般情况下，75 岁是个门槛，过了 75 岁，照例都是要从轻处罚的，就算要履行刑事责任，也都是保外就医，监外执行。犬神奶奶已经一百多岁了，又是个没儿没女的孤寡老人，哪怕最后查出她确实犯案了，也没办法拿她怎么样。

何况眼前还有一个更加现实的问题，这犬神奶奶都这么大岁数了，怎么审？常规的方式肯定是不行。就算村里人再怎么说她身体好，也不能真把她弄到警务室来审，到时候出了什么意外，他绝对吃不了兜着走。按照宋春来的说法，犬神奶奶在村里很有威信，又是人瑞，真要出了事，弄不好要出群体性事件的。

马队拿起犬神奶奶的档案看了看，皱起了眉头。他在县里也见过其他百岁老人，下床都费劲，这位身体倒是很好，住在山上还健步如飞的，真活成神仙了？

“真有一百多岁？不会记错了吧。”

“档案上是这么写的没错，1900 年生人，今年 105 岁了。”刘所也是咋舌不已，105 岁啊！自己今年 39 岁，自家老爷子去年刚过了 60 大寿，爷俩年纪加起来都没人岁数大，“要不然，让村委会的人去请她来聊聊？”

马队沉默了一会儿，摇摇头：“算了，也别让她跑一趟了，咱们去一趟犬神庙，拜拜这个犬神奶奶！”

刘所犯难道：“这会儿上不去，小宋受伤了没人带路啊。”

一直站在旁边的沈辰溪突然灵光一闪，自己不能看着希迪，但是可以看着马队啊！马队和刘所对村里的情况不熟悉，他们要去找犬神奶奶，肯定需要一个向导，宋春来腿受了伤，二柱子又不敢出门，那自己可以帮忙啊！这样一来，自己一直跟在马队身边，不就不怕他来找希迪的麻烦了吗？

沈辰溪立刻主动请缨："马队，我来带路吧，我去过犬神庙。"

马队先是一愣，旋即上下打量了一下沈辰溪，说实话，他最开始对沈辰溪是有怀疑的，毕竟所有的死亡案件都是从他的到来开始的，而且他又和赵希迪是恋人关系。不过经过宋春来的讲述，马队知道，沈辰溪到村子里的第一天，全程都和狗娃一家在一起，之后就一直在宋春来的眼皮子底下晃悠，根本不具备作案条件，也没有作案时间。

马队放下戒备，笑起来："好啊，路上正好再和我说说你对案子的看法！"

沈辰溪的记性很好，他带着马队和刘所沿着他走过的那条小路，一路上山。爬到半山腰的时候，刘所突然停了下来，问道："小沈，去犬神庙就这一条路？"

"对，"沈辰溪擦了一把汗，现在是冬天，这一天一宿他可没少折腾，羽绒服里面都被汗浸透了，"听狗娃说，本来还有一条古登山道，后来因为山体滑坡，路被冲垮了，现在就只有这一条路上山了。"

马队爬山爬得也有点喘，他来的时候特意观察了，从这条路下去，肯定要穿过村里的主路，而且这条路确实不算好走，别说一百多岁的老人，就是年轻的小伙子，如此上山下山地去作案都困难，他不禁问道："那条古登山道在哪里？"

"应该是在西边，我也没走过，不过我上次来的时候看西边有用青石板铺的路。"沈辰溪挠了挠头，他面对马队的时候有点紧张，这个人对希迪的怀疑让他非常警惕。

"行，继续走吧！"马队点了点头，他决定等会儿下山的时候去古登山道走一圈看看。

当三人踏上犬神庙前最后一个弯口的时候，毫不意外地被黑妞带着的几十只狗热烈欢迎了一番。当时刘所和马队看见乌泱泱的狗群朝着自己冲过来，差一点就拔枪了，好在黑妞认识沈辰溪，上前对着马队他们嗅了几圈后，便带着狗群迤迤然离开了。

虚惊一场的三人来到犬神庙时，犬神奶奶已经换下了大红色法袍，正穿着一身藏青色的棉袍坐在大殿的屋檐下晒太阳。

马队和刘所对视了一眼，一脸笑容地走上前去："老人家，我们是公安局的，想找您了解点事情。"

正在晒太阳的犬神奶奶睁开了眼睛，盯着马队和刘所看了一会儿，说道："你们是想问丁德义和赵志恒的事情吧？"

马队没想到犬神奶奶直接点明了自己的来意，点了点头："对。"他刚想再说点什么迂回一下，就被犬神奶奶打断了。

"这件事是我干的。"犬神奶奶干脆利落地答道。

她这么一说反而把对面三人弄蒙了，马队干了一辈子刑侦，审得这么顺利的情况真是没见过。

沈辰溪更是直接结巴了："为……为什么呀？"

在沈辰溪看来，犬神奶奶在村里基本上是一种隐居的状态，按照狗娃的说法，除了偶尔有人上山求她问事，或者找她做法事外，她基本都不怎么下山，村里发生什么事，她都不管不问。这样一个老婆婆，年纪又这么大了，到底是出于什么目的，干下这样的事情呢？

马队收起自己的震惊，决定换一种问法："您知道我们问的是什么事情吗？"

"丁德义的头是我砍的，他的心也是我挖的。当时他喝多了醉倒在狗场里，我拿着铁锹把他的头剁了下来，把心也挖出来了，剩下的就随便砍砍拿去喂狗了。"犬神奶奶说这话的时候语气非常平静，就像在描述吃饭喝水一样平静，"赵志恒的头和心也是我弄的。"

“那把人心供在祠堂的也是您？”马队追问道。

“对，是我放的。”

马队觉得自己的喉咙有点发干，他清了清嗓子：“我能问一下为什么吗？”

“他们得罪了犬神。”此时犬神奶奶的眼神有点吓人，明明是阳光普照的下午，但是对面的三个人都觉得背脊发凉。

“得罪犬神？”马队忍不住重复了一遍，他一时没能理解什么叫“得罪犬神”。

沈辰溪反应过来，在一旁小声解释道：“丁德义和赵志恒他们死前打死了村里的狗王黑风，还把黑风的肉吃了。按照村里的说法，这只狗是犬神的化身……”

“就为了只狗？”马队不禁觉得头皮发麻，他看着一脸平静的犬神奶奶有种不好的预感，这个犬神奶奶该不会是精神有什么问题吧，就为了这个理由杀人？

犬神奶奶似乎被马队的话刺激到了，大声指责道：“得罪犬神的人都要得到惩罚！他们都没有好下场！不要说他们，就连皇帝都要得到惩罚的！”

“他们的惩罚就是被砍头挖心？”刘所忍不住问道。

“这就是犬神的惩罚！”犬神奶奶阴恻恻地说道，“当年，两只神犬一只被砍了头，一只被挖了心。从那时候开始，供奉犬神就是用头和心。他们得罪了犬神，当然要用头和心来赎罪，这是他们该得的惩罚。”

这时候，马队突然想起了犬神奶奶在废墟上唱的那些戏词，那段戏文里讲的就是赵光义误杀了黑白神犬，最后遭到报应的事。他看着大殿里赵光义和两只神犬的塑像，陷入了沉思。

刘所凑过来，小声问道：“马队，你看这……”

这故事沈辰溪已经听过两次，他也凑过来解释："这是野史，是后人瞎编的，根本没黑白神犬的事。赵光义养的是'桃花犬'，就是现在的哈巴狗。"

马队"扑哧"一声笑出来，他给沈辰溪解释道："刘所不是担心惩罚的事，我们是担心犬神奶奶的年纪，还有她的精神状态。"

犬神奶奶认了丁德义的案子还有赵志恒尸体被破坏的事，赵官庄的案子就算全部告破了，只剩下怎么处理犬神奶奶的问题了。

不过马队觉得，这案子并没有那么简单。就算犬神奶奶承认了一切，也并不能解释，她为什么能神不知鬼不觉地，在那么短的时间内从山上来村里完成这一切。他隐隐觉得，这些案子里还有一些自己没有注意到的细节。

就在这时，犬神奶奶忽然浑身一哆嗦，慢慢站了起来，就像是换了一个人，在原地转着圈跳起舞来，一边跳一边发出瘆人的笑声。随着笑声渐渐止歇，犬神奶奶发出一声高亢的长啸，唱了起来：

"日升啊月恒啊常变换，犬神下界定伦常！

"神谕降自九天外，莫失莫疑莫相忘！

"我已经完成了犬神的命令，新的犬神使者已经出现。

"她是罪人的女儿，罪人偿还报应的那一刻，她已经成了新的使者！"

三人听到这段唱词都是一愣，犬神奶奶说的这个新使者是指……赵希迪？

正在惊疑不定间，犬神奶奶大声唱出了最后一句："旧使升天回洞府，新尊立地降吉祥……降——吉——祥！"

说实在的，马队对犬神奶奶的自白不置可否，以他的经验看，犬神奶奶的供词太邪乎了，而且这案子的真相也来得太容易了。虽然犬神奶奶的供词里，关于丁德义的死亡描述跟现场勘查的结果吻合，可是还有很多信息是难以解释的。比如作案时间、下山路线，还有最重要的一点，作案动机。毕竟为了一只狗杀人的理由，真的很难令人信服。

不过既然她已经承认杀人了，马队还是照规矩把犬神奶奶控制起来。考虑到她年纪大了，马队把在冯桂香那边的女民警叫到犬神庙来，协助刘所带犬神奶奶下山，到了警务室再做详细的询问。

接着马队叫上沈辰溪一起："刘所，你们先下山，我让小沈带我去古登山道看看。"

就像沈辰溪说的，犬神庙的山门西面，有一条青石板铺成的山道，向山下延伸。比较之前上山道的崎岖和狭窄，古登山道的路要好走很多。现在的山道其实一部分是借用了村民上山开荒种地时走出来的土路，好多地方都不能说是路，只不过是稍微缓一些的、没有长草的土坡而已。而古登山道大部分是由青石板铺砌出来的路，有些地方虽然比较陡，但因为石阶修得规整，反而比土路好走得多。

"明明就是古登山道好走，为什么村里人非要走那条路？"马队有点不理解。

沈辰溪也不是很清楚："我也是听狗娃说，这条登山道塌了，不好走。依我看这条登山道从西边下去，应该是对着祠堂那一片，但现在大多数村民都不住在祠堂那边了，所以不愿意绕远路，干脆就走另一边了。"

"当年的路塌得很厉害？"马队又问了一句，忽然想到对面这个小伙子也才来两天，可能不知道这些细节。

"应该是吧，听宋警官说过一次，不过大家也都是听老支书说的。"沈辰溪之前对犬神奶奶很好奇，拉着狗娃和他爷爷问过一些事情，"据狗娃爷爷说，那会儿犬神庙倒了，里面还埋了人，老支书带着人去救，但没救过来。”

“这是什么时候的事情？”

“这我就不知道了，得有十几二十年了吧？”沈辰溪回忆了一下，“听狗娃爷爷的意思，那时候老支书应该还没退休呢。”

“对了，小沈，你刚刚说那个赵光义的故事是假的？”马队随口问道。

沈辰溪挠了挠头：“是戏说的。给我指导毕业论文的老师是研究宋元历史方向的，我多少听他讲过一些。一方面宋辽的主战场不在这里，他们是不可能路过这里的。按历史上说，赵光义是在北伐战争中受了箭伤，疽发病亡的。另一方面，赵光义确实养过一只宠物狗，但养没养过战犬……反正史书上是没记载过。”

“厉害啊小沈，要不是你说，我们都差点儿被犬神奶奶骗了，你大学学的什么专业啊？”

“城市设计。”

“那你女朋友呢？”

“咱不套话行吗，马队？”

两人沿着古登山道往下走，马队越走越觉得奇怪，如果按村里人说的这条路已经荒废了一二十年了，怎么路上还这么干净？

马队左右看了看，虽然是隆冬时节，但是山道两边都覆盖着厚厚的枯草，有些山道的边缘也有杂草在青石板的夹缝中顽强生长，可山道的中间没有一点杂草，而且青石板非常干净，连泥土都不多。马队此刻已经确定，这条山道并没有真正废弃，肯定经常有人在这里上下。

两人又走了一会儿，发现青石板铺的山道突然中断，前面的山路从中间直接坍塌，露出森然的悬崖峭壁来。

马队估计了一下断崖的深度，最低的地方也有三四米深，确实没法靠人力上下，也难怪当初村民会放弃这条山道了。

难道这条山道真的废弃了？

那为什么刚刚一路上那么干净？

沈辰溪也觉得有些奇怪，来回踱着步。忽然他发现断崖左边的那一蓬杂草看上去有点奇怪，颜色跟周围的不太一样。他走上前用脚踢了踢，那团杂草居然被踢动了，他连忙俯身把那团杂草用力拨开，一条蜿蜒的小路出现在眼前。

从断崖那里看，这条小路正好在视觉死角上，加上杂草的遮挡，不留神根本不可能发现这里，沈辰溪招呼了一下马队，两人就这样顺着小路往下面走去。

走了大概几分钟，眼前又出现了一条窄一些的石板路，两人继续沿着石板路走，没多远，就看见前面有一个青灰色的石板垒成的坟包。

“这里怎么会有坟？”沈辰溪一愣，虽然他知道乡下人还是习惯土葬，但是选坟一般都选在向阳的山坡上，视野开阔，方便祭扫，这荒山野岭的，谁家会将先人埋在这里？他看了看坟包前面的石碑，只见上面刻着一行娟秀的朱漆大字——犬神庙坤道刘玉娥之墓。

沈辰溪心中恍然大悟，原来是犬神庙的道姑啊，那埋在这里就合理多了。

可马队看着墓碑却愣住了：“刘玉娥？”他连忙从随身的包里掏出一份村民名单来，很快便在名单上找到了刘玉娥的名字。

刘玉娥，年龄 105 岁，犬神庙庙祝……

这么说，刘玉娥就是犬神奶奶？她不是还活着吗？这里怎么会有她的坟？

马队皱着眉头围着坟包转了一圈，从周围密密匝匝的植物看，坟包在这里已经有年头了。他蹲下身擦了擦这块墓碑，仔细辨认着上面的字迹。

墓碑上除了中间那行朱漆大字，碑体上还有几行小字——

生于光绪廿六年四月初七，卒于一九八三年九月十三日
赵远达率村民谨立

马队摸了摸胡楂，掏出手机查了一下："按墓碑上写的时间，刘玉娥生于光绪二十六年，也就是 1900 年……今年 105，正好能对上。"

"也就是说……真正的刘玉娥在 1983 年的时候就已经死了？那山上的犬神奶奶是谁？"沈辰溪觉得毛骨悚然。

"不知道，不过我们可以问一下立碑人。"马队指着赵远达的名字说道，他对着村民名单，找到了赵远达的名字，"哦，赵远达是他啊。"

马队思索了一阵，起身拍拍裤腿上的灰，回头招呼沈辰溪："走吧！"

从坟包绕出去又经过两个转弯，他们回到原本的山道上，跟断崖的地方差不多，这条路的尽头在一处隐蔽的山石后面，要不是存心找根本不可能发现。

上了山道后下山就顺利多了，马队和沈辰溪已经站在村里的小路上，马队抬手看了一下表，比从另一边上山要快二十分钟，这还是中间停下来两次，耽误了不少工夫的情况下，要是路熟的话，恐怕能快半个多小时。

如果犬神奶奶是利用这条山路上下的话，便能避开村民杀丁德义、砍赵志恒的头，这样起码在时间上说得通了。这条路偏僻，不会经过那么多民居，如果是特殊时间段的话，确实有可能不被人发现。

解开了犬神奶奶行动路线上的疑问，马队立刻给宋春来打了通

电话，确认了赵远达就是老支书，也就是赵志恒的父亲。马队在岔路口停了片刻，问沈辰溪："村里卫生所是在那边吧？"

"对，"沈辰溪被马队问得一愣，说道，"去卫生所干什么？我们不是从卫生所出来的吗？"如果说村里有什么地方能够刺痛他的神经，那肯定是赵希迪所在的卫生所了。

马队看着沈辰溪笑了笑："放心，不是去找小赵。"但脚步却没停。

沈辰溪急了："马队，您不是说不找希迪吗？"

"是不找她，但得找一下赵远达。"马队解释道，"赵远达就是老支书，刚刚小宋在电话里说了，因为昨天的事，老支书一直喘不上来气，现在还有点发烧，这会儿正在卫生所挂点滴呢。"

路过病房门口时，沈辰溪停下脚步，透过门玻璃向里张望。宋寡妇应该是帮希迪仔细擦洗过，她的面庞和脖颈都干净了许多，头发也编成两股长长的麻花辫垂在胸前，从他这个角度只能看到希迪坐在床上，扭头看向窗外的剪影。也不知道希迪现在在想什么，愿不愿意见自己。

马队走到病房隔壁，看沈辰溪没跟上："小沈？今天已经够麻烦你的了，你去照顾小赵吧。"

沈辰溪想了想，摇摇头一言不发地跟上马队。

脏兮兮的门玻璃模糊了室内的情形，马队推了一下绿漆木门，那门吱呀一声滑了开来。他试探着喊了一句："老支书，您在吗？我是县刑警队的！"

等了半天都没有回应，两人只好往里走去。这是小周平时看诊的房间，老支书此刻正一个人坐在靠墙的长椅上，惯常拄的那根拐杖斜靠在身边，输液针已经拔下，他手里拿着一束假花发着呆。

沈辰溪慢慢地靠过去："老支书，老支书？"

老支书浑身一震，抬起浑浊的眼睛看向沈辰溪，招呼道：“来了？坐坐，我给你倒杯水去……”

“老支书，您别忙了，我不喝水。我给您介绍一下，这位是县公安局刑警队的马队长，他想问您点事……”沈辰溪连忙按住了老支书，看样子老支书可能有点糊涂了，把卫生所当成自己家了。

这才几天的工夫，老支书比之前沈辰溪看到的时候衰老了很多，腰更加弯了，双手也在微微地抖动着。

“哦哦，马队长，你好啊……”老支书眯着眼睛看向马队，想起身跟他握个手。

马队赶紧伸出手拉着老支书重新坐下：“老支书，您叫我小马就行。我们刚刚去了趟犬神庙，从古登山道下的山。”

老支书喃喃道：“古登山道早就塌了……”

“中间是塌了一段，但是旁边还有条小路可以走。”马队缓缓地讲述着自己的发现，生怕老支书漏听了什么，“我们在小路边发现了一座坟，看墓碑上写的是刘玉娥，也就是村里犬神奶奶的墓，您知道这是怎么回事吗？”

老支书叹了口气：“还能怎么回事，有她的墓就是她死了，埋在那里了。”

“可我看了咱们村的村民资料，现在的犬神奶奶也叫刘玉娥，如果真的刘玉娥已经死了，那山上这个犬神奶奶是什么人呢？”马队的声音很温和，但是言语中似乎有一种魔力，让人忍不住回答他的问题。

“哦哦哦，你说小玉娥啊……她来村里也二十多年了。”老支书喃喃地说道。

刘玉娥？小玉娥？马队和沈辰溪交换了一下眼神。

沈辰溪赶紧问道：“您能说说这个小玉娥吗？”

第十三章 > 隐藏的秘密

GOU CUN

老支书抬起头看着外面的天光，目光仿佛穿越面前的墙壁，看到了过往的岁月。

赵官庄地处偏僻，交通很不便利，几十年前更是如此。不管外面的世界如何变换，赵官庄人总是顽固地沿袭着古老的传统，安静而祥和地生活着。

赵官庄不是桃花源，他们知道改朝换代，也会为了国家兴亡慷慨东行，只不过当他们回到村里时，千百年沿袭下来的传统会潜移默化地湮灭外来的声音。对于赵官庄来说，这是好事，也是坏事。

他们就像一千年前那样，敬奉鬼神，虔诚、善良、勤于耕种。但是同样地，他们也像一千年来世代相传的那样固执、强硬、不愿变通。这对应的两面相互依存，造就了赵官庄的过去、现在以及未来。

新中国的成立与改革开放，修整了赵官庄原本的土地、房屋和人际关系，群众自发修建的村道改变了村子千年来进出的方式。

在县里的帮助下，村子里办起了一间小小的氮肥化工厂，土地的产量比以前高了不少。村民们是最简单朴实的，新中国干成了过去一千年都干不成的事，就足够得到这些村民发自内心的支持与拥护。而进入化工厂工作也成了村里相当时髦和值得骄傲的事情。

但村民们并没有彻底抛弃过往的传统，虽然在最狂热的时代也有人冲上山推倒了犬神庙的山门，但是当犬神奶奶只身拦在那群热血青年面前时，他们还是迟疑了，村里的老人闻信赶来，这才保下了犬神庙残存的一点规模。

当一切过去，原本锁上的祠堂又重新打开大门，祖先的香火被再次点燃时，袅袅的香火与犬神庙的钟磬之声遥相呼应着。

沈辰溪听到这里忍不住问道："老支书，你刚刚说的犬神奶奶是原来那个刘玉娥吗？"

"是啊！"老支书点点头，"按照辈分，她是我太奶奶那一辈的人了，十几岁就在犬神庙出家，一辈子修道，当时她都已经七十多岁了，身体还好得很呢。"

"然后呢？"

"然后小玉娥就来啦，她是从山那边翻过来的。"老支书缓缓诉说着记忆中的往事，"好像是叫男人骗了钱还骗了身子，一个人发疯一样在山上乱跑，最后撞到犬神奶奶，才捡了一条命。

"她就这么和犬神奶奶在山上过活，过了几年疯病好些了，能正常沟通了，才知道她原来是镇上唱戏的。正好犬神庙里有几套唱词是祖辈传下来的，犬神奶奶本来还愁没人学呢，最后也都教给小玉娥了。

"本来我看她人慢慢好起来了，就想给镇上打个申请，让她干脆在村里住下算了。但那年下大雨，把山道冲塌了，庙也倒了，犬神奶奶就被埋住了。

“小玉娥发了疯一样下山来找我，叫我去救人，可是等我们到的时候，人早就没了。”老支书的声音并没有多少悲伤，几十年的风风雨雨，他已将生死看淡了，“我们就在附近把犬神奶奶埋了，立了块碑，上面的字是小玉娥写的，她字写得顶好看。

“庙倒了本来也没什么，重新建一个就行。可是当时说什么都不行，上面说了，像犬神庙这种宗教场所属于封建糟粕。庙塌了，又没有住持就要收归集体，拿来搞建设。

“小玉娥哪能愿意？犬神奶奶救了她的命，照顾她，让她继承了犬神庙的衣钵，她不能眼睁睁看着犬神奶奶拼命保护的犬神庙没了。后来我就给她出了个主意，叫她干脆假扮犬神奶奶。只要犬神奶奶还活着，犬神庙塌了让村里再建起来，不就保住了嘛……”

沈辰溪有点难以置信：“两人年龄差距应该挺大吧，这能不被发现？”

“犬神奶奶本来身体就好得很，头发都没怎么白，要不是知道她的岁数，你说她五十多也有人信。”老支书咂了咂嘴，“小玉娥那时候四十多岁，因为之前过得苦，看着就老一点，再加上两人长得也有点像，真扮起来还真看不出来。”

“那村里人也都认不出来？”

“那哪能认不出来？村里老人都知道。不过这事知道也就知道了，大家都可怜她，谁也不会说破。至于那些小年轻，谁记得犬神奶奶究竟长什么模样？哦，当年就是狗娃爷爷带头修的庙，要是信不过可以去问问他。一开始大家都是为了应付上面，谁知道小玉娥这一扮就是二十多年，扮到现在，村里所有人都觉得，她就是犬神奶奶。”

马队问道："所以她现在只有六七十岁？"

"七十多了吧？"老支书低头算了算年纪，"是呢，当时她四十八九岁，这都过了二十多年了。唉，我也老了……"

马队点了点头，这么说这个"犬神奶奶"只有七十多岁，虽然这么大岁数还能爬高爬低很叫人惊讶，不过比起之前的百岁高龄还是合理了很多。

"对了，桂香……她怎么样了？"老支书突然看着沈辰溪问道，"桂香她也不容易！唉，都是我没管好三儿，才落到今天这一步，造孽啊……"

沈辰溪看着老支书，不知道该怎么回答这个问题。在他看来，赵志恒落到这个下场完全是咎由自取，可面前的这个老人，年逾古稀遭受了丧子之痛，又何其可怜。

马队接过话，说道："经我们调查，您儿媳她确实是犯了法。不过从目前的情况看，她只能算教唆罪和窝藏罪。她先前主动和宋春来坦白，算是有自首表现。再加上她已经怀孕了，多半是缓刑。至于那个秦奋嘛，涉嫌故意杀人，具体怎么判就要看法院了。"

老支书听完一个劲儿地摇头："唉……造孽啊……"

从输液室出来以后，沈辰溪留在了卫生所，不过他没有再进病房，而是一个人默默守在病房外。马队看着沈辰溪这副样子，想用过来人的姿态劝劝他，但想了半天也不知从何开口。

马队来村之后，案情的整理进行得不算顺利，赵希迪和犬神奶奶的口供没有解决多少问题，反而增加了不少新的疑点，特别是赵希迪提到的那个"李妈妈"。

这时，一个拎着饭盒路过的村干部把脑袋探了过来："刘所、马队，宋寡妇回来了，还带了不少饭菜，说是给公安同志带的，赶快去吃吧，晚了可就没了！”

宋寡妇一个女人能在村里把赵庄饭店开这么多年，手艺自然是没话说的，加上赵官庄独具风味的农家腊货和腌菜，那味道比镇上、县里的大饭店都不逊色。

刘所和马队到饭堂的时候，其他人都已经吃得差不多了。宋寡妇一看他们来了，赶紧招呼他们，问他们要什么菜。

刘所看了看菜色，咽了口口水：“老板娘，这怎么好意思呢？”

宋寡妇笑道：“客气什么，这几个菜又不值什么钱！就当我住在村委会的房租了！”说着她乐呵呵地帮两人打好了饭菜。自从那天出事情以后，宋寡妇这几天晚上都是在村委会睡的。

“味道真是不赖！”马队喝了口汤，说道。

“合胃口就行，饭菜都管够！”

马队看看站在宋寡妇身边、老僧入定般的沈辰溪，不禁问道：“你怎么把小沈带来了？他不照顾小赵了？”

宋寡妇哭笑不得，捂着嘴说：“哪能不带他来呀，他就这么傻乎乎戳在病房门口，进又不肯进，走也不愿意走，我这不就把他给拉来了。”

这话沈辰溪自然是听到了，他也没有反驳。

“小赵现在身体情况怎么样？情绪稳定了吗？”

“不算太好，希弟醒过来以后，一直在流眼泪。我走的时候，小周给她打了针，她才勉强睡着了。”

沈辰溪冷不丁开口：“希迪一直被关在地窖里，她和这些杀人案一点关系都没有！”他知道马队从见到希迪的第一面起，就没有放下过对她的怀疑。

宋寡妇连忙打圆场：“你个愣头青，我们就是随口拉家常，什么案子不案子的，对不，马队？”

马队点点头："对啊，宋嫂子，反正现在这里也没别人，咱们一边吃，我一边问你点事情方便吗？"

宋寡妇脸色一僵，随即缓和下来，拉过凳子坐在两人对面："有什么话你问吧。"

"我听小沈说，出事那天，丁德义和赵志恒在去卫生所之前，你说一会儿要过去付打针钱？"

"对，我还得关店，就说晚一会儿过去。"宋寡妇低声道。

沈辰溪也想起当时的情景，说出了自己一直困惑的问题："我当时看见你出门之后是往西去的，可卫生所在村东头，你当时去西边干什么？"

宋寡妇的脸瞬间通红："我还能去哪里，回家呗！赵志恒每次喝完酒都要和我干那事，狗娃来之前他和丁德义都吃药了，我不得回家等他嘛！"

马队一愣："药？"

"嗯，是赵志伟配的药，专门管……那个的，说是祖传的方子，很有用……"虽然不是黄花闺女，可是在几个陌生男人面前谈这个，宋寡妇还是有点不好意思。

马队舒了一口气，看来这个信息是对上了。他点了点头："那壮阳药这么管用，赵志伟为什么不干脆多做一些卖钱呢？"

"哪能没想过？"宋寡妇笑了起来，"一开始他自己多做了一些拿出去卖过，可那个药做好了，放不了几天就坏了，吃下去没效果不说还坏肚子。要说改良方子吧，他又没那个本事，一来二去也就没那个心思了。"

"那为什么不找人帮忙？"马队接着问，"有些药厂专门收这种方子，价格都不低的。"

"话是这么说，当初三驼子和丁瘸子也劝过他，就是赵志恒和丁德义，他们还专门找药厂的人问过呢！”宋寡妇摇头道，“可是赵志伟这个人胆子小，生怕这方子交出去就不是自己的了，一直捂在手里谁也不肯告诉。”

刘所忍不住咂巴了一下嘴：“嚯，这是要守着金饭碗吃饭哪！赵志伟这么样一个人，他女儿怎么这么聪明还能考上 T 大？”

宋寡妇说：“估计是随她妈吧！”

“她妈不是个疯的吗？”马队纳闷道，赵志伟家里的情况他跟村里的干部了解过，赵志伟媳妇的情况村里人差不多都知道，就是因为后来疯得太厉害才送到县里去看病的。

“这可不好说，反正当年我刚嫁到赵官庄的时候，希弟她妈看着还挺正常的。”宋寡妇回忆道，“虽然不怎么跟人说话，但是天天领着希弟在村里走，一直都是笑模笑样的。听邻居说，那会儿她还能看洋文说明书、唱洋文歌呢！”

“什么？”听了宋寡妇的话，沈辰溪心里有了一个非常不好的猜想，他隐约意识到希迪妈妈的身份了。

“对了，马队、宋警官，我有个事想问……”宋寡妇突然紧张起来，“赵志伟、丁瘸子还有三驼子的死到底是不是犬神的惩罚啊？”

刘所无奈地看着宋寡妇：“老板娘啊，不是早就跟你说了吗，别老想这些有的没的，你这是又听谁胡说八道了？”

“可不敢这么说啊！”宋寡妇紧张兮兮地说道，“我听希弟说，是黑风发现她被关在地窖里的，那赵志伟他们会不会就是因为这个把黑风打死的？他们都是因为把黑风打死了，这才有了后面的事。二柱子可说了，三驼子那头都让人砍下来了……”

“那都是人为的，你别疑神疑鬼地吓自己。”马队笑道。

把最后一点饭吃完，马队起身去送餐盘。沈辰溪跟在身后问：

“马队，您是怀疑宋寡妇？”

“一开始有些怀疑，不过现在看，她应该是没问题的。”马队一边倒剩下的食物残渣一边整理着思路，“我开始看案卷时，觉得她的反应确实反常。可她从赵志恒死了以后就不敢在家里住了，而且她也说了，她跟赵志恒有不正当男女关系。再根据冯桂香和秦奋那边的证词，宋寡妇说谎的概率并不高。我们也去走访了村民，问过她的邻居，那天宋寡妇回家之后就没再出门，白天不是在店里，就是在村委会这边待着，她的嫌疑应该是可以排除了。”

马队把最后一个碗放回餐具筐，擦了擦手，继续说：“不过，我还有几个问题要再问问她。”

宋寡妇并没有离开村委会，这几天她都没回家住，待在村委会也是尽可能去人多的地方。

马队回到桌前，在宋寡妇对面坐下：“据你了解，赵志伟为什么要把女儿关起来呢？”

宋寡妇想了想：“可能是怕她又跑了吧，毕竟他还想拿她嫁人抵债呢。希弟也是个命苦的孩子啊……”

马队点点头，提出一个假设：“假如村里有人发现赵希迪被赵志伟关起来了，有人会救她出来，阻止她和丁建国结婚，帮她回学校吗？”

沈辰溪轻声说：“我会，即使豁出性命，我也会把她救出来的。”

马队无奈地看了沈辰溪一眼，又看向宋寡妇。

宋寡妇思索了片刻，缓缓摇头：“不会，应该不会……”

听到自己预想中的答案，马队又问：“赵希迪提到过一个李妈妈，你知道是谁吗？”

“李妈妈？”宋寡妇愣了一下，“她说的应该是李姐。”

马队一怔，还真有这么个人啊！

听宋寡妇这么一说，刘所突然反应了过来："你说的该不会是几个月前淹死的妇女主任李盼弟吧？"

"淹死了？"马队觉得之前的线索被关联起来了，赵希迪说的复仇应该就是指这件事了，"具体是怎么回事？"

"您说得对，李姐就是李盼弟。她是原来村里的妇女主任，不过她家在县城，不是村里人。"宋寡妇想起往事，叹了口气，"李姐人好，希弟当时去县里上学也是她一直给赵志伟做工作，后来带希弟她妈去县里看病，也是她一直跑前跑后的。本来听说，她今年年底要调回县里工作了，结果九月份的时候下大雨，李姐下班回家的时候，没留神滑到鱼塘里了，等第二天雨停被发现的时候，人早凉了。"

"这样啊，"马队追问，"谁第一个发现的？"

"黑风，那会儿黑风正好借给那家人看鱼塘呢。"

"又是黑风？"马队摸了摸胡楂，对宋寡妇点了点头，"行，麻烦你了，我这边暂时没什么要问的了，有需要再找你。"

现在天色将黑，已经不早了，忙活一天的警察也要找地方休息了。村里因为没有像样的民宿招待所，村委会的宿舍也住不下那么多人，所以除了马队、刘所住在村委会宿舍，其他的警察都被村委安排在附近的村民家里休息。好在村里很多人都外出打工，空房间有的是。

沈辰溪依旧住在宋春来的小单间里。

既然已经知道了赵希迪口中的"李妈妈"，就是村里原来的妇女主任李盼弟，那就简单了。村委会的通讯录里有李盼弟家的联系方式，马队按照号码打了过去，接电话的是一个年轻女性。得知马队致电的原因，对方沉默了一会儿。

"我妈生前确实提到过你说的那个赵希迪，"年轻的女声顿了一下，"我妈死了以后她打过电话，知道我妈的事后哭得很凶，说一定会回来参加葬礼。不过葬礼那天人多，我也没注意她是不是来了。”

“那你知不知道你母亲跟赵希迪之间有什么关系？”马队有点好奇，赵希迪在他接触以来，感觉是个很薄情很冷漠的人，李盼弟做了什么能让赵希迪对她这么亲切，管她叫“李妈妈”，甚至为了她不惜杀人？

“我妈应该是资助她上学来着，”年轻的女声回复道，“不过再多的信息我就不知道了，我妈工作上的事也不怎么跟我说。本来她手机上可能有点信息，不过我妈出事的时候手机进水坏了，什么都看不到了。”

马队记下了这些信息就没有继续打扰对方，结束了通话，接着他拨通了宋春来的电话：“小宋，李盼弟淹死的案子当时是怎么处理的啊？”

“我们发现的时候人已经没了。”宋春来接到电话时吓了一跳，没想到马队会特地打电话来询问一个几个月前的案子，他仔细回忆了一下，“那天晚上下大雨，鱼塘边上滑得很，路边的痕迹也都冲没了。后来把她的尸体送到县里检验，确定了人是淹死的，身上没什么可疑的伤痕。虽然随身包里的东西都泡烂了，但是手机啊，钱啊都没少，最后就定的意外死亡。”

马队听完之后没有说话，下大雨不等于没有痕迹，他沉吟了一会儿：“那个包里除了手机和钱还有什么？”

“有本工作笔记，那本笔记虽然套了一层塑料袋，但还是不可避免地被泡湿了，后来……”宋春来一下就回想起那个牛皮纸的笔记本，“那个笔记本他们家里人也没要，现在应该还在村委会收着……要不然明天我在村委会的档案室找找看！”

按照马队的脾气，是想让宋春来马上去找笔记本的，可是顾及他受了伤，行动不便，让他大晚上找笔记本实在是有点不人道。马队没有多说什么，让宋春来好好休息就收了线。

刘所上了年纪，即使经常锻炼身体，这两天也被折腾得够呛。他冲了一个战斗澡，躺到宿舍床上，刚沾枕头就昏睡了过去。马队则是拿出笔记本在桌前坐下，这是他的工作习惯，每天睡前都会把当天的工作整理一遍，梳理一下思路。

马队在想到赵希迪的时候，觉得还有疑点没有理清楚。

根据赵希迪的说法，她是抱着在婚礼上下药杀死赵志伟他们的目的回来的，明确跟赵志伟提出同意嫁给丁建国，可赵志伟为什么还要把她关起来呢？就像宋寡妇说的，就算村里人发现赵希迪被关着，大概率也不会干预他们家里的事。

还是说，赵志伟对赵希迪的表态不放心，担心她还会跑，所以把她关起来？

这是第一个疑点。

另外，赵希迪说她之所以要动手杀赵志伟、赵志恒、丁德义他们，是因为他们杀了李盼弟，所以她要回来报仇。

可是李盼弟出事的时候赵希迪在S城上学，警方给这起事件的定性是意外死亡，她怎么能认定是他们三个杀的人？而且听赵希迪的意思，她一早就知道了李盼弟的死因，所以才会处心积虑地回来杀人。她是怎么知道的？总不能是赵志伟他们杀了人之后专门打电话告诉她的吧？

这是第二个疑点。

第三个疑点是，如果李盼弟的死不是意外，而是被赵志伟他们三个杀人灭口，又是为什么呢？

第四个疑点，按照宋寡妇的说法，出事之前，赵志恒和丁德义已经很长时间没有找赵志伟要账了，赵志恒突然又向赵志伟要账，而且胃口比之前大了不少，这又是为什么？

第五个疑点，他们三个为什么突然要杀死那只叫黑风的狗？根据他这一天的观察，这村里的狗不少，单纯为了吃肉去打一只比黑妞还大的狗，怎么想都不合理。

前前后后想了一遍，马队又翻了翻笔记本，看见本子上原本画圈的赵志伟手机这点，画了半个叉，在他看来这样东西肯定是赵志伟从赵希迪随身行李里拿的。可是另外的五个疑点，现在还没有什么线索，看来要解开案情真相，还要等路通了之后，回县里做进一步检测才能出结果了。

其实马队晚上还想去一趟卫生所，看看能不能再问问赵希迪，结果电话打到卫生所询问情况，小周一句话就打消了他的念头。沈辰溪不知什么时候偷偷回了卫生所，直接在病房门口架了张行军床，把病房门堵死了。

既然没办法询问赵希迪了，马队也不再多想，正当他准备洗洗睡的时候，从浴室出来就看见电话在振动，拿起来一看居然是县公安局的政委。马队不知道政委为什么这么晚还打电话给自己，赶忙接起来。

“小马啊，没打扰你休息吧？”

“没有，政委，我刚整理完案情……”

“嗯，赵官庄那个案子吧？”政委的语气没有丝毫疲惫，饱满的情绪感染了马队，“那个案子我听说了，案情很复杂，牵扯进去的人也很多，现在交通还没完全恢复，咱们的同志翻山进村，这个精神值得表扬！”

“多谢政委！”

“不过呢，小马我还是要提醒你一句，办案子不能一味地猛打猛冲，做事情也要讲求方式方法，现在全国都在讲依法合规、和谐社会，咱们公安队伍更要以身作则。你明白吗？”

“明白了政委，我一定注意……好，您早点休息！”马队被政委的话弄得迷茫不已，虽然不明白政委具体指的是什么，但肯定是因为自己今天的某些行为欠妥了。

挂了电话后，马队又在脑子里过了一遍今天做的所有事，想来想去，今天唯一一次起冲突就是跟沈辰溪。他忍不住笑了，想不到这个沈辰溪还挺有关系的。马队不想深究沈辰溪究竟是靠的什么关系，自己办案子没有错，政委也只是要自己注意方式方法而已。一切等明天起来再说吧！

“这就是李盼弟的工作笔记？”马队看着面前的笔记本发蒙。虽然宋春来没有来村委会，但他还是委托了一个村干部把笔记本找出来，交给了马队。

和村干部一起来的还有熬得两眼乌青的沈辰溪。他早上在卫生所门口遇见了宋春来，听他说赵希迪的案子有了进展，就立刻赶了过来。

村干部带来的是一个牛皮纸封皮的笔记本，因为泡过水，本子已经变形了，里面的内页皱皱巴巴的，还有不少淤泥的脏污痕迹。翻开之后，工整娟秀的笔记条理清晰，厚厚的本子基本上快记满了，看得出李盼弟工作很认真。可是里面大部分的字迹都被水洇开了，能够辨认出来的内容还不到五分之一。

马队翻看着这些已经无法辨认的墨迹，试图在里面找到一些蛛丝马迹。在他翻动的时候，他发现本子中间夹了一张折起来的A4纸，将其展开后发现是一份会议纪要——中共 ×× 县关于普查、解救辖区内被拐妇女儿童专项会议。

马队隐隐猜到了什么，连忙重新审视这个笔记本，前后翻阅起来。虽然字迹已经被洗去不少，可是从夹着会议纪要的那一页开始，小半本笔记里重复出现了几个人的名字。

赵志伟……任霞……丁德义……蒋婷……

这几个名字马队都有印象，任霞是赵志伟的妻子，蒋婷则是丁德义的第二任妻子。但是，在任霞后面还有一个陌生的名字——林一静。他找到最后，终于在一个角落找到一行字——林正源 电话：×××－××××。

只可惜号码的最后几位都被水洇开了，完全没有办法辨认。马队把这几个名字和信息记下，转头问村干部："……赵志伟的妻子任霞，还有丁德义的妻子蒋婷，都是被拐卖的？"

"是的。"

沈辰溪惊讶不已，脱口而出："小小一个赵官庄，就有这么多被拐妇女？"

面对沈辰溪的惊讶，马队羞愧地点点头："这有我们工作不到位的责任。"

沈辰溪愤怒道："你们工作不到位，毁掉的就是一个家庭，甚至是几个家庭！你们知不知道？"

"我们知道，所以我们一直在做搜救工作。之前没有基因库进行比对，全靠腿跑。像任霞和蒋婷这种情况，我们在别的村子里遇到过，也曾怀疑是被拐卖的，可一直没有证据。有这种情况的村子，村民都很团结，说她们是流浪来的，路上捡的，她们本人也没办法说清楚自己的来历……"马队陷入对往日的回忆中，罕见地露出了沮丧的表情，很快，他的眼睛亮了起来，激昂道，"但是现在不一样了，现在有失踪人口基因库，只要抽血送省里去比对，一旦结果符合，我们马上就能展开解救行动。我希望以后这个基因库可以联网，采血点能一直铺到各个村里。最好有全国联网的监控，这样只要把照片上传，但凡有走失、被拐的人路过有监控的地方，我们就能找到她！”

在基层工作这么多年，马队怎么会不知道，拐卖妇女一直以来都是严重影响社会安定、侵害妇女权益的社会痼疾。作为封建思想流毒，加上地区间经济、人口的不平衡，早年这种事件发生的数量居高不下，国家对于这类问题一直坚决打击。

近几年，县里组织过几次专项行动，马队都亲自参与其中，他非常清楚在解救工作中的执法难度。一来很多被拐妇女到当地的时间已经很长了，早就生儿育女不说，有时候本人离开的意愿也不强了；二来虽然人口买卖是违法的，可是对于那些村民来说，媳妇是花钱买回来的，政府要把人带走，那就是抢他们媳妇，抢他们的财产，他们是不会允许这种情况发生的。这些地方就像一个又一个的赵官庄，村子里全是沾亲带故的亲族，民风剽悍，村民又很抱团，警方就算秉公执法，但面对亟待解救的被拐妇女，也是千难万难。

今年年中的时候，马队在北边一个镇上解救被拐妇女时，被当地村民围攻，警车都被村民掀翻了，不可谓不艰难。但不管如何困难，不管是国家层面，还是地方政府，警方都没有停止解救被拐妇女的行动，坚决不放弃任何一位遭受不公、面临险境的妇女！

沈辰溪听完这段话，沉默良久，他想伸手拍拍马队的肩膀，但又放下了手，转而说：“会的，会有这一天的。”

马队沉默了一会儿，转脸继续问村干部：“李盼弟生前是准备解救她们？”

“是有这个事，不过好几个月前就解决了……年初的时候，李主任借口带她们去看病，然后去市里跟基因库做了比对。”村干部回忆着当时发生的事，缓缓地讲述着李盼弟为被拐妇女做出的努力，“任霞精神一直不正常，蒋婷的情况好一点，不过身上也是有病的。当时李主任跟赵志伟和丁德义说，妇联有政策，可以让家里有困难的生病妇女去县里检查，免费治病。一开始赵志伟死活不愿意，李主任劝了他好久，反复强调不用他出钱，赵志伟才同意的。丁德义呢，一听说不用自己出钱，直接甩手不管了。”

“那赵志伟媳妇去看病，他就没跟着去？”马队有点诧异，就算对买来的媳妇没什么感情，可是在一起这么多年，还生了两个孩子，居然一次都没去看过。

“一开始在县医院看病的时候，赵志伟是去了的，陪了不到一周就回来了。之后任霞和蒋婷转院到市里，赵志伟就没去过了。”村干部答道，“等她们一去好几个月都没动静，赵志伟和丁德义去找李主任要人，这才知道人已经被解救走了。那时候基因比对结果早就出来了，好像已经联系到她们的家里人，都被接走了。”

“然后呢？”

“然后他们就在村里闹啊！赵志伟和丁德义天天堵在村委会门口，嚷嚷着要人，”村干部摇摇头，显然对这种情况见怪不怪了，“后来还是刘所给出的主意，吓唬了他们一下，把他们吓唬回去了。”

“吓唬？怎么吓唬的？”马队不禁愣住了，这种事一般是最难解决的，还没听说吓唬吓唬就能搞定的。

“还能怎么吓唬啊，就是和赵志伟说，政府已经查过了，任霞这个身份是假的，她脑子又不清楚，你跟她属于无效婚姻。而且任霞是可以告他强奸的，他要是再闹下去，真闹到法院了，判他个十年八年不说，连牢底坐穿都是有可能的。赵志伟本来还硬气得很，后来一听说要坐牢就怕了，在村里到处跟人说，反正孩子也生了，一个疯女人不要也罢。

“丁德义这边就好说多了，一来丁建国是个傻的，他一直认为儿子的问题是蒋婷造成的，想再生一个健康的孩子，但蒋婷就是生不出来，找她回来也没那么必要了；二来丁德义那赔本狗场没钱了，万一真要坐了牢，他那傻儿子就没活路了，那是他们家唯一的香火，他哪里舍得。后来这俩人也就没找村委会闹过了。”

马队又问道：“你刚刚说任霞后来转院了？”

“嗯，好像是因为精神方面的问题，县医院看不好，所以就转到市里去了。”村干部对这件事有点印象，继续说道，“开始赵志伟听说要转到市里，还找李主任说过，说任霞疯疯癫癫那么多年了，治不好就不治了，不花那冤枉钱。这可给李主任气得不轻，后来给赵志伟做通工作，才让任霞转院的。赵志伟听说不用他花钱，就再也没管过。”

“那蒋婷呢？”

“好像是一起去市里了。”

“李盼弟的笔记本上还有一个名字，叫林一静，这个人是村里的吗？”

“不是，村里没有姓林的。”

“这么说任霞她们现在在五院？”马队问道。五院是市里的精神病院，按村干部的说法，任霞她们现在应该是在五院。

“应该是。”

马队没有迟疑，直接拨了个电话出去：“刘姐，有个事要麻烦你一下……想查两个人……对，今年有没有两个我们县过去的病人……对，女的，一个叫任霞，一个叫蒋婷……好，我等你消息。”马队干了这么多年刑警，接触过有精神病的罪犯，因此认识一两个五院的医生。

正在等消息的时候，门口一个身影晃了进来，乐呵呵地问："马队，这么早在干什么？"

"刘所，"马队看着刘所想起刚刚村干部说的话，"关于赵官庄妇女主任李盼弟的事，当时是您这边处理的？"

刘所被问得一愣，仔细回想了一下后点点头："是有这回事。"

"当时定的是意外？"马队倒不是不相信这个村干部的话，但是村干部毕竟不是专业警察，他们提供的信息对办案帮助还是比较有限的，所以这种事他还是更信任刘所这个老刑警的判断。

"嗯，李盼弟的事我们是怀疑过的，毕竟当时她的死有点蹊跷。马队你也知道的，妇女主任这个工作不好做，要么是被拐妇女的事，要么是计生那摊事，都是得罪人的活儿，听说去年还有其他村子里的妇女主任被打成了重伤。而且李盼弟出事之前，正好在做村里被拐妇女的解救工作，所以我们怀疑是村民蓄意报复。再加上村委会的人说，李盼弟死在鱼塘很奇怪，因为她平时是不会走那条路的。"

"既然有这么多疑点，为什么后来没查下去？"

"没证据啊！"刘所一摊手，无奈道，"出事那天正好下大雨，一晚上过去什么痕迹都没有了，尸检结果也没查出外伤，这样就已经很难办了。再加上当时除了看鱼塘的黑风之外，没有任何目击证人。这种情况不定意外还能怎么办？我们也找赵志伟和丁德义问过，毕竟这两个人正好是被拐妇女的家人，算是直接利害关系人，可是当天他们都有不在场证明，赵志恒帮他们做证，说三人在一起喝酒。卫生所的小周也能做证，他们三人那天晚上都被狗咬伤了，去打过狂犬疫苗。"

马队和沈辰溪对视一眼，两人几乎同时说："赵志恒也牵扯进来了？"

"对，要说这件事奇怪呢，好像从那天开始，黑风每回看见赵志伟他们三个就乱喊乱叫的。村里人也觉得奇怪，不过狗又不会说话，谁也没规定不招狗待见就是犯罪。”村干部听完刘所的描述，接了一句话。

“就这样赵志伟他们还不乐意呢！当时李盼弟的葬礼，他们还去县里闹过，后来是有人报警了……”刘所一脸的不忿。

“闹葬礼？他们还是人吗！”沈辰溪出于对希迪的感情，一直压抑着对赵志伟的怒火，可听到这些，他再也忍不住了，怒吼了出来。

“哦，那次闹葬礼的就是他们啊。”马队突然反应过来，今年九月份的时候，县公安局接到一通报警电话，说有人大闹葬礼，当时他的同事还出警了，回来之后都说那几个人太没人性，在人家葬礼上闹事。

“对啊，后来那几个人被拘留了好几天才放出来的。”刘所撇撇嘴，“马队你问这个干什么？”

“我在想，赵希迪说过，她这次回来就是为了给李妈妈复仇。那找赵志伟和丁德义复仇还说得通，毕竟他们跟李盼弟之间是有直接矛盾的，可是赵志恒是怎么跟这件事扯上关系的？”马队看着手里的笔记本，蹙起眉思考着这几人之间的关系，“这件事情会不会跟赵志恒突然找赵志伟、丁德义要债有关系？”

“讨债的事会不会是赵志恒拿他们买媳妇的事情勒索他们？”沈辰溪突然问道。

“不会吧，他们还是亲戚关系呢，不会因为这种事闹起来。而且这拐卖妇女的事，村里人都相互庇护，没什么可勒索的。”村干部摇了摇头，“再说了，当时说判刑坐牢都是吓唬他们的。”

刘所继续说道：“就算你说的是对的，赵希迪为什么要杀赵志恒呢？按村里人的说法，赵志恒这个人虽然浑蛋，但是对小辈还行，狗娃到镇里上学的事就是他专门找人托了关系。”

这时候五院的电话回了过来，刘医生说，现在五院里确实有一个叫蒋婷的病人，是从龙集镇赵官庄来的，但是那个叫任霞的病人已经不在五院了。调查医院档案后发现，任霞今年上半年的时候确实在五院住过一段时间，不过 7 月份的时候就出院了，后来去了哪里就不清楚了。

“还是有地方没搞清楚，”马队感叹了一声，“等路通了再说吧。”

因为陆续死人，县里的压力很大，在多方努力下，道路的清障及修复工作比预期的早一天完成，终于恢复了通车。

马队与一众刑警带着相关涉案人员回了县公安局，做进一步的讯问。无论沈辰溪怎么阻拦，赵希迪都铁了心说是自己杀了人，她作为投案自首人员，也一起被带回了县公安局。

马队虽然在村里已经跟赵希迪有过一段简单的交谈，但是在他听到赵希迪的详细供述之后，对这个女孩的怜悯之情不禁让他反思，作为警察，他们的工作还很不够，亟须帮助的人仍在苦苦煎熬着。

赵希迪的故事最初只是一个平平无奇的乡村女孩的故事。

作为一个女孩，我很小的时候就明白，自己永远都得不到赵志伟的青眼。赵官庄的人对传宗接代的执念在赵志伟身上体现得淋漓尽致，对于我这个女儿，赵志伟懒得花费任何力气和心思。他给我起名叫“希弟”，就是希望快点有个弟弟。

虽然不招赵志伟的待见，可在我年纪更小一些，我妈妈的精神还比较正常的时候，她对我还是有一些疼爱的。随着赵继祖的出生，我妈妈的脑子越来越不清楚，之后就连生活自理都很难了。于是，我小小年纪就开始在家里干家务，每天都要做饭、洗碗、洗衣服。那时候我还没有灶台高呢，身上永远都穿着脏兮兮的旧衣服，寒冬腊月时仍然用冰凉的井水搓洗着衣服，稍微做错一点就是一顿打骂。

这一切都在“李妈妈”到来后发生了改变。

李妈妈刚来村里工作的时候，正好赶上人口普查，当她到赵志伟家，看到已经七岁的我，得知我还没有上户口时，跟赵志伟表示，孩子大了，必须做好登记工作。

赵希迪到今天都记得那天的场景。

“登记可不能影响我儿子，要不然我天天上村里、镇上闹去！听到没有？”

“不影响，不影响。”李妈妈看着小女孩，笑着拍了拍她纤弱的肩膀。

过了几天，李妈妈再来到赵志伟家的时候，赵希迪有了户口，也有了自己的生日。

“赵……希……迪？小李，你这写得不对啊，你这也不是弟啊！”赵志伟指着户口本上的名字问道，“是不是写错了？”

李妈妈眨了眨眼睛：“哦，可能是登记的时候写岔了，两个字读音一样的，写错了。”

“那不行，叫这名字就是为了讨个口彩，你得给我改回来！”赵志伟皱着眉头，不依不饶道。

“这都登记好了，要去改名字还得花钱。”李妈妈半真半假地说道，“而且读音是一样的，平时叫起来也没什么区别。”

赵志伟一听改名还要花钱，人顿时矮了一截，嘴里嘟囔着：“行吧行吧，反正念起来也没差，你还是个干部呢，连个字都能写错！”

“对了，我查了一下，这孩子已经七岁了，按规定得去上小学了，”李妈妈指了指年幼的赵希迪，“这两天我已经把手续办好了，你看……”

“一个女孩上什么学？”赵志伟郁闷地看着李妈妈，对她自作主张的行为非常不满，“谁叫你给办的啊？”

“这是国家规定的，到年龄的孩子不论男女都得去上学……”李妈妈赔着笑。

“国家规定？政府能管这事？”赵志伟斜眼看着李妈妈，一脸的不可置信，“她得在家干活，不能去上学。她妈有病，她弟弟也小，家里那一堆活儿都指着她呢，这上学去了活儿谁干？”

李妈妈掏出了一张黄单子递给赵志伟：“真是国家规定的。你看，我还给你们申请了补助，只要她去上学，每个月能领补助……”

赵志伟接过黄单子看了看，求证道：“真能领到钱？”

“真的，你看看单子上的红章，这都是村里给的补助，放心吧。只要她去上学了，就能领到补助。”

“有补助是不错……”赵志伟对着光看了看上面的公章，仍旧不甘心道，“不过她在家又要喂猪，又要洗碗做饭洗衣服的，等过段时间，地里又要收成了，还指着她帮忙呢，就这点补助可不够……”

第十四章 > 梦与新生

GOU CUN

马队他们并没有打断赵希迪的回忆。

赵希迪继续平静地讲述着自己的故事。

那时候我年纪还小，记不清李妈妈究竟是怎么跟赵志伟谈的了。不过我记得，后来赵志伟抱着弟弟回了屋，李妈妈从包里掏了个东西出来，剥了外面的包装纸塞进我嘴里。那是我从来没吃过的味道，好甜好香，黏黏地粘在牙上，我不舍得咬就这么含在嘴里。我想这大概是神仙才能吃得上的东西，李妈妈应该就是仙女变的，不然她怎么会有这么好吃的东西。

那天李妈妈拉着我的手从家里出来，一路往东走，走到村口南面的小学给我报名。半路上我嘴里的甜味没了，那个东西也没了，我以为是在路上掉了，就一直哭。

李妈妈知道我为什么哭后，又剥了一颗给我，还问我好不好吃。我当时一边擦眼泪一边点头，生怕嘴里的东西掉到地上，都不敢说话。

李妈妈拿了一颗包装纸上有一只小兔子的东西放在我手心里，温柔地跟我说:“这叫大白兔奶糖，阿姨最喜欢吃了。希迪要是喜欢吃的话，可以来找阿姨。”

我高兴极了，那是我第一次知道，原来这世界上有糖这种东西，也是第一次知道，糖是那么甜、那么香，给自己糖吃的李妈妈是那么温柔。

“不过呢，希迪也要答应阿姨，以后在学校里一定要好好读书。要是你能在学校里考到前三名，就来找阿姨，阿姨给你糖吃，好不好？”

“好！”

那天的大白兔奶糖特别甜，特别黏，可李妈妈看着我的笑容让我心里更甜。为了能看到李妈妈的笑，我在学校里学得特别用心，小学六年一直都是学校里的前三名，小学读完之后去镇上念初中，也一直是班上的前三名。

中考的时候我考上了县一中，因为这个学校还特地给我发了500块钱的奖学金。可能因为这笔钱，赵志伟才同意我继续读高中的吧。我上高中的时候，因为赵继祖不愿意上学了，就去镇上打工，没想到他打工回来跟赵志伟说，要开一家汽修门面。赵志伟跟丁德义和赵志恒借了钱，说等继祖赚了钱再还。

可是借钱的第二年，丁德义就开始催债了。那时候，汽修门面虽然挣了钱，但赵继祖一分钱都没给过赵志伟。赵志伟被逼得没办法了，就提出要我嫁给丁建国来抵债。也就是那时候，赵志伟跑到学校把我绑回村里，死活不让我继续上学了。后来还是李妈妈和学校来给赵志伟做工作，村里也给丁德义那边做了调解，赵志伟才勉强同意让我先把高中读完。

高考结束以后，我的分数比一本线高了不少，李妈妈担心赵志伟不同意我去上学，就跟学校、村里一起想了个办法，先骗村里的人说我没考好，落榜了，接着让我借着回学校拿行李的机会填了志愿，然后就跟村里人说，我因为没考好出去打工了。李妈妈把我带到她家住了一段时间，等录取通知书下来，她陪着我买了去 S 城的车票。带着学校给的奖学金还有李妈妈给的两千块钱，我孤身一人去了 S 城。

李妈妈跟我说——希迪，你走吧，去了 S 城好好上学，以后就不要回来了！

我刚到 S 城的时候特别彷徨，S 城跟赵官庄、镇里、县里都太不一样，我跟同学之间就像有一堵看不见的高墙，他们看过的、玩过的、吃过的，我连听都没有听过。我经常给李妈妈写信、打电话，李妈妈会安慰我、鼓励我，会跟我说家里的情况、我妈妈的情况，还跟我说要多交朋友，可以在开学前这段时间多逛逛、多看看，增长一下见识。不过她工作忙，不可能一直回我信。

在学校里，我遇到了苏苏，跟她成了好朋友。苏苏的家里人对我很好，她妈妈就跟李妈妈一样，对我特别亲切。她们送我衣服穿，教我办助学贷款，向学校申请勤工俭学。能够遇到这么多的好人，就像在做梦一样，很多时候我都觉得自己配不上这些。

三年的时间，我除了上课之外，还学了很多在家里从来不知道的事：苏苏教我化妆，带我吃好吃的东西，教我对自己好。

我第一次知道，原来女孩的衣服有这么多花样，还有各种各样的尺码；第一次知道原来还可以不喜欢吃肉，不喜欢吃青菜；第一次知道可以和妈妈耍赖，可以和朋友撒娇。我感觉之前的自己只是一个会考试的野人，是苏苏慢慢教会我怎么成为一个正常的人。

我不知道该怎么报答苏苏和她妈妈，苏苏就开玩笑，说让我帮她签到，给她买饭。苏苏妈妈为了减轻我的心理负担，让我盯着苏苏学习，可苏苏妈妈打电话给苏苏的时候，经常问我的情况，什么东西都是苏苏一份我一份。我第一次知道，原来有妈妈是这种感觉。

苏苏她们为了保护我，让我不要把家里的情况告诉别的同学，干什么事都带着我，苏苏还教我怎么上网，怎么用电脑，带着我玩游戏。

就是那时候，沈辰溪出现了。他第一次过来找我表白的时候，我都蒙了，后来也是苏苏帮我出主意，一来二去地，沈辰溪就成了我男朋友。

我人生第一场电影是沈辰溪带我看的；第一次去海洋馆游乐园也是沈辰溪带我去的；第一个棉花糖、第一条手链、第一个布娃娃、第一个蝴蝶结、第一场旅行……他带给我的，永远是新鲜的、好玩的。

大学的生活仿佛天堂一样，那么不真实，那么梦幻。

这三年，我一直跟李妈妈保持联系，李妈妈经常会问我需不需要帮助，钱够不够用。学校的实习旅行、最近看的书，包括沈辰溪的事，我都会跟李妈妈说。每次我拿到奖学金，李妈妈都会给我寄一包大白兔奶糖。

大三下半学期的时候，辅导员过来问我要不要准备考研，那个时候我有点拿不定主意，毕竟这几年上学的花费不少，再继续上学，还不知道要花多少钱呢。虽然每年都有奖学金和助学贷款，加上自己打工赚的钱，勉强够学费和生活费，可是李妈妈每年还是会给我一些钱，生怕我钱不够用了。李妈妈的钱也是一点点攒的，我不想再给她加重负担了。

但李妈妈听说了考研的事，坚决要我去考，说能读下去为什么不去，只有多读书，视野才能更开阔，才能真正改变命运，还让我不要担心钱的事，如果不够就跟她说。

今年开春的时候，李妈妈跟我说，我妈这两年身体越来越不好，要把她接到市里去看病。

我很小的时候就知道妈妈是精神病，不发病的时候天天坐在墙角不说话，一发病就在家里乱摔东西，最厉害的一次直接拿着刀在家里乱砍。从我上学开始，她有一多半的时间都被锁在房间里。

其实我妈妈以前没有疯得那么厉害，那时候她会带着我在村里走，会教我唱儿歌，教我认字、算数、说英语……

今年暑假的时候，我本来要去打工的，李妈妈突然联系我，给了我一个地址，那个地址就在S城。李妈妈告诉我，她一直在排查异常人口，找机会给她们做基因比对。她借着政策之便带着我妈妈还有另外几个精神不正常的外来媳妇去市里看病，已经有几个人比对出结果了，其中就有我妈妈和丁德义的疯媳妇蒋婷。因为蒋婷的家里人还没联系上，所以她先把我妈妈送到了S城，送到妈妈真正的家人身边。

通过基因库的比对已经确认了我妈妈的真实身份，她不叫任霞，而是叫林一静。二十多年前，她是T大附中的学生，在高考结束的暑假跟同学出去旅行时失踪了。她的父母，也就是我的外公外婆，是T大的老师，我甚至还上过外公的课。

那个地址是S城的精神卫生中心，我的妈妈就住在里面。当走到那间病房附近的时候，我远远听到了手风琴声和歌声，那个声音我太熟悉了，那是我妈妈的声音！

走到病房门口，里面的画面让我惊呆了。这么干净的妈妈，白白的皮肤，化了淡妆，涂了指甲油，穿着好看的碎花连衣裙，还梳着两条整齐的麻花辫。

两个老人围在妈妈身边，那是我的外公外婆。外公此时正笑容满面地拉着手风琴，妈妈和外婆和声跟着音乐在唱英文歌。外公林正源林老师，在我的记忆里是个愁眉不展的老头，而现在他的笑容都快从脸上溢出来了。

我愣愣站在外面看得出神，如果妈妈没有失踪，如果妈妈没有被拐卖到赵官庄，如果没有赵志伟，这就是妈妈原来的生活吗？

忽然妈妈停止了歌唱，她直勾勾地盯着我，指着我尖叫起来。

外婆第一时间发现了我。

“我……我是赵希迪，我是她女儿。”我结结巴巴地自我介绍。

妈妈凄厉的尖叫声盖过了所有声音。

外婆赶紧搂住妈妈的头，轻轻拍着她的后背，而外公放下手风琴不停对我摆手，赶我离开：“你赶紧走，你走，囡囡不想见到你，你走！”

我逃走了，在走廊的转角，远远地看着那间病房。我走后没多久，妈妈就安静了下来。过了一会儿，手风琴的声音又响了起来，外婆的歌声也响了起来，再过了一会儿，妈妈的声音也和了上去，一切都那么和谐，仿佛整个世界只有我是那个不和谐的音符。

在回学校的路上，李妈妈打来了电话，她说外公外婆托她告诉我，我妈妈的病情现在还在反复期，希望我不要再过去打扰她，等她病情稳定了再说。虽然李妈妈跟我说以后慢慢会好的，可我知道，那不过是安慰我的话而已。

按李妈妈了解到的情况，我妈妈是被拐卖到赵官庄，被迫跟赵志伟结婚的，后来相继生下了我和继祖。过去二十几年在赵官庄发生的一切，对她来说都是不堪回首的噩梦，我对妈妈来说也根本不是什么女儿，而是她以前痛苦生活的苦果，是赵志伟犯罪的罪证，是永远挥之不去的阴影！

后来，我渐渐看开了，妈妈和外公外婆不认我，我不怪他们，只要妈妈以后能健康快乐就好。至于我，我也有自己的生活，我能照顾好自己，更何况我还有李妈妈。在我心里，李妈妈跟我的亲生妈妈没什么两样。

今年暑假打工的时候，我多赚了一些钱，九月中的时候就是李妈妈的生日了，我想着给李妈妈买点礼物。可是不知道怎么回事，九月初的时候，我和李妈妈失去了联系。

一直到李妈妈生日那天，我发短信给她，祝李妈妈生日快乐。那天短信回得很快，可当我点开的时候，觉得世界都塌了。

“我是李盼弟的女儿，谢谢你的礼物，不用寄过来了，我妈已经过世了。”

李妈妈过世了？她怎么就这么过世了？她明明那么年轻，她之前还跟我说就快调回县里工作了，她怎么会突然就走了呢？

我疯了一样打过去，问李妈妈是怎么过世的。她的女儿哭着告诉我，李妈妈是在村里值完班巡视的时候，失足滑进鱼塘淹死的。我不知道那天我是怎么挂的电话，只记得我一直在哭。

我请假回去参加李妈妈的葬礼，没想到在葬礼门口居然遇到了赵志伟、丁德义和赵志恒。当时我怕被赵志伟他们发现，就躲在附近没敢露面。我听李妈妈说过，当时她带我妈妈出来看病，赵志伟他们曾经去村委会闹过事，我害怕他们在李妈妈的葬礼上闹事，就提前先报了警，然后远远跟着他们。

赵希迪讲到这里的时候突然哭了起来，紧紧握着拳头。

“原来那天是你报的警，难怪那天赵志伟他们刚闹事的时候，我的同事就已经到了。”马队揉了揉眼睛，疲惫地看着赵希迪，“然后呢，你发现了什么？”

“我听见他们说……原来李妈妈就是被他们推进鱼塘的！”

“什么？”马队一怔，之前的线索就快连上了，他赶紧问下去，“具体是怎么回事？他们三个都参与了？”

“那天下大雨，李妈妈担心村里的几家困难户，就在村里巡视了一圈，回家的路上被喝醉的赵志伟和丁德义看见了。赵志伟因为我妈妈的事情一直看李妈妈不顺眼，丁德义也差不多，他们都觉得是李妈妈骗走了他们的媳妇。那天他们喝多了酒，就想着去找李妈妈的麻烦。”赵希迪说着眼眶就红了，眼神透出恨意，“李妈妈看他们醉醺醺的就一直躲着他们，一直被他们逼到了鱼塘附近。李妈妈被逼得无路可退的时候，赵志伟他们借着酒意缠着李妈妈不放，推搡间李妈妈滑进了鱼塘里。

“本来鱼塘的水并不深，李妈妈上不来只是因为塘泥太滑了站不起来，只要有人拉一把就不会有事的！可是赵志伟和丁德义喝了酒，怕李妈妈报警找他们麻烦就起了歹心。他们看周围没有人不但不救人，还在李妈妈好几次快要爬上来的时候把李妈妈推进水里。”赵希迪的眼里噙着泪水，“那天黑风正好在鱼塘边的雨棚里，听见声音就要过来救人。可赵志伟和丁德义一直追着黑风打，他们跟黑风纠缠的时候还被黑风咬伤了。可惜黑风再厉害也来不及救人，最后李妈妈就这样被他们害死了。”

“那赵志恒呢？”马队发现赵希迪的讲述里漏了一个人，执着地问道。

“那天赵志恒本来是跟他们一起喝酒的，赵志伟和丁德义出去后，赵志恒也跟了出去。他们跟李妈妈发生冲突的时候他就在旁边看着，他非但没有救人，还在黑风冲上来的时候拿着棍子去追打黑风。”赵希迪说这些话的时候满脸愤恨，“我也是那时候才知道，赵志恒那么做就是为了借机勒索赵志伟和丁德义，他根本不在乎李妈妈的死活！

“那时候化工厂已经开不下去了，平时赵志恒又用厂里的名义到处吃喝嫖赌，导致化工厂欠了一大笔钱，他就想借着这个机会从赵志伟和丁德义那里敲诈一笔钱。赵志恒惦记赵继祖那个汽修门面好久了，他跟赵志伟说，要么把继祖的汽修门面转给他，要么把祖传的药方给他。”

马队点了点头，赵希迪的说辞将几起案件的起因都串联了起来，很多问题确实能够解释通了。

“我亲耳听见他们说这些事情，听见赵志恒厚颜无耻地用李妈妈的死勒索那两个畜生！我好恨啊，恨不能当时就拿刀把他们全都剐了！我恨我身上流着赵志伟那个畜生的毒血！

“我看到他们在葬礼上闹事，又想到我妈妈看到我时的那种惊恐和绝望，从那刻开始，我下定决心一定要杀了他们！”赵希迪的声音透着冷冽的寒气，全身都散发着对这三个人的仇恨，“他们都是畜生！不仅毁了我妈妈的一生，还杀了李妈妈……我一定要为李妈妈和妈妈报仇，我要杀了他们，就算进地狱我也要杀了他们！”

“所以你那次回S城之后就准备了安眠药的计划？”马队问道。

“对。”

马队愣住了：“他们既然都喜欢喝酒，你为什么不直接在酒里下药？”

赵希迪冷着脸回答：“因为我想要亲手杀死他们三个！”

马队把这一条记了下来，抬头看向赵希迪：“既然你答应嫁给丁建国，赵志伟为什么还要把你关起来呢？”

“村委会的人跟他说过，买卖妇女的事子女也可以提出诉讼，所以他一见我回来，就提防着我，怕我去告他……”

当马队终于从讯问室里走出来的时候，下巴上的胡子都快被他自己揪光了。

赵希迪交代了很多东西，很多信息跟其他的调查结果相契合。初步的尸检结果也证实了三个死者体内，以及赵志伟家中查获的半成品壮阳药里含有同种安眠药，药物成分与赵希迪行李箱里的安眠药成分相同。这些都说明赵希迪的证词属实。

要是平时审其他的案子，能有这样的证词马队开心还来不及，可是面对这个案子，他却纠结了起来。赵希迪的情况非常特殊，她是主观的故意杀人，而且也付诸了行动，在壮阳药里加入安眠药的行为就是犯罪预备阶段了。

可是问题在于，她还没来得及进行下一步行动，就被赵志伟关在地窖里了。赵志伟和赵志恒、丁德义虽然已经死了，可是真正的死因都跟赵希迪没有直接关系。

赵志恒与丁德义死亡当天，两人与赵志伟打死了黑风。后来在宋寡妇的饭店吃饭时，三人吃下了有安眠药的壮阳药，因为安眠药发作，前后倒在了路边。赵志伟虽然吃了药，在当天提前回家幸免于难。

赵志恒被伺机动手杀人的秦奋和冯桂香推入了水沟，最后溺死。

丁德义则是倒在狗场附近，被一心给黑风报仇的犬神奶奶碎尸而死。

马队干了这么多年的刑侦工作，可以说什么样的犯罪分子都见过，可是像赵希迪这种情况，他还真是头一回见。

说实话，马队并不希望因为这件事毁了一个小姑娘的未来，他们也有为她争取的空间，但赵希迪有很强的自我毁灭倾向，而且她虽然是主动投案自首的，却没有表现出丝毫悔过意愿，要是交到检察机关还真不知道会怎么样。

但案子还是要继续查，有了赵希迪的证词，他们很快就和她的外公林正源取得了联系。对方得知了这一切后沉默了很久，而后匆匆挂掉了电话。

马队突然有点理解赵希迪的绝望从何而来，从血缘上说，他们确实是赵希迪的直系亲属，可是站在林正源夫妇和林一静的立场上，他们是绝不愿意再跟这片土地上的任何人和事扯上关系的。

出于对赵希迪的同情，马队仍然希望能够争取到一个她的直系亲属，帮她去做点什么。

好在没过多久，苏苏就带着父母和他们请的律师赶到了县里。赵希迪是苏苏最好的朋友，苏苏的妈妈也一直把赵希迪当成自己的女儿，必然不能看着赵希迪如此沉沦。

跟他们一起来的还有沈辰溪家请来的律师。但出乎所有人意料的是，赵希迪根本不愿意与律师见面，一心只想着求刑坐牢。马队也很是意外，他以为有了朋友的支持，赵希迪能有所悔过，看来他还是乐观了。

沈辰溪因此急得不行，他很想直接冲到赵希迪面前，问问她究竟在想什么，可是这个阶段赵希迪是不能会见律师以外的亲属和朋友的。

正当沈辰溪急得团团转的时候，他接到了班主任打来的电话。

"沈辰溪你跑哪里去了？连假都不请一个就公然旷课，你不想毕业啦？"

沈辰溪被问得一愣，再次听到班主任的声音恍如隔世，他这才想起来，自己已经离开学校很久了，假期也结束了。他本来没想到会耽搁这么长时间，就没专门请假，这期间发生这么多事让他更是想不起来跟学校打招呼了，这会儿乍一听班主任的"亲切问候"，他当即就支吾起来："那个……我是……为了毕业设计出来采风的……我跟导师报备过了……"

沈辰溪毕业设计的指导老师在他出发前几天去北京开会了，给他们放了几天假，他走之前确实和老师打过招呼了。

“你以为搬导师出来就有用啦？指导老师只管你的论文！再说了，你以为我没去问过你的导师吗？”班主任没好气地说道。

“呃……我真是在外地采风，因为山路塌方被困住了，这才刚刚出来……”

班主任被这个荒诞的理由逗笑了：“塌方？你怎么不说你遇上杀人案，现在在公安局呢？”

沈辰溪忍不住嘀咕：“我真在公安局……”

“沈辰溪，你严肃点！像你这种无故旷课，找借口说谎的情况，报到学校去你知道是什么结果吗？别以为快毕业了学校就不会处分你，真到那个时候，就算是沈院长过来求情都没用！”

“我真是来采风的，您得相信我呀……”沈辰溪确实没有存心说谎。但希迪的事情不能传到学校去，不管最后结果如何，他都要为她保密，否则到时流言满天，希迪就更没退路了。

“行，我就当你是去采风的，可我记得你毕设题目是《传统村落的景观风貌提升改造》吧？你去的哪里啊？拍照片了没？现在发过来看看！”

沈辰溪本来没心思应付学校的事情，挂了电话之后就准备找罗教授询问赵希迪的事，却被苏苏拦了下来。

“沈辰溪，刚刚是学校来的电话吧？”苏苏看着沈辰溪，压抑着怒气，“你过来，我有话单独跟你说。”

“什么事？”沈辰溪对苏苏的态度还是有所保留，毕竟她是帮希迪瞒着自己的“帮凶”，虽然他不怪苏苏。

苏苏抱着双臂，语气非常冲，质问道：“你知不知道为什么希迪一直不愿意见律师？”

“不知道。”

“因为你！”苏苏深吸了一口气，怒气更盛，“希迪从始至终都不希望你牵扯到她的事里，你明不明白？”

沈辰溪不解地看着苏苏，缓慢地摇头，一字一顿地说：“我不明白。”

“如果她希望你牵扯进来，就不会不告而别，即使是分手也不会用那么决绝的方式！她之所以这么做就是希望你能够跟她彻底划清界限！”苏苏的声音越来越大，情绪也越来越失控，“她走之前在宿舍里哭了很久，我本来以为她是因为跟你分手难过，现在回忆起来，她跟你分手就是为了彻底切断和S城的联系，她已经做好了再也不回去的准备了。

“她不想连累你！所以现在不管怎么样她都不会见你，也不会接受你的任何帮助。”苏苏的声音低了下来，“现在虽然出现了一连串的意外，可希迪还没有真正地滑进深渊。如果你一直待在这里，她只会拒绝接受一切帮助，不管是你的，还是我的！”

苏苏哽咽不已：“沈辰溪，我知道你爱她，但是如果你想救她，那你必须马上离开这里！你回到学校去，好好把毕业设计做完……如果最后你因为这个事情被学校处分，希迪就没有活路了，你懂吗？”

苏苏的话很坚决，她家找的律师也在不远处点了点头。

沈辰溪愣住了：“可是……”

“你已经做得够多了，”苏苏小声道，“爱希迪的人不止你一个，把这件事交给我好吗？”

虽然不想承认，但是沈辰溪知道苏苏说得对。他失魂落魄地离开公安局大楼，准备出去吹风冷静一下，思考下一步该怎么做。

一楼大厅，瘸着腿的宋春来迎面而来，他受的伤还没好利索。刘所和镇上派出所的几个民警把手上的工作交接之后已经回去了，宋春来是主要的经办民警，所以还留在这里。

“小沈，你来一下，有个事跟你说。”宋春来一见到沈辰溪就把他拉到一边，说话的时候还神秘兮兮的。

此时的沈辰溪根本没心情听他说什么。

宋春来没在意沈辰溪的态度，他一瘸一拐地把沈辰溪拉到车棚，点了根烟叼在嘴里：“小赵的情况你也知道，这个案子的影响比较大，局里也很重视。现在领导那边的意见不统一，一部分领导的意思是，念她自首是有立功表现的，三个死者也不是因为她直接致死的，批评教育一下就行了。但是还有一部分领导的意思，认为她虽然是自首的，但是没有悔过意愿，要惩罚，应为典型全省通报。按小赵说的，三个死者的死或多或少跟她放的安眠药有关系。严格说起来，小赵是要承担相应的责任的。”

沈辰溪刚想说什么，被宋春来伸手拦住：“你别急，声音小点。这话照理是不该跟你说的，但我也只是转达领导的意思。现在的症结还是在小赵自己，她要是诚心悔过，愿意跟律师合作，定罪量刑的空间是很大的，你懂吗？”

宋春来说得云山雾罩的，沈辰溪觉得自己听懂了，但又好像什么都没懂，配合着小声问道：“您什么意思？”

“啧！”宋春来吐了一口烟，“多的我也不能再说了，就是这么个意思，懂就懂，不懂就算了。”

“那我要做什么？”

“在村里卫生所的时候，小赵跟你喊的那些话我都听见了，依我看呢，你在这里对小赵只能起到反作用。该放手的时候就放手，再多的我就不说了，有纪律。”宋春来拍了拍沈辰溪的肩膀，扭头上了楼，“该怎么办，你自己好好琢磨琢磨。”

沈辰溪看着宋春来的背影陷入了迷茫。这时，班主任又打电话来催他发采风的照片，如果没有照片就要做无故旷课处理了。

万般无奈之下，沈辰溪赶紧找了个网吧，把这几天在赵官庄拍的照片整理了一下发给班主任，同时还抄送了一份给自己的导师。

沈辰溪没有存心拍照，不过在赵官庄的这几天，依然随手拍了一些有当地特色的照片，赵官庄村的石牌坊、犬神庙里的塑像，祠堂的门楼，还有几张为了确定老屋垮塌后的受力结构拍摄的照片。像赵官庄这样极具特色的古建筑群，在焦急找人之际依然深深地吸引着他。

县城网吧的电脑配置一般，沈辰溪盯着电脑上传的进度发着呆，这时候手机振动了一下，是他家找的律师发来的长短信。

小沈啊，事情我已经了解过了，也跟你那个同学请来的律师聊过了，你女朋友的这个事其实从法律上说问题不大。这个案子定罪量刑的空间是很大的，只要是她本人愿意配合，轻判或者无罪都是有可能的。但现在最大的问题是，她本人不愿意配合，连见我们一面都不愿意。

你那个女同学给我讲了一下她的分析，我觉得很有道理，现在你留在这里对这个案子确实没有什么帮助。我跟你爸妈也联系过了，他们的意思跟我差不多。要不然，你先回S城去，这边的事交给我们处理，可能结果会更好。

沈辰溪呆呆地看着这些文字，一时不知道该作何反应。沉默了一会儿，他把手机往桌上一放，仰靠在了网吧的椅子上。

苏苏让他走，宋春来也让他走，连律师叔叔都让他走，所有人都要把自己赶走，好像自己在这里就是一个累赘，不但不能帮忙，还会害了希迪。可他怎么能就这么走了呢，走了，他和希迪就没有以后了……

沈辰溪的脑子嗡嗡作响，最后只剩下一句话：

“你要是为了她好会怎么做呢？”

“为了她好……”

是啊，难道自己的“有用”比希迪能不能平安更重要吗？他们之间的感情比希迪能继续好好生活更重要吗？

当他回过神时，发现手机正在桌上不停地振动着，他以为是苏苏或者律师叔叔打电话劝他回S城，赶紧拿起电话低声道：“我知道了，我会尽快坐车回学校的。”

“不不不，你先别回学校，你在哪里？能再拍一些照片过来吗？”电话那头班主任的声音激动得颤抖起来。

这时候电话里传出另一个人的喊声：“把电话给我！我来跟他说！”

沈辰溪还没反应过来，就听到了导师的声音：“小沈，周围像你拍的这样的建筑还多吗？”

“啊，还有啊，他们一个村子差不多都是这样的，只不过有些翻修过，但很多主结构没动……”

“一个村！”导师没等沈辰溪说完，声音一下高了八度，然后沈辰溪就听见导师小声说了些什么。

电话里又传出了其他人的声音，音调跟导师不相上下：“一个村子都是？”

沈辰溪觉得那个声音听着像是建筑学院的副院长，然后就听见副院长操着特有的口音，激动地说：“他这照片拍的都什么跟什么啊！摄影课怎么学的？拍的和聊斋似的！你……你……你别跟他废话了，直接问他地方在哪儿，我们带着设备过去！”

“啊？”沈辰溪愣住了，“导师，你们要过来？”

“不光是我，建筑学院也要派人……”导师的声音有种抑制不住的激动，“沈辰溪，你抓紧把这个地方的具体位置发给我，然后在当地联系一下住的地方，先按照……十个人定房间，后面规划系可能也要去人……”

“这地方没有旅馆……”沈辰溪还没反应过来导师此行的目的。

“没旅馆，招待所也可以……算了算了，我们自己带帐篷吧，赶紧把地址短信发给我，你就留在当地准备接应我们！”

沈辰溪彻底蒙了：“导师，你们这是怎么啦？”

“怎么啦？你上课怎么学的啊，你拍的是宋元时期的建筑群，你自己不知道吗？”

沈辰溪还陷在希迪的事情里不能自拔，虽然发现了建筑的独特性，但并未深究，而且他已经决定为希迪离开这里了。可惜，命运就像一圈又一圈的轮回，存心要跟他开玩笑一样，突然之间，他又回到了寻找希迪的原点。

他没有继续待在县公安局，而是回到了龙集镇，回到了赵官庄。沈辰溪离开之前给苏苏发了短信——我没有回S城，我的导师带人过来考察了。不过我不会再出现了，你就跟希迪说，“我们分手吧，我走了”。

再次回到赵官庄的时候，天气放了晴，原本阴森的村庄好像披上了一层暖金色的光晕，沈辰溪拿着手机里的照片对比着眼前的村庄，怎么看怎么觉得像是两个完全不同的世界。

不过沈辰溪做梦也没有想到，就是这几张被导师说成“聊斋画风”的照片，让他在这里一待就是五年。

沈辰溪拍下这些照片的时候并没有意识到这个村子在建筑史上的意义。他的导师和建筑学院的教授们在对赵官庄进行详细的调研之后认定，赵官庄是一处国内罕有的、具有鲜明宋代布局风格的古村落。虽然村子的大部分建筑在明清两代重修过，但依然相当完整地保留了宋代建筑的风貌，甚至有几处保留了宋代建筑的原始构架。经历了一千多年的风雨还能保存得这样完整，可以说是国内少见。

不仅如此，他们还在赵官庄的祠堂、犬神庙，还有剩余的老屋遗迹里发现了大量的宋代文物。祠堂虽然经历了多次翻修，但是根据梁柱上的墨书记录看，木质结构完整地保留着宋代建筑的特点，后期修缮并未改动过一丝一毫；祠堂内的神坛、石坊、宗庙谱系碑也都是非常难得的发现。犬神庙的屋架结构虽然是二十世纪八十年代重修的，但大殿内的犬神泥塑被认定为宋代原物，具有非常高的研究价值。

至于赵家老屋，虽然主结构已经坍塌，但是他们对遗存的木构件进行研究之后发现，这里应该跟祠堂、犬神庙属于同一时期的建筑。

这一系列的研究结果经过层层上报，引起了文物保护主管部门以及当地政府的重视。正巧新上任的市委书记也是T大毕业的，立刻意识到可以借着这次古村落的发现，好好打一打文旅开发的牌，进一步盘活当地经济。

就这样，这片古村落的研究、保护和开发工作理所当然地落到了T大的肩上。

而作为古村落最早的发现者，从T大的研究团队建立伊始，沈辰溪就成了核心成员。在导师的牵线搭桥下，原本打算找工作的沈辰溪在第二年顺利考取了本校的研究生，拜在建筑学院副院长门下，直接参与到古村落的复原研究工作中。

这五年的时间，沈辰溪从最早的不置可否，到后来沉浸在每天的研究和调研工作中，他的足迹遍布赵官庄周围的山山水水，似乎只有在不断的忙碌中，才能从对希迪的思念之中脱离出来。

沈辰溪废寝忘食地工作当然是有回报的。

赵官庄被开发的消息传开之后，本来已经移民海外的赵家老屋的主人——赵志伟的叔叔专门回来了一趟，给研究团队提供了一份明中期的赵官庄地图。

研究团队通过地图发现，这片古村落的范围比他们原本想的还要大一些。根据这张地图描绘的区域，他们在黑狗山和白犬山上发现了一片宋元时期的石窟，甚至发现了一方宋真宗的御碑石刻。至于石刻是否真是宋代遗存，国内专家持有异议，但是从风格和保存状况判断，即便是托名伪作，至少也是明中期以前的作品。

这样一座保存完整、规模巨大的宋代古村落，加上独一无二的犬神信仰，让赵官庄很快成了远近闻名的“宋代文化村”。

这个消息一经发出，立刻吸引了几家文旅开发商的投资。不过鉴于古村落的罕见性和独特性，对赵官庄进行大规模的改造注定造价不菲，好在当地政府和T大的研究团队都坚持保留赵官庄的原始风貌。这其中除了当地政府的投入，赵志伟的叔叔也提供了一笔相当可观的资金作为投资。

赵官庄变得一天比一天好，在日复一日的忙碌之中，沈辰溪似乎已经忘记了赵希迪。

可是每当回到自己在赵官庄的住所时，他总是看着院子里的一切，呆呆地出神。这个院子曾经是希迪的家，是希迪从小长大的地方。

沈辰溪从希迪的弟弟赵继祖手中租下了这个院子，同时和狗娃一起领养了黑妞。每当他独自一人的时候，黑妞都会安静地趴在他脚边，默默陪伴着他。黑妞和黑风一样，忠诚地守护着主人、守护着家。

这五年来，他一直住在赵家，看着赵官庄的变化，参与着赵官庄的变化，偶尔从苏苏那里得到一些希迪的近况。

自从沈辰溪离开以后，赵希迪的情绪渐渐平复下来。当然其中离不开苏苏付出的努力。苏苏家请的律师还有沈辰溪家请的律师在中间穿针引线，很好地疏解了赵希迪的情绪。

令人没想到的是，赵希迪的弟弟赵继祖起到了关键作用。赵继祖已经不是当初那个不谙世事、被父亲溺爱的小孩。在一人独立营生的几年，他明白了很多人情世故，他对母亲的疯癫、姐姐的牺牲有了更清晰的认识，也对父亲充斥着复杂的感情。

赵志伟不惜一切的溺爱和重男轻女的态度，让赵继祖又爱又矛盾。在汽修门面赚钱之后，他很少给父亲钱花，也不知道父亲想将姐姐嫁给丁建国抵债。他那时年纪小，加上被宠爱得无法无天的性子，觉得可以赚钱给自己花就够了，完全没考虑过为自己借钱的父亲，也不知道姐姐会有此遭遇。今年开春的时候，母亲的突然失踪，让他有了不好的联想，但他无论如何都没想到，真相是这般的痛苦。他不再怨恨姐姐的逃离，也愿意尽力弥补父亲犯下的过错。他很感念父亲对自己的支持，也终于有了独当一面的机会。

苏苏告诉沈辰溪，赵继祖知道家里发生的事，在帮赵志伟办完葬礼后就把镇上的汽修门面盘了出去，加上前几年攒下来的钱，偿还了赵志伟欠丁德义和赵志恒的债务。他还提出愿意补偿母亲林一静的家人，不仅是为了取得谅解，也是出于他作为儿子对母亲的歉疚和爱。

不过真正的转机，是赵希迪外婆的到来。

外婆在沈辰溪离开一周后来到了县里，虽然没能直接跟赵希迪见面，但是她通过律师给赵希迪拍了一段视频。

外婆的话很简单，目的是告诉赵希迪，自己和外公没有怪她，她也没有做错什么。她能够凭借自己的努力考到T大，是非常了不起的，外公外婆都为她骄傲。外婆还告诉赵希迪，当年她妈妈的志愿就是T大，但她妈妈没能等到收到录取通知书就失踪了，而她完成了妈妈的梦想。

“不要因为仇恨，让你妈妈的梦想中断。”这是外婆在视频的末尾，对赵希迪说的话。

苏苏说，那天希迪看完视频哭了很久，发自内心地对自己所做的一切道了歉。

差不多过了一年的时间，这个案子终于落下帷幕。赵希迪悔过，且取得了丁建国、老支书的谅解。在律师的努力下，赵希迪无罪释放。

赵继祖也是在这个时候把自己家租给了沈辰溪，他说他要考大学，要证明他也是个像妈妈的孩子。

随着苏苏出国留学，她给沈辰溪传递的消息也中断了。好在沈辰溪还能偶尔听到希迪的消息。

林正源毕竟是T大的教授，他女儿失踪二十多年终于被找到的事在学校里引起了不小的动静。也是从导师的口中，沈辰溪这才知道，当年要不是因为女儿失踪，以林正源的学术能力，恐怕早就更进一步当上副院长了。

不过历经磨难，林家终于一家团圆了。

学校里流传着林教授一家的故事，说林教授除了找回女儿，他的外孙女也考进了T大。他们一家已经接纳了这个外孙女，现在她和外公外婆、妈妈一家四口一起生活。

苏苏出国之前曾联系过沈辰溪，告诉了他希迪现在在S城的住址，问他要不要去见希迪一面。沈辰溪没有去，他觉得还不是时候。就像希迪的母亲和外公外婆需要时间来接纳希迪一样，要希迪重新接纳自己也需要时间的，对吧？

等等，再等等吧。

e p i l o g u e 尾声

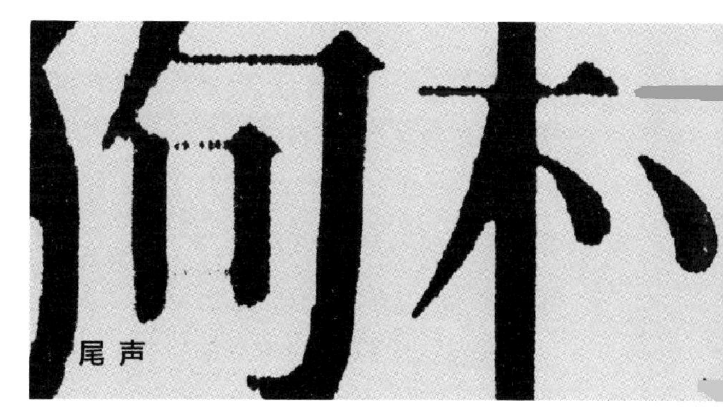

随着赵官庄开发得愈加完善，它的影响力也慢慢传播开来。第一批客人恰恰就是T大的学生，设计学院将每年的考察写生地点挪到了这里。也不知是谁走漏了风声，没过多久就有好几所大学都在村里成立了教学基地。

一批批大学生的到来，给古老的赵官庄注入了活力。越来越多的人来赵官庄参观学习，村里的服务设施也慢慢多了起来，本来外出打工的村民也都回来了，这座历经千年的古村落开始变得年轻。

赵官庄曾经千年不变的民俗，正在一点点地发生着变化。

老支书在出事后的第二年去了县城，跟二女儿住在一起，将自己的老院子交给村委会，投入到新设施的建设中。

赵庄饭店作为保护建筑当然要换地

方，在村委会的协调下，新址最后选在狗场的位置。这个位置还是沈辰溪出的主意，要知道随着村子的开发，原来的老村子都要进行整体保护，狗场虽然现在离村子有点距离，以后却是绝好的位置。狗场那边地方大，又靠近大路，关键是还有地方停车，要是做成带民宿的饭店，肯定大有前途。

宋寡妇开了那么多年饭店，当然知道沈辰溪的判断是对的，当即拍板表示同意搬过去。她心里清楚，不说饭店以后生意如何，就是现在，村里有那么多搞建设的工人，每天吃饭就能有不少收入。不过偌大的狗场要盘下来，加上改建、装修的费用，可不是一笔小钱，就算加上村里的补助和宋寡妇这些年的存款还是不够的。

谁也没想到，最后借钱给宋寡妇的是村里的屠户郑师傅。记得当时郑师傅提出要入股的时候，宋寡妇的脸都红透了，一个劲儿说过两年准还钱。

不过宋寡妇和郑师傅在第二年八月份的时候结婚了。大家伙都说郑师傅会算账，这笔钱花得是真划算，赚了个老婆，又搭了个饭店。

玩笑归玩笑，新的赵庄饭店依旧物美价廉，老板勤恳豪爽，老板娘漂亮利落，环境也是一顶一的好，很快就成了村里的打卡点。

赵庄饭店的生意越来越红火，夫妻俩的日子也是越来越热乎，宋寡妇早没了脸上的苦楚，反而挺着硕大的肚子，笑呵呵地招呼着来往的客人。

“宋姨……快生了吧！”丁建国穿着一身黑红色的制服从停车场走出来，傻呵呵地和宋寡妇打招呼。自从丁德义死了以后，他领了狗场的补偿款，还有赵继祖替赵志伟还的钱。他本来可以靠着这笔钱过得不错，可是他毕竟脑筋不大好，拿再多的钱也会有坐吃山空的一天。村委会安排他在村口卖票收停车费，这身带有宋代风格的保安服是村委会专门设计定做的，也算是赵官庄的一道风景线了。

“建国啊，你妈可都回去半天了，你再不回家留神你妈揍你！”

丁建国的妈妈蒋婷也找到了家人，但是她没有林一静那么好的运气，几经辗转又回到了赵官庄，现在白天帮着宋寡妇打下手，晚上就回家管教丁建国。

看着丁建国一路小跑着朝自己家的方向而去，狗娃仿佛看到了几年前的自己。

狗娃过两年就要高考了，村子开发以后，他爸妈就从外地回来了。一家人团圆是开心的事，可他也有了新的苦恼。他的学习成绩很好，发挥得好能上重点大学，但是他爸妈却想叫他多花点时间跟爷爷学怎么做木匠活。要知道他爷爷现在可是市里认证的非遗传承人，村里这些老建筑的维修工作，没有他到场根本没人敢动，每个月的顾问费都抵得上原来种地一两年的收入了。

狗娃不愿意放弃考大学，可是爸妈的想法也让他很为难，毕竟爷爷的手艺是一种传承。对于这一点，狗娃爷爷倒是看得很开，毕竟现在每天都有一群大学生在他的木构传习所里学手艺，连沈辰溪都是他的学生。

“狗娃你现在不学也没事，等回头上完大学，想学手艺了就去S城找小沈！”狗娃爷爷有了新式助听器，但是他的嗓门没有丝毫减小，“谁叫你爸当年不愿意跟我学来着，现在后悔，晚啦！”

犬神庙如今已经没有了犬神奶奶。犬神奶奶虽然杀了人，但是她年纪太大，精神又有点问题，结案之后被送到医疗机构看管。

在医院的犬神奶奶并没有闲下来，随着赵官庄的开发，当地流传的古戏曲也重新焕发了生机。犬神奶奶一遍一遍唱诵着古老的歌谣给前来研究的学者听，那套唱词里保留了大量宋元杂剧的音乐演奏和表演形式，有极高的研究和传承价值。

历时五年的古村落开发终于告一段落时，沈辰溪回望着已经变了样貌的赵官庄，感觉就像做了一个长长的梦。五年的时间已经物是人非，前年北京举办奥运会的时候，村里来了不少外国人。虽然犬神传说是假的，但犬类主题的木雕手艺是真的，在今年的世博会上，赵官庄的犬类木雕更是专门开了一个特展。

一切都在变好。

千年不变的赵官庄，正变化着，朝着更好的方向变化着。

沈辰溪也变了，他已经研究生毕业，取得了留校任教的资格。只不过因为在赵官庄还有工作没收尾，所以他一直没回学校。现在，他终于要回学校上课了。

熟悉的学校似乎没有变化，但是校园里新鲜的面孔又在提醒他，时间飞逝，他的学生时代已经成为过去。

他知道希迪也在学校，甚至从学校的网站上看到一篇报道，赵希迪在 2008 年汶川地震时去灾区当志愿者，还受到了表彰。虽然报道中的照片里，女孩剪去了长发变得英姿飒爽，但沈辰溪还是一眼就认出来了，那是他的希迪，是他想要共度一生的人。

那照片下面写着——志愿者：林新萌。

哦，原来希迪已经改了姓名，变了样子。

但是沈辰溪始终没有去找她，他不想打扰她。

等等，再等等吧。

那天下班的时候，同事硬拉着沈辰溪参加了研究生联谊会，说他人高马大的，可以给男生撑撑场面，但他实在是不想去。

晚上做完手头工作，沈辰溪饿得不行，可这个时间食堂早就关门了，他想起综合楼那边有个食堂可能开着。沿途走在校园的小路上，他听到一首熟悉的歌：

May it be an evening star

祈愿有那么一颗暮星

Shines down upon you

以星光指引前行的你

May it be when darkness falls

于黑夜降临时祈愿

Your heart will be true

你的心会将真相带给你

沈辰溪顺着歌声飘来的方向走了过去。学校的情人园中间站着一个像精灵一样的女孩，穿着白色的连衣裙，正唱着那首 *may it be*。

A promise lives within you now

你仍坚守心中的誓言

A promise lives within you now

你仍坚守心中的誓言

一如当年初见，令他久久不能自已。

——完——